ジェイソン・レオポルド

青木 玲=訳

news junkie

by Jason Leopold

ニュース・ジャンキー

コカイン中毒よりもっとひどいスクープ中毒

亜紀書房

ニュース・ジャンキー

コカイン中毒よりもっとひどいスクープ中毒

いつも自分に正直であれと言っていた
僕の妻であり、親友であり、心の友であるリサへ

For Lisa:
My wife, best friend, and soul mate
Who always wanted me to be honest with myself

NEWS JUNKIE
by Jason Leopold

Japanese translation published 2007
by Akishobo Co., Ltd., Tokyo
by arrangement with Process Packaging Inc.
through The English Agency (Japan) Ltd.

Jacket photograph

日本語版への序文

一九九〇年代から新世紀初めの二年にかけて、アメリカの企業は国民から敬愛されていた。主としてドットコム・ブームや新規公開株への投資で、平均的市民でも一夜にして数千ドルを数百万ドルに変えるチャンスがあったからである。

二〇〇七年を迎えた現在のようにアメリカ企業を「悪の帝国」の一部と見る者は、二〇〇〇年当時は少数派だった。というより、あの時代はすべてが、もっと、もっと、もっと、早く、早く、早くだった。欲望は善であり、それに異を唱える者は、単に貧乏すぎて世の風潮についていけないだけだったのである。

報道の世界で働く僕らにとって、企業指導者は首領《ドン》のような存在で、巨大企業を検証する報道など一切されていなかった。僕らはナイーブにも、企業トップは倫理的だと信じ、彼らに魅了され、その一言一句を拝聴し、彼らの言うところの事実を伝えるのに余念がなかったのである。株式市場が高騰しているときに、ＣＥＯやその配下の者を難詰することは無意味に思われた。証券取引委員会の資料探索など時間の浪費、少なくとも、そう思われていた。アメリカのジャーナリズムが、米国最大の企業スキャンダルをいくつも見逃した理由は、ここにあった。しかしその後、一連の不祥事が、中産階級を下層階級に、金持ちを貧者に変えていくのである。

国民の不信は、二〇〇一年一月、ジョージ・W・ブッシュの大統領就任が最高裁で決定された直後から表面化しはじめた。国民の大多数は、この選挙はアル・ゴアから盗まれたものだと考え、強奪に遭ったような気持ちになった。社会学的な視点からは、この選挙の余波が株式市場にマイナスに働き、企業詐欺師が長年築いてきた砂上の楼閣を揺るがす瞬間を、はっきり見て取ることができた。

ジェフ・スキリングはこの種の詐欺師だった。正体がばれる寸前のインチキ薬売りさながら、このエンロン元社長は、二〇〇一年八月、突然、露店をたたんで、まだ評価の高かったエネルギー企業からの辞任を発表した。

エンロンの株価は暴落した。疑い深い人は、スキリングは、ほかの誰も知らない経理の実態を知っていたのではと考えた。その一八カ月前、エンロンが仕組んだカリフォルニアの電力危機は、州を破産寸前に追い込む一方、同社に数十億ドルの利益をもたらした。しかし二〇〇一年八月、ひと握りの法的措置が危機にブレーキをかけると、同社の利益も萎んでいったのだ。

スキリングに洗いざらいしゃべらせる目論見は、テロリストに乗っ取られたジェットライナー三機が世界貿易センターとペンタゴンを破壊したとき、露と消えた。しかし、九・一一の後もこの国にわずかに残っていた無邪気さも、二〇〇一年一〇月一六日、エンロンが、自社とその最高財務責任者との間に締結していた簿外《オフ・バランスシート》のパートナーシップに基づき、一〇・五億ドルの特別損失を計上すると発表するや、消滅した。

その二四日後、六〇〇億ドル以上の株式の価値が泡と消え、何千人もが無一文にさせられた。

国内屈指の経済ニュースの現場で働く僕のような記者にとって、米国史上最大の企業詐欺の一つをやりおおせた人間は、どこか魅力があった。僕の言う魅力とは、ブリトニー・スピアーズ的な、悪女的な魅力のことだ。僕は、彼らのような詐欺師に、どこか自分と共通するものを感じ取ったのかもしれない。あるいは、エンロン社内の情報提供者が、長年、多くの記者を騙してきたように、僕の目まで欺いたのが癪に障ったのかもしれない。それとも、単に特ダネを確信しただけかもしれない。もしかしたら、このすべてが当たっている。とにかく僕は、復讐の念を胸にこの事件を追った。いわば、企業国家アメリカの真実を暴露して無防備な国民を救う、スーパーヒーロー気取りだったのである。

スクープを次々とものにするうちに、僕の全能感は高まっていった。そして、二〇〇一年一二月にエンロンが破産を申請すると、ほかに先駆けてスキリングにインタビューを行ったのである。オサマ・ビン・ラディンを別にすれば、二〇〇一年末の時点で、彼はジャーナリストが最もインタビューしたい人物だった。スキリングがヘマをした事実を突き止めれば、トップニュースは間違いなしと考えられていた。

スキリングのインタビューで何より印象的だったのは、あれほどの実力者だった企業トップ、ほぼすべての経済誌の表紙を飾った男が、一転して悲しげで物腰の柔らかい人間になり、エンロンを去る時点で経営は順調で何の問題もなかったとか、エンロンの崩壊を見るのは世界貿易センターの倒壊を見るようだなどと発言をしたことである。

このインタビュー後、僕は、自分だって完璧な詐欺師ではないかと考えるようになっていった。自らの暗い過去は明かさず、彼のような企業詐欺師の嘘を暴く偽善に目が開いたのである。僕自身が、重犯罪の有罪判決を受けた人間ではないか。エンロン事件のスクープを流すたびに、自分の過去に世間の関心が向いたらどうしようという不安が募っていった。自分もその一人と思っていた詐欺師にとって、正体を暴かれるほど怖いことはないのだ。

僕は、エンロン事件や企業不正の報道を続けたかった。しかし、それをするには、絶えず自分の後ろにも気をつけていなければいけない。過去を告白しない限り、自由にはなれない、そう思った。

二〇〇二年一〇月、僕はある選択をする。かつてしたことのない難しい選択だった。僕は、もう逃げるのをやめることにしたのである。

僕はそれまで、一〇年以上も二重生活を続けていた。報道記者としての僕は、連邦政府のトップレベルの高官による恥ずべき行為や、強力な企業指導者集団による不正経理を暴いてきた。彼らは皆、怪しい行為を国民の目から隠そうとしていた。

二〇〇二年一〇月、あの運命の日、僕はようやく、自分の過去を告白し、その責めを負い、一〇年近くもニューヨークに置き去りにしたままの屍を片づける決心をした。この時点で僕の過去を知っていたのは妻と近親者だけだった。

雇い主や友人に真実を明かせば、僕は裁断を下され、三本足の犬のようにさげすまれるかもしれない。周囲から疎まれるのは怖い。そんなことになれば、僕はブラックホールから永久に出てこられなくなるだろう。不幸にも、僕は成長期に自分の家族と安定した関係を築き損なった。僕は彼らをいささか失望させてきた。しかしそれ以上に、僕自身が、ありのままの自分をもてあましていた。自分の内なる悪魔に対処できず、それから逃げた。そして、自分の罪と恥の意識を、他人のもっと大きな罪を暴くことで打ち消そうとし、そのために報道の仕事を利用したのである。

真実を吐露する手助けをしてくれたのは僕の妻、リサだ。リサはいつもそばにいて、僕の内側の、自分では見えないところまで見ていてくれる唯一の存在だ。彼女は僕に、無条件の愛とは何かを教えてくれた。もし人生をやり直せるとしたら、君はどこを変えたいかと聞かれることがある。僕の答えはシンプルだ。どこも変えない。過去に手を加えたら、リサとの出会いも失われてしまう。僕は運命を信じ、自分のしたすべてのことが、よくも悪くも僕をリサのもとに導いたと考えている。だから、過去を変えてしまえば、心の友との出会いも消えてしまうに違いない。

僕に、自分自身のことを語るよう促してくれたのはリサだ。二〇〇二年一〇月、ブッシュ政権にかかわる記事をきっかけに、ホワイトハウスやメディアの同僚とトラブルを起こしたとき、リサは、僕のトラブルは、過去のミスから学ばずに同じ過ちを繰り返すことが原因で、それは、僕が自分の過去から逃げているためだと指摘してくれた。逃げてはいけない、と彼女は言った。そして僕はそれに従った。

この自叙伝はその証《あかし》だ。残酷なまでに正直な、苦闘の産物である。

『ニュース・ジャンキー』を、僕は二つの意図をもって書いた。一つは、食うか食われるかの調査報道の世界の舞台裏を、ありのままに伝えること。もう一つは、オンラインで流れるニュースや新聞記事の署名の向こうには、欠点もあれば、複雑な内面も備えている生身の人間、つまり僕がいることを、知ってもらうことである。

過去の記憶を勝手にいじるようなことは、まったく考えなかった。何ひとつ変えてはいない。すべての名前、すべての出来事は真実だ。この点、一部の自叙伝執筆者は、真実はときに繕いようもないほど醜悪だということがわかっていない。とはいえ僕は、これを読む人たちが、僕のことを、贖罪を願い、それに値する人間と受けとめてくれることを願っている。

幸いなことに、原書の読者の反応はポジティブなものだった。僕の正直さに敬服するという手紙ももらった。親切な言葉をいただいて感謝している。僕たちは、今まさに虚飾の文化のなかに生きている。日々、政府や大衆文化のあらゆる面に嘘を見ているので、真実を語ること、かくもあけすけに語ることは、本書を手に取る人たちの想像を幾分、超えていたのだろう。

この本は、ジャーナリズムの一分野である独立系メディアの出現についての物語でもある。僕の見るところ、競争相手の主流派メディアが利益と読者・視聴者数に関心を寄せるのに対し、独立系メディアは、真実の報道により情熱を持つ人々の手で運営されている。現在の政治状況で、僕がこの種の報道を大手メディアでするチャンスはない。権力者の怒りを買う恐れがあるからだ。

しかし、実を言うと、この自叙伝は無条件の愛の物語でもある。これが本書の根底を流れるもうひとつのテーマである。

『ニュース・ジャンキー』の日本語版を読まれる皆さん、本書を手に取ってくれてありがとう。文化は違っても、幸せ、悲しみ、痛みなど、共通なものはたくさんあると確信する。肝心なのは、僕たちはみな人間で、その意味では同じだということなのだから。

現在に至るまで、僕が扱った事件のなかでエンロンを凌ぐものはない。しかし、長く尾を引いたエンロン伝説の幕引きは、期待外れなものだった。同社の元社長兼最高責任者ジェフ・スキリングは、インサイダー取引、電子通信詐欺、共謀その他、五年前にエンロンを終焉に導いた不正経理にかかわる罪で、二〇〇六年一〇月二三日に連邦裁判所から有罪を宣告され、連邦刑務所に二四年間収監されることが決まった。最高責任者だったケン・レイは同年七月五日、自身の刑事裁判が始まる前に心臓発作で死亡した。

一時は高い評価を受けた巨大エネルギー企業も、今では、一九九〇年から新世紀初頭にかけての企業欲の象徴でしかない。スキリングはその表の顔だったのである。

ジェイソン・レオポルド

目次

ニュース・ジャンキー

第1章
インサイダー
The Insider

僕は運がよかったのだろう。ちょうどいいときに、いい場所にいた。それとも見えざる力の導きか。とにかく、二〇〇一年七月のある日曜日の午後、僕はスティーブ・マビグリオに電話をした。

マビグリオは、グレイ・デイビス・カリフォルニア州知事の報道秘書官になって九年目の惨めな男だ。三年も女の影がないので、周囲は彼が同性愛者じゃないかと疑い始めていた。四二歳で、サクラメントに住み、伴侶は猫のエンツォ。

彼の仕事は、必要とあれば、何としてでも知事のイメージを良くすること。逆境をプラスに転じる天才を自認していた。この孤独な男が苦手とするものは記者、それも情報をとることしか頭にない連中だった。天敵は『ウォールストリート・ジャーナル』のアグレッシブな記者レベッカ・スミス。いつも、「もっとましな方法はありませんか?」「それ、本気でおっしゃってるんですか?」などとたたみかけてくる。レベッカと電話で話すとき、彼の顔は赤く染まり、アバタのある額に血管が浮き上がった。

しかし僕はマビグリオと友好関係を保っていた。僕はこの男が大好きで、彼も僕のする馬鹿話を気に入っていた。日に一度は、彼宛てに知事や記者仲間をおちょくったメールを送ったものだ。二人とも東海岸の出身だった。僕はニューヨークのブロンクス。彼はニュージャージー育ちの典型的なイタリア系アメリカ人。東海岸の食べ物の話をしたとき、ライ麦パンのパストラミ・サンドが大好物と聞いて、ロサンゼルスの州庁舎でエネルギー危機対策に当たっていた彼に差し入れ、驚かせたこともある。

どのネタ元よりも、僕は彼とよく話をした。グレイ・デイビス知事の報道秘書官が友人だと言うと、自分も大物になった気がした。マビグリオがロサンゼルスに出張すると空港まで車で出迎え、ダウ・ジョーンズのアメックス・カードで食事をおごった。マビグリオはたいてい沈鬱で、口調はロボットのよう。まず熱くなるということがない。僕はいつも、そんな彼を元気づけてやりたくなったものだ。

僕に気を許していたマビグリオも、エネルギー危機のことでは口が重かった。この話になると、僕は友人である前にジャーナリストで、パストラミ・サンドと引き換えに彼を売りかねないと知っていたからだ。

運命の日曜日の午後、ネタを求めて僕は彼に電話した。最初の呼び出し音でつながった。

「やあ、そっちはどう?」

「何だよ?」

「今度は何をやらかしたんだ?」僕は言った。「エスコートはいらないか?」

するど、彼は唐突に言った。

「証取委の今度の調査のこと、何か聞いてるか?」

そうか、証券取引委員会の調査が来るのか。デイビス知事批判の急先鋒、共和党の州務長官ビル・ジョーンズが、知事のエネルギー顧問たちが契約交渉中にエネルギー企業の株を買ったとして、証取委に調査要請書を送っていたのだ。

二〇〇一年、電力事業者の手持ち資金が底を突いた結果、カリフォルニアでは六回停電が起きた。州はまもなく、電力の購買に乗り出さざるをえなくなった。顧問の役目は、エネルギー企業に州と長期契約を結ばせ、これ以上の停電を防ぐことだった。

その日、マビグリオはいつもと口調が違った。何かを恐れている、そう直感した僕は、連邦政府の動きについてカマをかけてみた。

「ああ、証取委は本気だな」

「何でわかる?」

「州務長官のオフィスから聞いた。証取委がそう言ってると。実は、僕がこの記事を書くことになっていてね」

「調査対象は聞いたか?」

「シラミ潰しだ」

「個人名も挙げていたか?」

「ああ、でも教えられんな」

「この野郎、もったいぶるなよ」

「契約交渉中にエネルギー企業の株を買った者、全員だ」

マビグリオは、役所との駆け引きに長けた経済記者の投げた擬似餌にまんまと食いつき、釣り糸と錘《おもり》もろとも飲み込んだ。僕は大きな手ごたえを感じた。

「スティーブ、君もエネルギー企業の株を買ったのか？」

「これはオフレコだよな？」

「ああ」

「買った」

信じられない。大当たりだ。

「それは交渉の最中か？」

「そうだ」

「どこの株だ？」

「カルパイン社」

「どれだけ買ったんだ？」

「約一万二〇〇〇ドル」

マビグリオはさらに、エンロン株も少し持っているが、これを買ったのは一九九八年のことだと言った。しかし、いつ買ったにせよ、汚れた印象は拭えまい。

カルパイン社に投資している身で、同社の株価急騰につながる発言を公の立場でしたことをもし証取委が突き止めれば、彼には個人資産を増やす意図があったとみなされてしまう。

マビグリオは契約交渉に同席しており、どの社が、いくらで、どれだけの期間、州と契約するか知っていた。彼は、州の全職員が採用時に提出することになっている資産公開申告書も出していないと僕に言った。採用後も毎年の提出を求められる書類なのに。州務長官ジョーンズは、エネルギー顧問たちがこの申告書を出していないことを、すでに嗅ぎつけていた。そのため、デイビス知事が自分のスタッフに、政敵につけ入る隙を与えないため細心の注意を払って申告書に記載するように指示した矢先である。しかし、マビグリオが申告書を出せば、契約交渉中にカルパインの株を買った証拠を自ら見せるのと同じで、彼はクビになるだろう。知事はすでに、州の契約企業に多額の投資をしていた顧問五名のクビを切っていた。

カリフォルニアのエネルギー危機は手に負えなくなっていた。知事は、州を陥れたのはエンロンだと言って、同社の経営陣を「蛇だ」「泥棒貴族だ」と罵倒していた。州の司法長官ビル・ロッキアーに至っては、『ウォールストリート・ジャーナル』の記者に、エンロンのCEOケン・レイが刑務所でレイプされるのを見てみたいとまで語っていた。

ほかのエネルギー企業が知事に痛罵されているなか、カルパインはなぜ批判されないのか、僕はこの一週間前、マビグリオに尋ねていた。デイビスがカルパインのCEOピート・カートライトと並んだ写真も、新聞数紙に掲載されていた。カルパイン株を持つマビグリオが同社を指導していたことを証取委が突き止めれば、控え目に見ても「利益相反」が成り立つ。

「それ、最低じゃないか」

「お前に言われんでもわかってるさ」

「なんでそんな間抜けなことをやらかした？」

「ここを買えば儲かるとみんなに言われたからだよ」

「刑務所に送られるぞ」

「冗談じゃない。これは書くなよ。今の話は全部オフレコだからな。お前のほかはブローカーと弁護士しか知らないんだ」

　マビグリオがなぜ突然、こんな打ち明け話をする気になったか、僕には永久にわからない。しかし、こんな爆弾を抱えて黙っていられるものか。僕は即座に、ダウ・ジョーンズ・ニューズワイヤーズのデスク、アンドリュー・ダウエルの、ニューヨークにある自宅に電話した。いつも週末に電話する僕を、奥さんは嫌っていたことだろう。決まってディナーに出かけるところだったり、ベッドに入るところだったりするからだ。しかし、ジャーナリズムは定時の仕事とは違う。このネタを追えと言われたら、「非番です」という言い逃れは通用しない。

「ドルー？　ジェイソンです」

「おお、どうした？」

「今いいですか？　お取り込み中では？」

「晩飯を食ってるところだけど、何かあったか？」

「ぶったまげる話ですよ。今、マビグリオに電話して、州務長官が火をつけた証取委の話をし、エネルギー企業の株を持ってるかと聞いてみたら、持ってると言ったんです。しかも買った時期は契約交渉の真っ最中」

「そりゃ本当か。どこの株だ?」

「カルパインですよ。エンロンの株も、九八年に買ったのを少し持ってるそうです」

「なんて馬鹿な野郎だ！　お前、でかしたな。詳しく聞かせてくれるか?」

「実は問題が。全部オフレコだと言われてるんですよ」

「何言ってやがる。もう一度電話して、記事にするからと伝えとけ」

「無理ですよ。ネタをもらえなくなっちゃいます」

「いいか、こんな大ニュースを逃す手はない。知事は顧問たちが潔白だと思わせたがっている。でも、あいつらはインサイダー取引をやってる。これは犯罪なんだ」

「わかってます」

「じゃ、どうするんだ?」

「少し時間をもらえますか?　その、どのみち今日はもう記事を流せませんし……」

「ああ、みんな休みだからな。でも明日は必ず出せよ」

「わかりました」

「しっかりやれ」

「ありがとうございます」

＊　＊　＊

オフレコは、記者と取材先の関係における不文律の一つ。握手のような一種の儀礼だ。その中味を暴露したところで、法律違反に問われ、刑務所に入れられることもない。単に取材先の信用を失い、情報をもらいにくくなるだけの話だ。どちらを選ぶか、ジャーナリストはときに決断を迫られる。このときの僕は、「オフレコ」で言われた内容を書くことで、最高のネタ元だったマビグリオとの関係が壊れてもいいと考えた。

ジャーナリズムの世界では、似たようなケースはいくらだってある。おいしいネタを物にするため、記者が手順をすっ飛ばすのはザラ。僕は、自分のとった行動を弁解するつもりはない。ただ、世間が思っている以上に、オフレコ破りは頻繁に行われているものだということは、知っておいてほしい。ジャーナリストは皆、自分なりのルールを持つ。信号が青から黄に変わったとき、ブレーキを強く踏む奴もいれば、赤になる前に交差点を渡り切ろうと、アクセルを踏む奴もいるということだ。

ニュースを流す快感は何物にも替えがたい。唯一近いものがあるとしたら、コカインの最初のラインを吸ったときの、一切の不安が消え、世界征服もできそうな万能感だろう。初めてこの白い粉を鼻の奥まで吸い込んだとき、僕の人生はあらゆる点で完璧になった。突然、背の高いイケメンに変身し、両親から拒絶された過去の辛い記憶はどこかへ消えてしまった。ハイになっている間は初対面の相手とでも何時間もぶっ通しでしゃべれたし、大胆に女に声をかけることもできた。

あのときのあの感覚をもう一度味わいたいあまりに、僕はドラッグに溺れていったのである。

哀しいことに、最初に味わったような絶頂感は二度とは得られず、求めれば求めるほど、逆に自分と家族とを破滅の淵へと追いやっていくばかりだったが……。

どうにか仕事にありつき、いくつかの新聞社では昇進もしたが、実態は完全なジャンキー、アル中だった。一、二カ月しらふでいても、すぐにアルコールとドラッグ漬けの日々に逆戻り。ある夜、とんでもなく大きなラインを盛ってOD[*1]もやってみた。心臓がバクバクし、胸から飛び出すか停止するかどっちかだと思ったが、生き延びてしまった。最悪なのは禁断症状で、下着の中にネズミが潜り込み、体中を這い回って、内側から顔をかじられる幻覚に襲われる。僕は服を脱ぎ捨て、裸でベッドから起き上がり、自分の陰部を叩きまくる。ドラッグの禁断症状は、死ぬより恐い。

こんな僕の行動を丸一年見ていた妻のリサは、ついに夫は発狂寸前だと確信した。まさかと思うだろうが、僕は、ドラッグ中毒であることを妻に完璧に隠し通していたのである。リサは僕らが「まとも」と呼ぶ人種で、酒も飲まず、ドラッグもやったことがない。隣で寝ている男が中毒患者でも気づかないような女性だ。そういう無垢なところに僕は魅かれたのだし、彼女なら僕を救ってくれるのではないかという期待もあった。心の奥底では彼女みたいにまっとうな人間になりたいと願いつつ、放縦な生活にふけり、自分を破壊していったのである。

夫の症状にいよいよ耐え切れなくなって相談に行ったセラピストから、リサは、あなたの夫はドラッグ中毒ですと告げられた。彼女は僕をセラピーに同伴した。そして泣きながら、あなたが薬物中毒なのはわかってるのよ、リハビリを受けないと離婚するから、と言った。僕は当然、一切を拒否してそこを出た。そのとき本能的に思ったのは、どこか別の州に逃亡して身を隠そうということだった――一人きりで、ドラッグを持って。

そのとき、僕らが「冴えた瞬間《とき》」と呼ぶ時間が戻ってきた。僕は二マイル離れた彼女の母親の家まで歩いて行き、ドアをノックし、最後の望みをかけて呼んだ。

「助けて！」

義母に救いを求めたのは、彼女が僕のことを肉親同様に思ってくれていたからだ。本や映画によくある義理の親子と違って、僕らは友達で、彼女は僕のことを何でも知っているか、少なくとも知っていると思っていた。

しかし、騒ぎが収まったら、僕はこの義母だけでなく、リサの家族全員から審判されるだろう。実の親が僕を審判したように。僕の父は、いつも近所の子供と僕を比べていた。父はとりわけ頭の出来を気にしていて、僕と比べると近所の子供たちはみんな天才に見えたらしい。

リサと結婚する日、父から、彼女はお前の過去をすべて知っているのかと尋ねられたので、こう答えた。

「うん、何もかも知ってるよ」

すると父はこう言った。

「へえ。もしミシェルがお前みたいな男を連れてきたら、俺はそこまで寛大になれんがな」

＊1　過剰摂取(over dose)のこと。

妹を引きあいに出し、父はこう裁定を下した。以来、僕は両親と口をきかなくなった。口をきくのをやめるか、自殺するか、二つに一つだったのだ。父の言葉は僕の心に自己への疑念を植えつけ、妻の目に映る自分の姿を見失わせていった。

リハビリ施設への入所が決まると、義母とその姉妹、精神分析医の三人が僕を車で連れていった。施設に着いたら、まず医師との面接だ。

「ゆうべはコカインを吸いましたか?」

「はい」

「量は?」

「さあ。二、三グラムかな」

「タバコは吸いますか?」

「いいえ」

本当はニコチン中毒だが、僕は人前では絶対に吸わない。だから隣に座っている義母も、僕がタバコを吸うことを知らない。コカインを大量に吸ったことは白状したのに、タバコで嘘をついたのは、義母にどう思われるか不安だったからだ。

マリナ・デル・レイ[*2]にあるこのリハビリ施設は、かつてカート・コバーン[*3]も入所していたところ。カートはここを脱走してシアトルに戻ると、銃で頭を吹っ飛ばしている。僕のリハビリも、カートと同じように介入[*4]から始まった。カートと同じように、僕も自分を憎み、死にたいと願った。

一カ月後、僕は家に戻った。以来、酒にもドラッグにも手を出しておらず、断酒会にも通っている。しかし、ドラッグと酒から脱却したと思ったのもつかの間、今度はニュース依存症になってしまったのである。

自分の名前でニュースを流す征服感は、一度味わったらほかのものには代えられない。ドラッグと酒を断っても、僕のしていたことはほとんど中毒患者と変わらなかった。一グラムのコカインを追い求める代わりに、スクープを狙って、ネタを漁りまわるようになっただけである。

おいしいネタを嗅ぎつけたり、大規模開発とか極秘文書の情報が手に入りそうになったときは、エイトボール[*5]のコカインを目の前にしたときのように、足がワナワナし、歯がカタカタ鳴った。ネタ元はドラッグの売人だ。前のスクープの余韻が消えないうちに、電話をかけろ。

＊　＊　＊

デスクのアンドリューと話した翌朝、僕は七時に起床した。月曜日の朝である。シャワーを浴び、服を着て、コーヒーショップへ。マキアート[*6]四杯でテンションを上げてから仕事に向かうのが日課だ。エスプレッソ四杯を胃に流し込むと、全身に力がみなぎる。パリに行ったとき、フランス人とすっかり打ちとけたのも、僕が彼らよりもコーヒーを飲みタバコを吸ったからだろう。

＊2　ロサンゼルス郊外の街。大きな人工ヨットハーバーがあることで有名。
＊3　伝説的ロックバンド「ニルヴァーナ」のギター&ボーカル。
＊4　この場合は、問題に気づかせ克服させるカウンセリングのこと。
＊5　約三・五グラム。
＊6　エスプレッソの表面にミルクフォームを少量のせたもの。

あのとき唯一覚えたフランス語は、数え切れないほど繰り返した「アン・カフェ・シル・ヴ・プレ（コーヒーをお願いします）」。

ダウ・ジョーンズ・ニューズワイヤーズのロサンゼルス支局は、家からたった二マイルのところにあった。支局長の僕のほかに二人の記者がいるだけで、あまり通信社っぽくなかった。中は手狭で――ひと間こっきり――マンハッタンのワンルームアパートと大差ない。ただし、このウィルシャー大通り《ブールバード》沿いの高層ビル一五階から眺める「ＨＯＬＬＹＷＯＯＤ」の看板は絶景だ。三人のスペースを仕切っているのは、大きなファイル棚と二枚のつい立て。二八平米のオフィスでも、つい立てで仕切ればプライバシーが保てるとどこかの天才は考えたらしいが、同僚の私生活は筒抜けだった。

今日は大スクープだぞ、気分を盛り上げてやろうと、車の中でスレイヤー[*7]のＣＤ『シーズンズ・イン・ジ・アビス』をかけた。エスプレッソとヘビメタの作用で、アドレナリンが一気に流れ出す。凶悪な気分になってきた。歯をギュッと食いしばると、運転席のミラーに憧れのマフィアにも似た酷薄な表情が映る。タバコに火をつけ、フィルターに押し込む。リハビリを受けて以来、ドラッグは断っていたが、タバコだけはやめられない。

僕と同じエネルギー担当のジェシカは、僕より一時間遅く出社してきた。テキサスの大学のジャーナリズム科を出たばかりで、実務はここが初めてだ。しかし、これまで一緒に仕事をしてきた新人と違い、僕を踏み台にしてでも上を目指そうという執念がある。マビグリオが契約交渉中のカルパインの株を買った話を聞かせると、彼女はものすごく悔しがった。

「ああ、残念。そのネタ私がほしかったわ」

「一緒にやるか？」と僕は提案した。

「もちろんですよ！」

記者をもう一人巻き込めば二つ得がある、と僕は踏んでいた。一つ、ジェシカにマビグリオのコメントをとらせれば、僕の肩の荷が軽くなる。二つ、ニューヨークにいる上司に、僕が手柄を独占するような人間ではないことをアピールできる。

僕はジェシカに、マビグリオに電話して洗いざらいしゃべらせる役を、僕がやらなくてすむ方法を見つけなければいけない、と説明した。

「州務長官のビル・ジョーンズが知らないのは残念ね」とジェシカ。「ビルなら即座にリリースを出すでしょ？」

だめだ、ジェシカ以外には誰にも知らせてはいけない。とくに州務長官ビル・ジョーンズには、『ロサンゼルス・タイムズ』に第一報を書かせる悪いクセがある。影響力の強い新聞だけに情報をリークし、ほかのプレスに公平な機会を与えない政治家のやり方は困る。

僕は、共和党の州務長官の手を借りて、このスキャンダルを僕ら二人の名前で記事にする作戦を練った。とりあえずジェシカには、配信するつもりで記事を書け、ただし僕が電話をするまでは止めておくようにと指示した。

＊7　ヘビメタのうちでも、とくにスピードと過激さを特徴とするスラッシュメタルの有名バンド。

正午に散髪を予約し、渋滞した道路に出た僕の頭は、このニュースの反響を考え、沸騰していた。市民には、州政府がエネルギー危機情報で私腹を肥やしたことを知る権利がある。報道記者の倫理綱領なんかクソくらえだ、と僕は自分を正当化した。これはどでかいスキャンダルなんだぞ。

理髪店の椅子で、僕は州務長官ビル・ジョーンズのコミュニケーション・ディレクターに電話をかけた。

「ベス？　どうも、ダウ・ジョーンズのジェイソン・レオポルドです。実はお願いがあるんだ。州務長官の利益にもなることだよ」

「あら、何かしら？」

「これからする話は極秘事項だから、僕から聞いたということは誰にも言わないでくれよ」

「どんな話なの？」彼女は声を潜めた。

「スティーブ・マビグリオが、カルパインの株を契約交渉中に買った。エンロンの株も持っている。彼は電力事業者との交渉に同席し、その後で一万二〇〇〇ドル相当のカルパイン株を買った。彼は、個人資産の申告書を提出していない。今の話を『サクラメント・ビー』[＊8]に電話でリークしてほしい」

「ジェイソン、それは大事《おおごと》だわ。間違いないの？」

「間違いない。昨日、スティーブ本人からオフレコで聞いたんだから。このニュースを流さないわけにはいかない。『ビー』には、知事のオフィスのモグラからの情報だと言って、マビグリオが株を買って、しかも州には一切報告していないことを伝えてくれ」

「何てことを！　それは刑務所行きね。だって彼のしたことは……」

「ベス、いいか、こっちはもう締め切りなんだ」

「わかったわ」

「『ビー』に電話したら、次は、僕の支局にいるジェシカ・バートホルドに電話して、『ビー』に話したのとまったく同じことを伝えてほしい。ただし、彼女にも、僕と話をしたことは内緒にしておいてくれ」

「どうして？」

「そうしないとこのニュースを流せなくなるんだ」

次に僕は、エネルギー業界に通じた共和党の情報提供者に電話し、マビグリオの話をして激昂させておいてから、この話を『ロサンゼルス・タイムズ』にリークしてほしいと頼んだ。

『ビー』と『タイムズ』を選んだわけは、この二つがサクラメントの主要紙で、政治スキャンダルにも強いからだ。加えて、『タイムズ』はスローで几帳面な新聞だから、ここに記事が出れば、株購入疑惑は実は何週間も前から調査されていて、僕とは関係ないという印象をマビグリオに与えられる。どちらも、僕が発見したニュースを記事にできるのは明日。しかし、僕の通信社はすぐにでもニュースを流せる。さあ、ご覧あれ！　僕の署名入りの第一報が、主要新聞と五〇万読

＊8　サクラメントの主要紙の一つ。

者のもとに、一斉に配信されるのだ。

　人生で最も充実した散髪は終わった。しかし、出来栄えを確かめる間もなかった。ベスに『ビー』へのリークを頼んで二〇分もたたないのに、緊急のボイスメールが入っていた。

「レオポルドか？　マビグリオだ。今すぐ電話を寄こせ！」

　動悸がしてきた。嫌だ、電話したくない。車のハンドルを手の甲に痛みが走るまで握りしめ、指先の皮を血がにじむまで噛んだ。生き返った気がした。子供の頃の、父親に殴られる寸前の記憶が蘇ってくる。もちろん、電話はしなくてはいけない。しなければ、マビグリオは、リークしたのは僕だと確信するはずだ。最初に言う言葉を声に出して練習してみた。僕がやったことを決して悟られないようにしなくては。ハンドルを一発殴ってから、知事広報室の電話番号を押した。すぐつながった。

「やあ……何かあった？」

「お前を殺してやる。『サクラメント・ビー』に俺のことを話しただろ？」

　父親に殴られないためには、守りを固め、少なくとも真実を話しているふりをすること。

「おい、大丈夫か？　何言ってるんだ？　僕は『ビー』なんかと話をしてない。あんないけ好かない奴ら」

「いいか、たった今、『サクラメント・ビー』から電話があった。州務長官のオフィスから、俺がエンロンとカルパインの株を買った話を聞いたと言うんだ。でも、俺がこの話をしたのは、お前と、弁護士と、ブローカーしかいないんだよ」

「ちょっと考えてみろよ。僕が『サクラメント・ビー』に話すメリットがどこにある？　ナンセンスだ。君が自分のオフィスの誰かに話したんじゃないのか？」僕は反問した。

「ここの連中は知ってるさ。でも口外はせん」

「誰かが漏らした可能性はないのか？」

「ありえない。州務長官に知れるはずはないんだ。畜生。これから知事のところに報告に行かなきゃ。本当にお前でなきゃいいけどな。もしお前だったら、俺がクビにされたときは殺してやるからな」

「おい、落ち着いてくれよ。州務長官は最近、あれこれ画策中で、証取委とも通じてるんだろ」

電話が叩き切られた。支局に戻ると、ジェシカがパニックを起こしていた。州務長官のオフィスのベスから、『サクラメント・ビー』と『ロサンゼルス・タイムズ』が明日、マビグリオの記事を出すと聞いたからだ。

「いいんだ。州務長官にリークしたのは僕だ」

「何・を・し・た、ですって？」侮蔑のこもった声だった。

「いいか、僕らは絶対にこのスクープを流す。これはそのための手段なんだ。公共の利益のためにはほかのことを犠牲にしなきゃならないときもある。そもそも、マビグリオはこんな話をオフレコですべきじゃなかったんだよ」

僕は嘘をついていた。本当は公共の利益なんか鼻もひっかけちゃいない。少なくともこの時点ではそうだった。目の前の大スクープを何としてでも物にして、自分のエゴを満足させたかっただけだ。

「で、これからどうします？」ジェシカが言った。

「マビグリオに電話して、州務長官のオフィスから、彼のカルパインとエンロン株の購入について電話があったと言ってくれ。そして、買ったのはどれだけか、その株を売るつもりはあるか、これは『利益相反』だったと思うか、これだけ聞いてほしい」

ジェシカも、僕と同じぐらい怖じ気づいていたが、僕は、自分がマビグリオから極力遠ざかるために、彼女を利用したのだ。

僕の分担は、州務長官ビル・ジョーンズからコメントをとることと、資産公開規則に違反した政府職員への処罰を決める州機関、「適正な政治的慣行に関する委員会」の見解を引用することだ。まず、州務長官に電話だ。秘書が電話を回すと、こちらが口を開くより早く、ジョーンズがまくし立てた。

「やあ、ジェイソン。実に深刻な話だな。スティーブ・マビグリオは報道秘書官を今すぐ辞任すべきだ。株はすぐ売却すべきだし、証取委には、マビグリオ氏に法令違反がなかったかどうか調査を要請する」

もう十分だ。州務長官が全部言ってくれた。ジャーナリストがネタ元と親しくなってはいけない理由の一つが、これだ。何かの理由で、ネタ元を晒し者にしなければいけなくなっても、感情が先に立ち、洗いざらい書くことを躊躇してしまう。しかし僕はここで躊躇するタイプではなかった。たとえ相手が、友達づきあいをしていて、大好きだったマビグリオでも。

「適正な政治的慣行に関する委員会」に電話すると、広報担当が「利益相反」綱領を読んでくれた。そこには「州に雇用されるいかなる者も、ある会社との間で州の職務を遂行している間に、その会社に金銭的な利害を有していた場合には、厳重に処罰されることがある」と書かれている。もし証取委が調べれば、マビグリオはインサイダー取引で刑務所に入れられる可能性が高い。

早くニュースを配信したかった。ジェシカは電話を終えると、深いため息をつき、マビグリオにとても悪い気がすると言った。同感。僕のやり方には誠意がない。

「何て言ってた？」

「株を売るつもりはない、交渉にはかかわっていない、投資先のどことも取引はしていない」

「僕のことは何か？」

「何も。でも彼、すごく物わかりがいい人よ。このことは、いずれ話さなくちゃいけないと思ってたって」

ジェシカが担当部分を書き上げると、二人の署名を入れた。それから編集に回し、約四〇分後、記事は配信された。痛烈な見出しだ。


〈州報道秘書官、契約交渉中の電力事業者株を購入　州務長官は証取委調査を要請〉

翌日、このニュースはカリフォルニアの全主要紙で取り上げられ、『サクラメント・ビー』と『ロサンゼルス・タイムズ』も独自取材した記事を掲載した。ジェシカと僕は、ダウ・ジョーンズのスクープ賞五〇ドルを分け合った。
週末、カリフォルニアのすべての日刊紙が、マビグリオの辞任を要求した。

第2章 スクープ

The Scoop

肝っ玉の小さい弱気な人間には、記者の仕事は向かない。ジャーナリストは図太くなければいけない。焼き過ぎたステーキのように、厚く、固い面の皮が必要だ。駆け出し記者はデスクからこう教わる。しかし、僕の知っている記者の多くは打たれ弱い。とくにライバル、それも僕のような目下の者から食らった一撃に対しては。

僕は、他紙の記者たちの横っ面を張り飛ばしてしまったようだ。カリフォルニアのエネルギー危機をめぐる一連のスクープで、二〇〇一年一二月、ダウ・ジョーンズ・ニューズワイヤーズの年間ジャーナリスト賞をもらったとき、編集部長のアーデン・デールがそんな言い方をした。

アーデンからこの受賞を知らせる電話がかかってきたとき、僕はてっきり「ジェイソン、あなたとんでもないペテン師ね。クビよ！」と宣告されるものと思って、胸がドキドキした。しかしどうやらアーデンは、僕が自分の暴走を止められなくなってきていることに、まだ気づいていないらしかった。僕の演技はそれほど完璧だったということか。

次々とスクープを物にするために、僕は普通とはちょっと違う手を使っていた。僕のネタ元は他社からもエネルギー危機の取材を受けている。そこで、ライバル記者たちが何を追っているか、彼らからこっそり教えてもらうのである。それを聞いたら、自分流に味つけした記事を先に流してしまうのだ。普通の記者はこんなことはしない。担当が決まってまず心がけることは、受け持ちのエリアで起こること一切を見逃さないこと。図書館の司書から守衛、警官、議員、近所の食料品店に至るまで、情報をくれそうなところを次々と開拓していく。ぼんやり机に座っていたってネタはやって来ない。警察日誌や市議会の議事録を読み込み、自力で発掘するしかない。

幸い僕は、議員、CEO、株式トレーダー、連邦政府職員といった最高の情報源に恵まれた。彼らは、エネルギー危機について新聞やテレビの取材を受けるたびに、その内容を僕にこっそり耳打ちしてくれる。究極の垂れ込み情報だ。

「ジェイソン？　リチャードだ」

「ああ君、元気？」

「『クロニクル』だけどさ。サザン・カリフォルニア・エジソン[*1]を破産させないため、知事がこの送電線を州に買わせようとしてるって書くぞ。ネットに出るまであと九〇分だな」

「了解。金曜の晩、スパゴ[*2]で飯でもどう？」

「いいね」

あとは裏取りだけ。州の関係者、株式アナリスト、電力事業者広報からコメントをもらい、記事を書いたら編集に回す。スクープはスクープ。手柄は第一報を書いた記者のものと僕は考えている。情報をどうやって手に入れたかは大した問題じゃない。倫理をふりかざすジャーナリストもいるが、あんなものには一文の価値もない。スクープを狙う記者が、もしも自分の母親と引き換えに特ダネを手に入れられるとしたら、街中に年増の売春婦があふれることだろう。

どんなふうにネタ元を開拓し、話を聞き出すのか、コツを尋ねられることがあるが、簡単なこと。悲しみで取り乱した母親の話を聞くときはその息子になり、ＣＥＯにインタビューするときは忠実な社員になりきる。相手を安心させ何でも話したい気にさせる、そういう才に僕は長けているらしい。

相手は、僕が辛抱強く、物欲しげで、いい話を聞くと高揚することに気がつく。妻のリサは、あなたの「傷つきやすい愛らしさ」がまわりの人をなごませるのよと言う。僕と結婚した理由の一つはそれだったのだと。だからリサも、彼女の家族も、マビグリオも、僕を信じてしまったのだろう――信じてはいけないときまでも。

二〇〇一年一月、僕は、エネルギー危機の真相がどのぐらい知れわたっているか、ライバル記者たちに特ダネを抜かれる心配はないかを見極めるため、サクラメントへ出かけた。ほぼ週二回、州議会議事堂で知事が開く記者会見に行ってみると、記者たちはほとんどが居眠りの真っ最中だった。

＊1　カリフォルニア州中部・南部をカバーする大手電力会社。
＊2　ビバリーヒルズの有名レストラン。

表の階段では、記者室詰めの記者たちが携帯電話でデスクに連絡を入れている。記者どうしの接触は避けているが、互いの素性はわかっている。太った体をカーキ色のスーツに包み、後ろポケットに手帳をねじ込んでいるのは、たいてい新聞記者。デザイナーズブランドを着こなし、いい匂いをまき散らしているテレビ局のレポーターとは、ひと目で区別がつく。服装的には僕はこの中間で、デザイナージーンズに上質のボタンダウン、磨き抜かれたイタリア製の手縫靴というスタイル。身なりにも体重にも気を遣っている割には鏡に映る姿はあか抜けない。同じ服を着てもモデルみたいに颯爽とせず、何を着ても冴えないのだった。

いわゆるプロの報道は、ほとんどがニュースリリースや会見の内容そのままで、独自取材したコメントや情報が載ることはまれ。知事の記者会見で「この夏、カリフォルニアで停電を起こさないための対策は?」と正攻法の質問をした記者は、言質をとられまいとする知事にこんなふうにはぐらかされていた。

「私が知事になりましたときには、新設の発電所は一基もございませんでしたが……」答えはこんなふうに始まる。「今はそれが一二基もございまして……」。デイビス知事の口調は、つまらない話に耐えきれなくなった乗客を自殺に追い込む、映画『フライング・ハイ』[＊3]の登場人物を思わせた。

ほかの記者がどれほど脅威になるかは、会見での質問を聞けばわかる。突っ込んだ質問をする記者は、おいしいネタをつかんでいる可能性がある。こういうとき、あまり誘導的な質問をしすぎるのは賢くない。聞いている者に手の内を明かすことになる。

僕は世間知らずにも、エネルギー危機のスクープを連発したことで、現場の記者たちから、ボブ・ウッドワードやカール・バーンスタイン[＊4]のような尊敬を受けられるだろうと思い込んでいた。ところが彼らは、続報を書いて悪漢を追いつめるどころか、逆に僕の信用を失わせるために躍起になった。特ダネを抜かれた相手の信用を貶めるのは、そうでもしなければ、抜かれた理由を上司に問い詰められるからなのだろう。記者団から歓迎されていないと知った僕は、この腐った世界は僕に対して陰謀を企てているに違いない、と妄想を膨らませた。ただ仲間と認めてくれるだけでもよかったのに。

記者のほとんどは怠け者で、真実の追究よりも役所発表のたわ言を垂れ流し、さっさと帰宅することのほうが大事そうだった。僕がこだわっている冷徹な調査報道など、おおかた興味がないんだろう。とはいうものの、サクラメントの記者団に、窃盗で重犯罪人になったうえ、薬物依存症だった過去を暴き、僕の記者生命を終わらせるほど小賢しい人間もいなかったのは、ラッキーだった。

こんな被害者意識を持つようになったのは、マビグリオから、ほかの記者連中が僕の足を引っ張っていることを教えられたからだ。あの直後、『サクラメント・ビー』『サンディエゴ・ユニオン・トリビューン』『サンフランシスコ・クロニクル』の記者から電話があり、異口同音に、ダ

＊3　ジム・エイブラハムズ&ザッカー兄弟監督のパロディ満載のコメディ映画(一九八〇年製作)。
＊4　ウォーターゲート事件のスクープで有名になった若手記者コンビ。

ウ・ジョーンズの記事は本当かと聞かれたのだという。

「で、何て返事したんだい？」僕はムッとして言った。

「確認できませんと答えといた」とマビグリオ。

「この悪党！　一〇〇パーセント真実のくせに。大嘘つきめ」

マビグリオは笑った。僕を怒らせて楽しんでいる。

「金曜日、ロサンゼルス空港まで来れるか？」マビグリオが言った。

「ああ、行けるだろう。何時に着く？」

「二時頃。ホテルへ行く途中でパストラミ・サンドおごってよ」

「わかったよ。嫌な奴だな。じゃあ金曜日」

例のニュースが配信されてから、マビグリオはほかの記者が後追いしないよう僕の記事の粗探しをしていた。事実確認を求めてくる記者に対しては「ノーコメント」が最善の対応だということも、彼はよく心得ていた。「ノーコメント」と言われると、取材者の心に、あれは間違いではないのかという疑惑の種が蒔かれる。僕が書いたエネルギー危機のきわどい記事は、匿名のネタ元からの情報に基づいており、『ロサンゼルス・タイムズ』や『サンフランシスコ・クロニクル』のような新聞には、その裏をとるのは困難だった。

新聞には匿名情報の使用ルールがある。この種のものは一切使わない新聞もあるし、ことの重大性によっては例外的に認める新聞もある。デスクはえてして匿名情報に懐疑的だが、それは垂れ込み屋にはたいていい何かしら下心があるからだ。しかし、エネルギー危機の裏情報を拾おうと思ったら、匿名の情報源に頼るしかない。僕も最初は、エネルギー企業の重役に実名で話をしてくれと頼んだが、彼らは、機密漏洩を理由にクビになったり、社員から訴えられるのを恐れた。しかし同じ人間が、「オフレコ」では、会社がエネルギー危機を悪用して市場ルールを破り、粉飾決算していることを教えてくれる。

僕が働く金融情報の世界では、匿名情報は普通に使われていた。投資家は日々流れる噂をもとに株を取引する。記事が配信されると、そこで名前の挙がったエネルギー企業の株価が動く。これはエゴを大いに満足させてくれる。自分の記事が大勢の人間に読まれ、しかも信用されたことを意味するからである。

僕のスクープの追っかけをするサクラメントの記者団が、僕の記事の内容に異議を唱える役所のコメントを紹介することもあった。ところが、そのコメントは全部嘘だったとあとにわかるということが繰り返された。

気概のない記者を馬鹿にするくせに、実は、誰よりも神経の細いところが僕にはあった。記者団の誰かが僕の記事を批判するたびに、僕が苛立ち不安になるのをマビグリオは見抜いていた。記者団の関心を大きな獲物からそらすため、僕を批判させるという彼の作戦は、しばしば成功した。

二〇〇一年八月、僕は、知事の顧問の一人で、長期エネルギー契約の交渉を監督していたビジュ・パテルに目をつけ、彼を介し、州と四〇億ドルの交渉をしていたアレゲニー・エネルギー・サプライ社にパテル自らが投資をしていた事実を報じた。

パテルは、彼が仲介した四〇億ドルの契約が妥結するほんの数週間前、この取引が一般に知られるより前に、アレゲニー社の株を売却していた。これはインサイダー取引に相当する。証取委の「公平開示規則（Regulation FD）」[*5]によれば、企業情報を公衆に先がけて得た者は株の売買を控えなければならず、それを破れば違法となる。

僕は記事の中で、私的な利害が州の業務と衝突した一一人目として、パテルの名を挙げた。電力事業者との契約交渉のために知事が雇った顧問は何十人もいた。彼らは、カリフォルニアで三日間の停電が起きた直後の二〇〇一年一月に州政府に雇用されている。しかしそのとき、マビグリオも出していなかった、例の資産公開報告書を提出しなかった。その後、エネルギー顧問の一部がブローカーと裏取引していたことがメディアに暴かれ、大スキャンダルとなる。その結果、エネルギー関連の州務についていた全員が、株を売り払うか、辞職を余儀なくされたのである。マビグリオもその後、カルパインとエンロンの株を売った。そうすることで辞任を免れたのだろうが、その公式理由は、これらの株が多大な「混乱」を招いたためというものだった。

このスキャンダルで、知事は、その数週間前にインサイダー情報でエネルギー企業の株を売った顧問五人の解雇に追い込まれた。その後も二週間にわたり、メディアの集中砲火を浴びる。政府内の不法行為の黙認がエネルギー危機を深刻化させたと批判されたのである。世論は、デイビス知事には、暴走を始めたエネルギー危機への対応能力がない、という方向へ傾いた。政府の支持率は急落し、スピンドクター[*6]が唯一操作可能な対象、つまり報道に目を向けた。そして僕も、標的にされた。

パテルは下っ端役人などではなかった。カリフォルニアの二大電力事業者の資金が枯渇したとき、これらに代わって州の全電力を購買した水資源局のエグゼクティブ・マネジャーだ。あらゆる買電契約のお目付け役として、州にフルタイムで雇われたのである。

パテルの資産公開報告書のコピー請求をした僕は、コピーを見るや、とんでもないことを発見した。州とアレゲニー社の取引を仲介したパテルは、かつてアレゲニー社に雇われていたことがあった。マビグリオは契約交渉中のカルパインとエンロンの株を買っていたが、それと同時期、パテルはアレゲニーの株を売っていた。政府高官たちがいかに職権を乱用してきたか、一つのパターンが浮かび上がってきたと僕は考えた。これを書けば、もう無視はできまい。今度は証拠も揃っている。

二〇〇一年八月一日、僕は水資源局の広報官オスカー・ヒダルゴに電話でコメントを求めた。

「もしもし、オスカーですか？　ジェイソンです」

これから僕が書く記事が配信されれば、ほかのメディアから問い合わせが殺到し、遅くまで仕事をすることになりますよ、とは言えなかった。

「ああ君か。元気？」

「そうでもないですね。実は悪い知らせです。送ってもらったパテルの資産公開報告書ですけど。

＊5　FDはFair Disclosureの略。
＊6　情報操作の専門家。狭義には、政治家のメディア担当アドバイザーや顧問を指す。

あれによると、パテルは州と契約した企業の株を持っていたんですね。このことを記事にさせてもらいますから」

「おい、冗談はやめてくれよ」

「すみませんね。で、この件でコメントがほしいのですが」

「それは困る。僕は彼のことを全然知らないし。マビグリオに聞いてみるよ」

クソッ、こっちはあいつとはかかわりたくないというのに。

「わかりました。折り返し電話をください」

僕は早速、この資産公開報告書を一次情報にした記事を書き始めた。水資源局のパテルにも電話し、四回メッセージを残してみたが、返事は来なかった。本人のコメントがあるにこしたことはないが、報告書だけでもこと足りるだろう。

まもなく電話が鳴った。

「ジェイソンです」

「もしもし、オスカーだ」

「ああ、どうも」

「パテルについては何もわからなかった。一般的なコメントしかできないがいいか?」

「それで十分です」

「株を保有し、取引を行っていた全員を対象に、現在、詳細な調査をしている。調査がすんだら、来週には結果を公表する」

毒にも薬にもならないこのコメントを書き足し、できた記事を編集に回した。すぐ配信されるだろう。僕は、自分の研究成果に狂喜するマッド・サイエンティストのように、ゾクゾクした気分でそのときを待った。午後四時二七分、端末にヘッドラインが踊った。

〈州の電力責任者、四〇億ドルの契約受注企業の株を保有〉

今日の仕事はここまで。僕は、極上のカンノーリ[*7]が食べられるイタリアンデザート店「アル・ジェラート」へ向かった。知事の私設秘書をしている韓国人女性と、そこで落ち合う約束になっていたのである。やたらと「超《チョー》」という言葉を使い、パーティーではいつも大晦日の夜みたいに浮かれている子だ。ロサンゼルスに来たのは、ここに彼女の両親の家があるからだ。六カ月前、僕が彼女の笑いのツボを発見して以来の付き合いだったが、実は、その前にマビグリオが彼女を誘い、断られていた。そこで、猫にふられた情けない男の物語を彼女にしてみせたところ、大いにウケてしまい、それ以来、そんな馬鹿話を楽しむ間柄になった。彼女は誰よりも知事の弱みを知る立場だったと思うが、僕は知事の情報をねだったりはしなかった。ただの友達でいたかったので、一緒にいるときは仕事の話は一切避けていた。

その日も、マビグリオの噂をしていたちょうどそのとき、携帯の着信音が鳴った。画面にはな

*7　シチリア島に伝わる菓子で、円筒型の皮にクリームやチーズを詰めたもの。

じみのある番号。

「これはこれは、マビグリオさん。奇遇ですね。今ちょうど彼女と君の噂をしていたところ。くしゃみが止まらなかったんじゃない？」

彼はこの冷やかしを完全に無視し、ニュージャージーなまり剥き出しで、こう言った。

「この大馬鹿もんが。お前の記事はでたらめじゃねえか。ビジュ・パテルは長期契約には一切関与してねえんだ。事務用品の責任者だ。椅子の調達やコピー機の点検をするのが仕事だよ。楽隠居ってやつだ」

「本当か、それ？」

薬物依存から脱け出すために受けたリハビリの最初の三週間のように、全身が震えてきた。

「どうだ、ざまあみやがれ」マビグリオは勝ち誇った。「でたらめ書きやがって」

「そんな馬鹿な」僕は抗議したが、不安と疑いで口調はすっかりトーンダウンしている。「資産公開報告書に、エグゼクティブ・マネジャーだって書いてあったぞ」

「違うね。これからオスカーのところへ行く。そこを動くんじゃねえぞ」

知事の私設秘書は、日頃、決して表に出さないようにしている僕の脆い一面をじっくり観察することになった。一分後、再びマビグリオから電話だ。僕は咳払いをした。

「はい……ジェイソンです」

「よーし、マビグリオだ。いまオスカーに代わるからな」

オスカーは、僕を殴り倒さんばかりの勢いでまくしたてた。

「あんたら記者連中と、あんたらが書き散らすスキャンダルとやらにはうんざりなんだよ。レポルド、ちゃんと調べて書いてくれよな。パテルは長期契約には一切関与していない事務用品の責任者じゃないか。あんたらはありもしないスキャンダルを書き立てるけど、これはひどすぎるな。どうしてくれる？　こっちはてんてこ舞いだよ。州のあちこちの新聞からじゃんじゃん問い合せの電話がかかってきてるんだ」

ああ神様、神様、神様。なんでこうなってしまうのですか？　最悪だ。僕の悪評が裏づけられてしまう。いかがわしい記者。ゴロツキ。クズ。ああ、どうすればいいんだ？

「わかったよ、聞いてくれ。ごめん。本当に申し訳ない。記事は撤回する。約束するから」

「結構」マビグリオが言った。「あとで電話くれ。それじゃ、一緒にいる誰かさんによろしくな」

耳から数センチのところで携帯を握りしめたまま、僕は私設秘書の顔を見たが、うつろな目はもう彼女の表情をとらえてはいなかった……。

あの日、両親と一緒に校長室に呼ばれた僕は、黙秘権についての規則を読み上げる警官の顔を、同じようにうつろな目で見つめていた。僕はジュニア・ハイスクール二年生。バル・ミツバー[*8]からちょうど一週間たったある日、僕は図書館の司書からクレジットカードを何枚か盗んだ。それを持って、一六歳になって運転免許を取ったばかりの兄エリックとニューヨーク郊外のナヌエッ

*8　一三歳になる男子に行われるユダヤ教の成人式。

ト・モールに繰り出したのである。エリックは一枚のカードで皮ジャンを手に入れた。僕はTRS－80カラーコンピュータ用ゲームソフトが欲しくて、家電店の「ラジオシャック」に入った。ところがレジ係が、スリップに親のサインがないからだめだと言って、カードを受けつけてくれない。ママは車の中だと言うと、では連れて来なさいと言う。僕は店を出て、エリックに事情を話した。二人は駐車場に停めていたママのステーションワゴンに急いで乗り込むと、カードをレジに残したまま、家に逃げ帰った。

翌日、校長室に呼び出された僕に、警官が、レジ係がジュニア・ハイスクールの年鑑で僕を特定したと説明した。初めての逮捕。非行歴と引き換えに僕は学校を追われた。家に帰って父からこっぴどく殴られたときは、漫画のなかで、登場人物の頭の上に金庫が落ちたときのような星が見えた。

知事の私設秘書を「アル・ジェラート」に残し、僕は支局に戻った。時間はほぼ六時。ニューヨークの自宅に戻っているデスクのドルーに電話し、ことの次第を説明する。

「そりゃでまかせだ。あいつらの言うことを信じるなよ。パテルが事務用品の担当だっていうのが本当なら、なぜ契約が決まったあとでアレギニーの株を売ったかの説明もなけりゃ、筋が通らん。考えてもみろ。契約に関与してないなら、株を売る必要もないだろ？　法が適用されるのは、直接関与した者だけなんだから」

「マビグリオから記事がでたらめだと言われ、その気になってしまって。内容が間違っているなら撤回告知を出すと言ってしまいました」

「何だって？　そんなこと言ったのか？」

「ええ」

「相談もなしに勝手なまねするな」

「そうですね。すみません、ドルー。電話を終わらせたい一心だったんです。すごい剣幕で怒鳴られたもので、つい」

「支局に戻ってあちこち電話してみて、パテルが契約交渉にかかわっていたことを知ってる奴、それを実名で証言できる奴を探すことだな」

すでに、オスカーたちに記事の即時撤回を約束してしまっていることは、ドルーには言えなかった。そんなことを言おうものなら激怒するに決まってる。

マビグリオとオスカーのせいで、僕はすっかり自信を喪失した。支局のパソコンを立ち上げると、知事のシニア報道官ヒラリー・マクリーン名でサクラメントの記者団約五〇名に一括送信されたメールが届いていた。その文面を読んだとき、自信喪失が一気に憤激に変わった。

TO：記者団各位
From：ヒラリー・マクリーン
Re：ビジュ・パテルに関するダウ・ジョーンズ配信記事
本日午後、ダウ・ジョーンズが配信したビジュ・パテルに関する記事には多くの誤りが含まれるため、ここに事実を明確にいたします。ビジュ・パテルは州の長期契約交渉の監督はしておらず、州のエネルギー取引にも関与していません。彼はジェネラル・オフィス・マネジャーで、水資源局のコピー機や事務用品発注の責任者です。広報室は、ビジュ・パテルに関する本記事を執筆したジェイソン・レオポルドと話をしました。レポルド氏は今夕、報道秘書官スティーブ・マビグリオに対し、記事の間違いを認めたうえで、記事全体の撤回告知を出すと答えました。

ヒラリー・マクリーン
グレイ・デイビス知事シニア副報道秘書官
広報室

このアマ！　畜生、そうだったのか。何て汚い手を使いやがる。こいつらは、僕の記事が新聞に掲載されないように先手を打ったのだ。そういうことか。僕の信用を落とすために仕組んだことだ。『ロサンゼルス・タイムズ』に記事が出るのを阻止するために広報がここまでやるのを見れば、ウッドワードやバーンスタインでなくたって、僕の記事に何がしかの真実が含まれていることぐらい、察しがつくというものだ。まったく頭に来る。酒とドラッグのコントロールさえできるなら、トールグラス一杯のブランデーを一気飲みしたうえに、コカインを何ラインかキメてやるところだが。いま考えても、このとき、よくこらえたものだ。

世界のニュースとプレスリリースをほぼ網羅する会社のデータベース、ダウ・ジョーンズ・インタラクティブにアクセスしてみた。「ビジュ・パテル」で検索すると、ヒットは二件。一つは僕がほんの数時間前に書いた記事。もう一つは二〇〇一年三月一八日付の『サンフランシスコ・

クロニクル』。『クロニクル』の記事とそこに引用されたパテルの発言を読んだとき、ことの次第がはっきりわかった。マビグリオ、オスカー、ヒラリー、ほかにもまだいるであろう、サクラメントのデイビスの取り巻きが、僕を陥れようと謀ったのだ。五カ月前に書かれたその『クロニクル』の記事の見出しと、パテルの発言はこうだ。

〈知事の便乗値上げ発言、紛糾招く〉
PG&E破産と値上げは関係なし、と政府担当者

水資源局の電力システム部長ビジュ・パテルは、「売り手市場だから、電力事業者には値上げの口実など必要ない」と言った。

何がコピー機の世話係だ。もっと決定的な情報はないかとグーグル検索をしたが、何も出てこない。そこでデイビス知事の公式サイトへ行った。ここには過去のプレスリリース、文書、演説、その他の情報がすべて保存されている。僕は、二月の知事の会見で、長期契約の交渉役としてエネルギー業界の専門家を雇用することが発表されたのを思い出した。パテルは、このとき水資源局のエグゼクティブ・マネジャーとして採用されたのだ。過去のプレスリリースを一覧し、ビジュ・パテルへの言及がないか探す。何もない。そこで、今度は水資源局のサイトへ跳び、検索エンジンに「ビジュ・パテル」と打ち込む。するとこんな人物紹介が出てきた。

ビジュ・パテル――エネルギー顧問

副局長の技術・政策顧問パテル氏は、CERSのエネルギー関連の政策、立法、規制の分析と政策提案を行います。具体的職務としては、電力供給、送電、配電、水力その他電源の獲得に関する水資源局の政策の監督や実施などを担当します。市場と経済条件の分析責任者として、エネルギーの購買、販売、交換の交渉と管理を行います。

CERSは、カリフォルニア州エネルギー資源計画の略称。デイビス知事が州の全電力を購買させた水資源管理局の付属機関だ。デイビスは二〇〇一年一月の停電のあと、電力供給を止めないために、必要な資金をCERSに好きなように使わせる白紙委任状である緊急立法に署名した。この人物紹介によれば、パテルは長期契約を監督するどころか、このとんでもない政策全体の責任者じゃないか。

僕はオフィス中を跳ね回り、窓に映る自分を相手にシャドーボクシングを始めた。映画『ロッキー3』のテーマが自然と口をついて出てきた。見えない観客に向かって選手紹介をする。「レイディース・アンド・ジェントルメン、リングに上がりましたのは、無敵のヘビー級チャンピオン、ジェイソーン、レ・オ・ポ・ル・ド！」

タバコを吸ってひと息つくと、僕はマビグリオをとっちめ、僕の信用を貶めたことを詫びるメールを記者団宛に出させるために、携帯に電話した。呼び出し音が鳴る間、煙を胸いっぱいに吸い込み、彼が電話に出たと同時に、大きな音を立てて思いきり吐き出した。

「聞こえたか、クソッたれ。今のは満足の音だ」

「撤回告知は?」

「フン、それを出すのはお前のほうだ」

「何の話だ?」

「わかってるくせに。なめてもらっちゃ困るぜ。ビジュ・パテルは水資源局のジェネラル・オフィス・マネジャーなんかじゃないね」

「いいや、そうだ」

「いいや、違うね。証拠をつかんだぞ、マビグリオ。水資源局のサイトに彼の人物紹介が出てるじゃないか!『クロニクル』の記事では、州の電力問題で堂々とコメントしてるじゃないか!」

「それはおかしいな。俺はそんなこと全然知らないぞ。お前の持ってるパテルの情報を全部送ってくれ。目を通してみるからさ」マビグリオはそう言うと、聞こえよがしに大きな欠伸をした。

「お断りだね。ふざけるな。今夜もう一度、記者団にプレスリリースを出して、君たちが間違っていたと伝えるんだ。僕の潔白を……」

「おっと、もう一〇時じゃないか! 明日の朝にしてもらえんかね」

「マビグリオ、相手が悪かったな。これが俺じゃなかったら、見逃してただろうがな。これが『ロサンゼルス・タイムズ』だったら、今頃デスクがお前のケツをなで回してるかもしれんがな」

返事はなかった。

「もしもし、聞いてるのか？　そこにいるか？」

「ああ、聞いてるよ、大丈夫。ヒラリーに電話してもう一つリリースを出させるとしよう」

「ヒラリーね。あいつはなんで僕が撤回告知を出すなんて書いたんだ？　僕は、記事が間違っているなら撤回する、と言ったんだ」

「いや、それは違う。お前は、支局に戻って撤回告知を出すと言ったぞ。オスカーが証人だ」

「まだしらばっくれるのか？」

「すぐヒラリーに電話するよ」

「プレスリリースが出るまで支局にいるからな。今夜中に出したほうがいいぞ」

ドルーに電話すると、奥さんが眠そうな声で「誰だと思う？」と言って夫に代わった。僕は、ヒラリーが僕の信用を傷つけるプレスリリースを記者団に送ったこと、記事を裏づけるビジュ・パテルの人物紹介が、水資源局のサイトで見つかったことなどを話した。しかしうまく伝わらない。ニューヨークはもう午前一時を回っており、彼はすっかり寝ぼけていたからだ。

コンピュータの前で、この三時間半に届いたメールをチェックしたが、ヒラリーからもマビグリオからもメールは来ていなかった。マビグリオの携帯にかけると、すぐ留守録に切り替わったので、「クソッたれ！」と大声で叫んでから、録音時間が一杯になるまでわめき続けた。続いて広報室の直通電話にも同じことをしてやった。それぐらいしかできることが思い浮かばなかったのだ。アパートに戻ったのは午前二時一〇分。リサは寝ていた。メールをチェックする。まだ届いてない。ベッドに入って暗闇を見つめる。自分がスーパーヒーローになって、サクラメントの州庁舎上空を飛んでいるところを想像した。ワンダーウーマンに「真実のロープ[*9]」を借り、マビグリオとヒラリーに、私たちは嘘をついていました、ジェイソンの記事は正確で、彼は史上最も偉大な記者です、と告白させてやりたい。

あくる木曜日の朝、一〇時に出社してパソコンを確認したが、あのろくでなしどもは、まだ僕の名誉を回復するリリースを出していない。いつもの抗鬱剤三〇〇ミリグラムを口に入れる前に、マビグリオに電話をかけた。しかし、それが間違いのもとだった。

「マビグリオか?」

「ああ」

「誰か人を雇って、お前んちのネコを細切れにしてやろうか。このゲス、バカ、クズ、ボケ、アホ、マヌケ、ケツでも拭いてろ、クソッたれ。今すぐ俺の名誉を晴らせよ、卑怯者」

興奮のあまり、チック症にでもかかったような口調になった。電話が切られた。

ヒラリーは金曜日の夕方五時になって、ようやくプレスリリースを出した。週末直前でどの記者も仕事を終える時間帯だ。リリースはたった一文。僕の名誉を回復するものでもなく、僕の記事がきちんとした調査に基づいていることを認める内容にもなっていない。

To:記者団各位

*9　テレビシリーズ『ワンダーウーマン』のヒロインの武器の一つ。

From： スティーブ・マビグリオ
Re： ビジュ・パテル

このたび、ビジュ・パテルが、州のエネルギー購買の管理と、適切な時期に長期買電契約を締結させる仕事を担当していることがわかりました。

ヒラリー・マクリーン
グレイ・デイビス知事シニア副報道秘書官
広報室

二日前に僕の記事が配信されたときから、ヒラリーとマビグリオは筋書きを立てていたのだろう。重大な政治ニュースをメディアに取り上げられたくなかったら、金曜日、それも仕事が終わる直前にプレスリリースを出せばいい。月曜日、彼らが仕事に戻る頃には、もうそのニュースは古くなっており、新聞の隅っこに追いやられるか、全然取り上げられないかのどちらかになるからだ。

ビジュ・パテルについての暴露記事も、こうした運命を辿った。誰一人、彼の記事を書く者はいなかった。しかも、ヒラリーとマビグリオの二度目のリリースを読んだ記者は、せいぜい数人しかいなかった。聞いてみると、おおかたの記者は、僕が二日前の記事を撤回したと思ったため、あえて後追いしなかったという。ただ一人、『サクラメント・ビー』で政治記事を書いているダン・ワイントローブだけが、僕のサイドに立った。彼は、サクラメントの裏舞台の出来事を伝えるウィークリーのインサイダー・レポートも発行している。このレポートを受け取るのはサクラメントの限られた有力者だが、電子メールでも受信でき、『ビー』とはまったく無関係のメディアだった。パテル騒動のあと、このダンから電話をもらったが、彼は、ヒラリーが僕の名誉回復を果たさなかったあのプレスリリースを、自分は受け取っていないと言った。彼は僕にインタビューをし、僕の視点で見た事件の経過をメモし、知事のオフィスにも取材をかけた。その結果、パテルに関する僕の記事は正しいと確信したダンは、自分のウィークリーのコラムで、マビグリオとマクリーンが記事の掲載を妨害するため、不当に僕の信用を貶めた経緯を書いた。

その一週間後、ロサンゼルスの週刊紙『ニュー・タイムズ』の女性コラムニストも、知事の一味がどのようにして僕が流したニュースを封印したかを記事にした。彼女は、僕のことを「エネルギー危機を追究する最もアグレッシブな記者の一人」と評した。さらに、ある記者の匿名談話として、サクラメントの記者が誰一人僕を信じなかった理由を、こんなふうに紹介していた。「あいつはマット・ドラッジ[*10]の経済ニュース版といった感じで、あてにならんからね」

僕と広報室の間で実際にどんなやりとりがあったか、詳細に知る者はいなかった。その数週間前、僕のせいでマビグリオが危うく職を失いかけたことを知る人間もいなかった。因果は巡る。

*10 米国のゴシップ系人気サイト「ドラッジ・レポート」の運営者。

第3章 天国と地獄

Heaven and Hell

幼い頃から僕には二つの強迫症がある。一つは新聞を読むこと。もう一つは音楽を聴くことだ。僕はワーナー・ブラザーズ、エピック、ＩＲＳ[＊1]といったレーベルの販促部で数年間インターンをした経験がある。

ニューヨーク大学の講義をサボってＩＲＳで働いていた二〇歳のときに、コカインを覚えた。重役の一人が、オーク製の会議用テーブルの上に白い粉をこぼし、それをクレジットカードの縁で寄せて、いわゆる「ライン」にするのを見たときは、恐怖を感じた。コカインを見るのはそれが初めて。それまでに経験したいちばん強いドラッグは、マリファナとハシシだった。ハイスクールで見せられた、ドラッグの恐怖についての啓発映画が思い浮かんだ。コカインをやると、歯はボロボロ、鼻は顔から腐り落ち、ホームレスの売春婦になり、体を売ってつくったお金も、次のコカインに消えてしまう。しかし、そういうイメージに説得力があったとは思えない。というのも僕は、コカインの初体験をしたくてウズウズしていたのだから。重役は、一ドル札をストロー状に丸めたものを僕に渡し、最初のラインを吸わせた。そして、まるで子供に自転車の乗り方を教えるような口調で言った。

「どうだ、奥の方まで入ったか?」重役が聞いた。

「ええ。ヒリヒリします」。

鼻血が出てきた。それもかなりの量。まさに初体験。重役に言われる通りに、その血をぬぐった手を舐めて、わずかに含まれるコカインを無駄にしないようにした。

「ヒリヒリするだろう。鼻の奥まで粉が入った証拠だ。気分はどうだい?」

一種の体験学習である。オルダス・ハックスリーの『すばらしい新世界』で、鬱状態にならずに人生を乗り切るため「ソーマ」を飲む人々になったような気分。あの世界の住民の恍惚感はこれだったんだ。コカインの初体験は、クリスチャンが洗礼を受け、イエス・キリストを救い主と認めることで再生するのとよく似ている。その吸引は僕にとって一種の宗教儀式で、これを受けたとたん、日頃嫌っている人間、つまり両親と僕自身への愛がわき起こってきた。ホームレスを助けたい、見ず知らずの貧しい人にお金をあげたい、世界をもっとよくしたい、という思いが込み上げてきた。一ラインのコカインが、自己不信をきれいに消してしまったのである。

重役と僕は、コカインが効いている間、一〇時間ぶっ通しで音楽談義にふけった。急に家族の声が聞きたくなって電話をかけたり、もう何年も口をきいていない友人とおしゃべりしたり、昔

＊1　一九七九年、当時ポリスのマネジャーを務めていたマイルス・コープランドらによってロサンゼルスに設立されたインディーズ・レーベル。

のガールフレンドにまで連絡して、僕ともう一度縒《よ》りを戻す気はないかと聞いてみた。

翌日の午後まで眠らなかった。それから突然、薬が切れた。僕はザナックスを二錠飲み、その翌朝までぐっすり寝た。目が覚めると、『すばらしい新世界』の住民がソーマを飲まないときのように、恐ろしい罪責感が襲ってきた。罪の意識を追い払うのに、コカインが欲しい。

ＩＲＳの重役は、一三丁目の酒場に行けば、コカインの小袋が四〇ドルで買えると教えてくれた。

教えられた店に行くと、いちばん奥の席に、着古しのアーミージャケットにトラッカーハット[＊2]をかぶった黒人の爺さんが座っていた。一人だけ異質な雰囲気だ。ほかの客は皆、長髪で、ロックミュージシャンの卵といった風情。ボリューム全開のジュークボックスからは、エアロスミスの『ドリーム・オン』[＊3]みたいな曲が流れている。何分かおきに客の一人が黒人に近寄り、大げさな握手をする。一、二分後、今度は黒人が客の手を握り返す。これがお目当ての人物に違いない。

僕は男に近づき、久々に会った親友のふりをして、こう呼びかけた。

「おい、どうしてた。久しぶりじゃねえか」

「おお、あんたか、元気だったかね?」まるで旧知の間柄のような口ぶりで、男は答えた。僕は二〇ドル札を二枚、手の中に隠し、男の手を握りしめた。ゴワゴワの皮革のような感触。男は紙幣をチラッと見て、ズボンのポケットに突っ込む。続いてカウンターの下から小袋を取り出し、僕に手渡した。

僕はその小袋を握りしめ、床の濡れた男女共用トイレに飛び込んだ。壁に張られた地元バンドのチラシの上を、ゴキブリが這い回っている。トイレに腰を下ろし、ジップロックの小袋をしげしげと眺める。なんて素敵なんだ。塊が二個入っている。財布からニューヨーク大学の学生証を取り出し、その縁で塊をつぶす。一ドル札をきっちり巻いて袋に差し込み、ブタのように鼻を鳴らして粉を吸う。さあ、これでよし。

三カ月で僕はコカイン中毒になった。最初は週末だけ少量。しかし、すぐに量が増え、毎日やるようになった。クスリが切れたときのどん底の気分に耐えられず、ハイな状態を保とうとすると、そうなってしまう。まもなく大学の講義に出なくなった。期間終了前だったＩＲＳのインターンもやめてしまった。友達や家族に電話しなくなり、学費の支払いを親に頼むことすら忘れてしまった。

体重はほぼ一五キロ減った。コカインが効いている間は何も食べたくなくなる。夜も着替えず、ブーツはずっと履きっぱなし。数週間ぶりに愛用のドクターマーチンズ[＊4]を脱いでみたら、指の間に真っ黒いタールが詰まっていた。ハイになったとき、マレット[＊5]にした髪を引き抜くクセがついてしまい、ある日、鏡を見たら、片側だけ五センチ短い「ハーフ・マレット」になっていた。

コカインを買う金をつくるために所持品を片っ端から売った。ＣＤコレクションは中古レコー

＊2　野球帽のような形状で、前面にロゴなどが入り、背面がメッシュ素材のキャップのこと。
＊3　ハードロックの超ヒット曲。
＊4　ミュージシャンに人気の高いブーツで知られる、世界的な靴メーカー。
＊5　七〇～八〇年代にかけて流行した、襟足部分だけ後ろに長く伸ばした髪形。今も一部で人気。

ド屋に持ち込んで、それをかたに借金。学寮のルームメイトのステレオ、ビデオデッキ、ジュエリーも勝手に質屋へ持っていく。彼の使っている教科書も大学で現金化。ストリッパーをしている友人のアパートからは、一ドル札を二〇〇枚ほど失敬した。ショーに出たときバタフライ[*6]に差し込まれた奴だ。

所持金も、売れそうなものも、盗めそうなものも、もう何一つ残っていないという状態になったとき、例の酒場で、コカインを四つ、ツケで譲ってくれないかと頼んでみた。断られた。

「そんなこと言わずに。僕は上客じゃないか。頼むよ！」

「自分の格好をよく見ろ、このヤク中。オラ、ヤク中の野郎は信用しねえんだ」たどたどしい英語で黒人の男が言った。

「何だと？　僕はヤク中じゃない。これは他人にやる分だ。この町にあるレーベルの重役が、ちょっと欲しくなったからって」僕はデタラメな言い訳をした。

「へえ？　そんなら、なんでそいつが一緒に来ねえんだ？」

「有名人だから見られちゃ困るんだよ」

「ふうん、そうか。四個だな。でも明日の夕方六時までに金を持って来い。さもないとちょいと面倒なことになるよ」

コカイン四袋を手に入れた僕は、脱兎のごとく駆け出して寮に戻った。すると「至急」と書かれた大学の寮長からの封書が届いていた。

親愛なるレオポルド様
　当ニューヨーク大学ハウジングからの請求に対する貴殿の度重なる支払い滞納により、当ハウジングは貴殿に対し、日曜日を期限とした居室の退去を要請せざるをえなくなりました。月曜日の朝をもって鍵は交換され、貴殿のニューヨーク大学学生証は一時的に失効します。七三五一ドルの未払い金が完済されるまで、貴殿のカーライルコート[*7]への立入りは許可されません。

ニューヨーク大学ハウジング

　僕は通知を破って、ゴミ箱に放り込んだ。どうでもいいさ。どのみち全課目落第なんだから。自室に上がり、バスルームにこもってロックをかけ、便座の上にコカインをまず一袋あけ、二本の太いラインに分ける。左右の鼻の穴に一本ずつだ。そのとき鏡に映った顔を見て僕は一瞬、我に返った。いよいよ真実と向き合うときがやって来た。僕は麻薬中毒者になっていた。どこまで量を増やしても効き目が変わらない。眠るためには睡眠薬が必要だった。コカインが切れると、たちまちものすごい罪責感に押しつぶされた。ベッドに体を投げ出し、寝たままの姿勢で電話コードを首に巻き、自殺のまねごとをする。「自殺幇助ホットライン」で

＊6　バンドで止めて股間を隠すようにできている、「前貼り」の一種。
＊7　ニューヨーク大学の学生用アパートの一つで、ユニオンスクウエア・ウエストにある。

もあれば助言を求めるのだが。自己嫌悪で死んでしまいたかった。

日曜日の午後、ニューヨーク大学ハウジングの管理人が部屋に入って来て、僕をつまみ出した。さぞかし汚なかったろう。ジーンズは二サイズゆるくなっていたが、ベルトはしていない。一カ月以上もシャワーを浴びない体。それでも管理人は、身なりのことはひと言も言わなかった。

「お願いですから早く出て行って下さい」と彼は言った。

一階の警備員は、僕を見ると、二人組の黒人の男が訪ねて来たよと言った。

「いかにもいかがわしい感じだったんで」と警備員は言った。「上がらせなかったけどね。商売のことで話があるからすぐ連絡よこせってさ」

「わかった。ありがとう」

残された全財産は、地下鉄のトークン[*8]、ポケットの八三セント、それに背中のナップザック。僕はAトレインでワシントン・ハイツまで行き、そこから歩いてジョージ・ワシントン・ブリッジを渡り、ニュージャージー州を目指した。ニューヨークとニュージャージーの州境で、手すり越しにハドソン川を覗き込む。暗い。真っ暗だ。川はまったく見えない。眠りに落ちる寸前、目を閉じたときのような完全な虚無。その暗闇を僕はじっと見つめた。飛び込もう、そう思った瞬間、心臓が早鐘のように打ち始めた。石を拾って、手すりの向こうへ放ってみる。ほかに逃げ道はないとわかっていても、死ぬ勇気が出ない。再び歩き始めた。向こう岸のフォートリーまで、せいぜい数百メートルの距離を渡りきると、僕はバス停のベンチにへたり込んだ。

腹が減った。三日間何も口にしていない。最後のコカインが抜けきっていないし、昨夜のソラジン[*9]もまだ残っているとみえて、足はフラフラ。それでもナップザックをつかむと、停車場の真上にあるA&Pスーパーマーケットまで歩いた。しかし、八三セントでいったい何が買えるのか。

「キドニービーンズだ!」

売り場にあったプログレッソ社のビーンズ缶を手にとった。販売員が親切にも缶の口を開けてくれた。代金を払い、電話一回分の釣り銭を受け取って、元の停車場に引き返した。道すがら、缶から豆をむさぼり食う姿は、まるで浮浪者だ。時間は深夜一二時四五分。僕の頭は二つのことでいっぱいになっていた。どうやって家に帰るのか。それから、どうやって自殺をするか。

橋を横切るとき、ビールの空きびんを見つけ、ザックにしまった。向こう側のバス亭のベンチに座ると、僕はびんを取出し、自分の頭をガンガン殴った。それで気絶できるかと思ったのだが、うまくいかない。めまいがして、コブができただけだった。

それからの二時間は僕の人生で最も長い時間に感じられた。疲労と寒さで、座っているのも辛い。そのうちに雨が降ってきた。僕はびんをコンクリートに叩きつけ、割れたかけらを一つ手に取った。ゆっくり、額に切れ込みを入れていく。流れた血が唇をつたわり、Tシャツに滴り落ちる。顔を濡らしているのが雨なのか自分の血なのか、わからなくなってきた。血まみれになれば、追い剥ぎに遭ったふりができると思った。しかし三〇分ごとに通るパトカーは全然止まってくれ

＊8　貨幣の代わりに使うコイン。
＊9　精神安定剤。一般名はクロルプロマジン。

ない。ただで病院に入るたくらみもパーだ。

「神様、どうかここから救い出して下さい」僕は空を見上げて祈った。

二分後、赤いボディのトヨタMR2がすぐそばで停止した。悪魔のさしがね？　車の窓からドライバーが呼んだ。

「よう、乗ってくかい？」

「頼むよ。ロックランド郡へ行きたいんだ」

「乗りな。ちょうどそっちへ行くところだ」

僕が乗ると、男は、家まで一〇ドルで送ると言った。

「小銭がちょっとあるだけで、持ち合わせがない」

「じゃ、家に着いたら払ってくれ」

男は、コカインを買うために夜通し白タクをやってるんだと説明した。一グラム二〇ドルちょっとだという。僕の顔についた血糊のことは何も聞かず、車はパリセード・パークウエイをひた走った。雨で路面が見えず、真の闇の中、まるで地獄へ向かっているかのようだった。男はしきりに口を動かしていたが、何を話していたのか記憶に残っていない。こちらをチラチラ見るので、一瞬、レイプでもする気かと身構えてしまった。男がアクセルを強く踏んだとき、車がスリップしてセンターラインを越え、僕の頭が大きくのけぞった。いっそクラッシュして即死させてほしかったが、車はどうにか立ち直った。

「ウヒョヒョ～」男が奇声をあげた。「アブねえ、アブねえ」

ロックランドへの出口が近づくにつれ、家に帰っても払う金などない僕の不安は募ってきた。パークウエイを出てからは僕が道を誘導した。とうとう着いた。ローマ風のブリキの柱が四本ある典型的な郊外住宅だ。

車が私道に入ったところで、僕はドアを勢いよく開け、外へ出ると一目散に駆け出した。途中、一度も止まることなく、林の奥へと走っていった。ただひたすら走る。それ以外に何かできることがあるか？

木立の後ろから、男が「ジェイソン！　ジェイソン！」と叫ぶのが聞こえたが、その声がだんだん小さくなって、ついに聞こえなくなるまで、休むことなく走り続けた。

そして地面に倒れ込むと、胎児のように体を丸め、雨に打たれるにまかせた。このまま暗闇の中に消えてしまいたい。

翌朝七時まで、そうして泥の中にうずくまっていた。七時になれば父はもう仕事に出かけているので、家に入っても大丈夫。朝の光の中で、僕はあらためて自分がどんな姿になっているか確かめた。Tシャツは血と泥にまみれ、ジーンズの膝は破れ、スニーカーには泥がベッタリこびりついている。立ち上がって林から出て、家の裏庭まで歩いた。わが家の外壁が白いことにいまさらのように気づく。

この家を出て寮に入ったのは、六カ月前のことだった。たったそれだけの期間で僕は麻薬中毒の泥棒に成長した。僕も、僕の生い立ちも、何か根本的におかしい。これをなぜ両親に言ってみなかったのだろう？　父は、父親としての失敗を取り繕うのに、よく、親になる方法を書いた本なんかないんだから仕方ないだろ、と言い訳していた。そう言われて、そう信じていた僕だったが、初めて本屋でバイトしたとき、育児書が棚をいくつも占領しているのを見て、あれも嘘だったのかとがっかりしたものだ。

　私道には車が一台もなかった。しかし母は家にいるらしい。母は、九時には仕事を始めなければいけないのに、化粧と髪の手入れ、ポット一杯のコーヒーとタバコ、さらにはテレビで午前中を潰してしまう。オフィスに着くのはなんと午後二時頃だ。それでも五時には仕事を終えて帰る。上司には、外でミーティングをしていたので遅れたと報告するらしい。その翌日、また懲りずに同じことを繰り返すのだ。

「いい考えがある」僕はこうつぶやいた。「家に入ったら、すぐに荷造りして、引っ越しするふりをしよう。ママは泣き出し、きっと口論になる。この六カ月に何があったのか聞かれるだろう。でも僕は黙っている。シラを切り通す。そして、父さんが戻るまでに自殺を実行する」

　僕は玄関に向かって歩いた。ところが持っていた鍵が合わない。付け替えられている。ノックをしてみた。兄のエリックがガチャッとドアを開けた。入ろうとすると、なんと足で通せん坊をした。

「お前は家には入れない」エリックが言った。

「なんでなんだよ?」

「だめだからだよ」

「だから、なんでだよ?」

「誰もお前に用がないからだよ。帰れ」

「嫌だ。入れてくれ」

「行かないと警察を呼ぶぞ」

「クソッたれ！」

ドアがバタンと閉められた。この恩知らず。五カ月前、お前がニューヨーク大学に遊びに来たとき、二七歳の誕生日を祝ってやったじゃないか。市内を案内してやったじゃないか。その後、友達と僕の部屋で騒いで、コカインを出したら平気な顔で吸ってたっけな。仲間だと思ってたのに。


家のまわりを歩いていると、妹のミシェルとボーイフレンドが乗ったオンボロのピックアップが近づいて来た。ミシェルが車から降りて走って来たが、僕を見るや泣き出した。仲のよい妹だったが単純すぎるところがある。ミシェルには、僕が自分自身を嫌っていることが理解できなかった。彼女の人生はもっとシンプルで、彼氏と仕事と友達でできていた。

「ジェイソン、ドラッグをやってるの？」ミシェルがすすり泣きしながら言った。

僕はついに感情をこらえきれなくなった。涙が堰を切ったようにあふれ出した。「いや、ちょっと家に帰りたくなっただけだよ」僕は答えた。「ドラッグはやってないよ」

「痩せちゃって。拒食症みたい」ミシェルが言った。

そして僕を抱きしめ、涙で僕の首を濡らした。この抱擁は、僕がそれまで家族と共有したなかで最も感動的な体験だった。

そのときパトカーがやって来た。ミシェルはピックアップに乗り、ボーイフレンドとどこかへ行ってしまった。二台目のパトカーは、サイレンを鳴らしながら近づいて来た。それから、さらに二台。さらにもう一台。僕は包囲されていた。近所の人たちがカーテンやスクリーンドアごしにこちらの様子を窺っている。もっと大胆な人は、玄関のポーチに立って見物していた。

「そこの男、家から離れなさい。家族は、君に家のまわりをうろつかれたくないそうだよ」

「ほかに行くところがないんです」僕は答えた。

「ドラッグをやってるんじゃないか？」警官が聞いた。

「いいえ」

「その服はどうした？　シャツの血はなんだ？」

「わかりません」

「あんたは町に住んでると両親がおっしゃっている。そこに帰りなさい。ショッピングセンターからバスが出てる。バス停まで送ろう」

　そのショッピングセンターのバス停の近くで、僕はパトカーから降ろされた。公衆電話まで歩いて、家にいる母に電話した。電話がつながると、僕は母をいつまでものしり続け、タッパンジー・ブリッジ[*10]から飛び降りてやると言って脅迫した。これが決め手になって、僕は一九九三年の夏、精神病院に送られた。母にかけた電話を父も別の電話機で聞いていて、すぐ警察を呼び戻し、僕を病院に連れて行くよう要請したのだ。さっきの六台のパトカーがショッピングセンターに再び現れ、僕の前で止まった。

「ちょっと戻って来たくなってな」警官の一人が言った。

僕は手錠をかけられ、パモナ精神保健センターに護送された。道中、警官から両親が通報したわけを聞かされた。私道に知らない男が入って来て、僕の名前を呼び、一〇ドル寄こせと叫んでドアを叩き続けた。その男は逮捕された。さらに、僕がドラッグをやっていることを実は警察も両親も前から知っていたのだ、と言った。

父の仕事場は、僕のいた寮から一五ブロックしか離れていない。どうして手を差し伸べてくれなかったのだ。僕は心の中で父を責めた。

＊10 ハドソン川の川幅が最も広いところにかかる大橋。

第4章

放蕩生活へ、再び

Back in the High Life Again

精神病院から解放された僕は、ドラッグは抜けていたが職もなかった。

音楽業界の派手な生活が懐かしかった。新聞の死亡記事を書く仕事をやってみたのだが、これは実に気が滅入った。身内を失くした家族の訪問は、こっちが泣きたくなってしまうことが多い。「ご主人は仕事から戻られると、まず何をなさっていましたか?」などと聞こうものなら、家族はこう言って泣き崩れてしまう。

「ああ、あの人は本当にいなくなってしまったの? 私にはまだ信じられないのです」

こういう場面が続くと、僕も首をくくりたい気分になってくる。深い悲しみにどう対処したらいいのかわからないのだ。

レーベルの仕事が恋しい。かつてのツテを頼って働き口はないか聞いてみたが、その返事は「残念。今、ちょっと空きがないなあ」というものばかりだった。

やむなくメジャーからインディーズまで、各社の販促と広報に片っ端から電話してみた。二四社に断られた末に、ミラン・エンターテインメントの女性広報部長から、サウンドトラックのパブリシティのアシスタントを探している、履歴書を送ってほしいと言われた。売り込みは半分成功。

ミランの広報部長とCEOは、僕が同社のリリースしたサウンドトラックを全部知っていることがわかると、その場で採用を決めた。一九九五年二月、臨時職員になった僕の週給は二五〇ドルだった。

たちまち、一三丁目のピットストップという行きつけの酒場ができた。この店は、僕の居候先だった友人のアパートから一ブロックしか離れていなかったので、僕は毎日通うようになった。僕は、ピットストップのバーテンや、三〇歳過ぎの太ったユダヤ人オーナー、モーリイと親しくなった。モーリイはロングアイランドの出で、かすかなイタリアなまりとペンギンのような歩き方が特徴だ。カウンターの後ろには「ＭＡＦＩＡ」という作り物のナンバープレートが掲げられていた。

僕はモーリイに、レーベルに勤めているからジュークボックス用ＣＤを少しぐらいならもってこれるし、チケットが欲しければ、ほかのレーベルの友人も紹介するよと話した。

「そりゃありがたい」モーリイは言った。「助かるよ。こっちもお返ししないといけねえな」

「役に立てばうれしいよ。大したことじゃないんだ。プロモーション用ＣＤがごまんとあるんだから」

モーリイと僕はヘビメタの話で一時間ほど盛り上がった。その後、彼が言ったひと言に、僕の全身が総毛立った。

「ねえ、あんた、やる?」

「何を?」

「わからんかい? これさ」そう言うと、自分の鼻の穴をつついてみせた。「やる?」

なんてこった。最後にコカインをやったのは、もう何カ月も前のことになる。ドラッグでどれだけ悲惨な目に遭ったか考えるより先に、最初の一ラインを吸ったときの感覚が蘇った。大丈夫、今度はうまくやれる。僕は理屈にならない苦し紛れの考えで、自分がこれからとる行動を正当化した。お前はコカインをやれば中毒になることを知っている。だから欲望をコントロールできるし、コントロールを保ち続けられる。お前はモーリイにクールな奴だと思われたいだろう? バーの経営者が知り合いというのは自慢の種になるぞ。ピットストップに友達を連れて行くとあちこちから「ジェイソン!」と声がかかる。僕は人気者になれるだろう。

僕は返事をした。「ああ、やる」

モーリイは僕をトイレに連れていき、コカインを取り出した。言われるままにこぶしをつくると、手の甲に少量の粉を乗せた。昔の恋人に再開した気分だ。僕はすぐまた虜《とりこ》になった。そのとき以来、モーリイからコカインを買うようになった。しかしドラッグで遊ぶには、ミランの給料は少なすぎる。なんとか資金をつくらなければ。

レーベルはどこも、ラジオ、雑誌、新聞、レコード店用にプロモーション用CDをつくっており、事務所にはストックが大量に保管されている。プロモ用CDは、タワーレコードやベストバイのような大型店で再販されないためにバーコードに穴が空いている点を除けば、正規のCDと変わらない。小さなレコード店ではたいていプロモ用CDをディスカウントで売っているが、その多くは業界周辺の人間からの持ち込みだ。

その晩、ミランの事務所を出る前に、僕は倉庫のスチールキャビネットからハリウッド映画のサントラを一〇枚抜き取った。そしてNトレインに乗り、西四丁目で下車し、ブレッカー・ストリートのレコード店でCDを売った。しめて四五ドル。その金でピットショップからコカインを買った。ただでドラッグが手に入る画期的な方法だ。ちょっとした特典、そう考えることにしよう。そういえば父もよく特典を利用していた。会社からトイレット・ペーパーやら紙タオルやらを持ち帰り、日用品を節約するのだ。しみったれな父親だ。サンドペーパーみたいな紙でケツを拭かされたときは、高級ブランドのペーパーに恋い焦がれたものである。

ニューヨークの危ない連中のうちでも、ピットストップを根城にしていたのがヘルズ・エンジェルズだ。[*1] エンジェルズが来ると、一〇ブロック先からでも爆音でそれとわかる。彼らは、クロームの排気筒に派手なメタリックカラーのタンクをつけた特注ハーレー・ダビッドソンを乗り回す、荒っぽいバイカーの大組織だ。

エンジェルズがやって来ると、モーリイは表の舗道に出て、店の前にオレンジの車止めコーンを置き、パーキング・スペースを確保する。エンジェルズはそこにバイク整列させる。その日、

*1　アメリカのオートバイ・クラブで、暴走族として名を馳せた。米国内や世界各地に支部がある。

彼らは映画のエキストラに出てきたところだった。くわえタバコにタトゥー、ゴシック書体で「ヘルズ・エンジェルズ・ニューヨークMC」と刺繍したデニムジャケット。

エンジェルズは、周囲をはばからず大声で騒ぎ、あたりを散らかし、バーテンの女性に言い寄り、客を蹴飛ばし椅子を取り上げる。僕は、まるで反抗期の女学生のように彼らに魅了された。一緒につるんで、人から畏怖され、崇拝されてみたい。バイクも持っていない自分が入会できないのはわかっているが、モーリイに、紹介してもらえるか聞いてみた。

「ああ、いいんじゃない」彼は答えた。

「あんたたち、ちょっと失敬するよ」モーリイがエンジェルズに言った。「新しい友人を紹介したい。ジェイソンだ。音楽関係の仕事をしてるいい奴だ。ジュークボックスのCDをくれた」

「やあ。会えてとても嬉しいよ。あの、もしCDとか、チケットとか、欲しいものがあったら、言ってくれれば何とかするから」僕は金で彼らの歓心を買おうとした。「一杯おごらせてもらうよ」

数人のメンバーが僕の手を握ったが名乗る者はいなかった。僕に関心を示すメンバーはほとんどいない。連中のケツをなめる一般人の一人としか思ってないのだろう。エンジェルズの酒代にと言って、バーテンに五〇ドル札を渡し、向こうへ行きかけた僕の肩に触れる手があった。

「どうも。礼を言うよ。俺はジョニー」

ジョニー・ハリウッドは、ヘルズ・エンジェルズのエンターテイメント担当だった。何をするのか僕にはわからなかったが、そんなことを聞くのは野暮だった。彼自身が何十本も映画に出演した有名ライダーで、エージェントまでいる。サングラス、額に巻いたバンダナ、お決まりのフリンジ付き革ジャン。その上にヘルズ・エンジェルズの刺繍入りのデニムジャケットを着ていた。「会えて嬉しいよ。僕はジェイソン。お邪魔でなければいいが」声が少しかれていた。「実はいいものがあるんだ」

「なんだ、ヤクか？　どこだ？」

僕はジョニーと連れ立ってトイレの個室に入り、ドアをロックした。さすがに窮屈だ。ジーンズのコインポケットから小袋を取り出す。コカインがいっぱい詰まったやつだ。それをそっくり渡した。ジョニーは自分のストローを出し、小袋に差し込むと、掃除機みたいに一度でほとんど全部を吸い込んでしまった。

「ぶったまげた、こりゃ効くぜ！」ジョニーは「ウホーッ！」と叫んで僕の目の前の壁に強烈なパンチを食らわせた。

それから僕の髪をクシャクシャにし、大袈裟な握手をした。どうやら仲間と認めてくれたらしい。

ミランでの最初の一年、僕は全然といっていいほど仕事をしなかった。その年リリースしたサントラは一向にメディアで紹介されず、その言い訳を考えるのにおおかたの時間を費やした。「メディアとじっくりコネをつくっていかないと」僕はＣＥＯにそう弁解した。「サントラの場合、ライターが関心を持ちにくいですから。もう少し時間をいただければ、何とかしますから」

僕は次第に生きる術を見失っていった。今の仕事は僕の自尊心を満足させてくれるはずだったのに、どうも違う。自分の人生をいったいどうしたいのかわからなくなってきた。この先、この体を抱えて生きていくのは億劫だ。大事なものなど何一つないし、大切に思う人もいない。人に助けを求めるにはどうすればいいのかわからないし、そもそも助けてほしいという気持ちがわいてこない。感情なんていうものは、あったとしても、麻痺させておいたほうがまだましだ。僕は仕事仲間では評判の大酒飲みで、同僚は僕をクールな奴と思っている。パーティーではいつも盛り上げ役で人を笑わせている。都合のいいときだけ寄って来る連中には人気があったが、それは僕が、自分のことはないがしろにするくせに他人には手を貸してやるからだ。夜遅く、よく相談の電話がかかってくる。中味は仕事のこともあれば、女のことや、男のこと、ときに機能不全に陥った家族の悩みだったりもする。そいうときは同情心のあるよい聞き手に徹する。僕が外向けにつくり上げた人格は、映画『ビッグ』[*2]でトム・ハンクスが演じたような「子供の特徴をすべて備えた大人」だ。

毎晩、音楽業界で働く仲間と浴びるほど酒を飲み、その後、一人でこっそりピットストップに潜り込み、コカインを買い、朝の四時や五時までたむろする。業界の友達はコカインをやらず、僕がやっていることも知らない。前の晩一緒に飲んだ相手から、あれからどうしたかと聞かれたときは、こう言ってすっとぼける。「いや、まいったよ。記憶が全然ないんだ」

「レオポルド、お前、飲み過ぎだよ」僕の深酒にあきれた友人は言う。「さぞひどい二日酔いだろ。しょうがないな」

「いや、もうシャンとしてるよ」

コカインの吸引には一ついい点があって、これをやっている限り絶対に二日酔いにならない。なぜなら、コカインを始めると酒を飲みたくなくなるからだ。僕は毎日、朝の七時から九時まで、二時間しか眠らなかった。起きると仕事に出かけ、そのあとは昼間トイレの中で数度、一〇分か二〇分のうたた寝をするだけ。

その後、ミランの広報部長は辞めてしまった。そして、そのポジションを引き継ぐことになったのが、なんと僕だった。昇進祝いに一発大きいのをと思い、ピットストップのモーリイに頼み、上階にある自室の金庫にしまってある野球ボール大のコカインの塊から、いつもより多めに分けてもらった。重さを量ると約三グラムで、値段は一二〇ドル。ほかの売人なら二〇〇ドルは要求されるところだ。

「あのな、実はあんたに紹介したい奴らがいるんだよ。儲け話があるらしくてな」ナイフの先端で秤の上に残った粉をかき集めながら、モーリイが言った。「かまわんかね?」

「ああ」ポータブル冷蔵庫の上でつくった山盛りのラインを吸ってから、僕は返事をした。「なんて奴?」

「レニーとブルーノ。俺の親友でね。あんたと話をしたがってる」

店のいちばん奥の出口近いテーブルに、レニーとブルーノはいた。二人ともショートパンツにテニスシューズ、アロハシャツというスタイルだ。レニーはモヒカン刈りで超人ハルクのような

*2　一二歳の少年が、ある日、目覚めたら体だけ三〇歳の大人になっていた、という設定のファンタジック・コメディ。

巨漢。全身肉の塊という感じで体重一五〇キロはあっただろう。

　ブルーノはレニーの隣でこそ小さく見えたが、離れて座っていたらさぞ目立ったであろう、驚くばかりの肥満体。シャツのボタンが今にもはじけそうだ。

「ＣＤをくれる偉い奴がいるって、モーリイがよく話をするもんでな」レニーが口を開いた。『グッドフェローズ』[*3]のロバート・デ・ニーロばりのブルックリンなまりだ。ブルーノは隣で黙ってうなずく。「モーリイに、そりゃ誰だって聞いた。お前のお得意さんか？　会わせてくれってな。そしたらお前がここへ来たってわけだ」

「そりゃどうも、あの、ええと……ありがとうモーリイ、僕をほめてくれて」胸の鼓動が一気に高まった。ひどく動揺したとき指先を血が出るまで噛み続ける、子供ときからのクセが始まった。

「モーリイに言わせると、あんた音楽業界の大物だってな」レニーが言った。

「いや、それほどじゃないですよ。あの、今度やっと広報部長に昇進したところで、まだまだ」

「聞いたか？」レニーがブルーノのほうを見て言った。「部長様だ。すげえなあ。そういうことなら、一つ提案がある」

「はい？」

「あんた、業界の連中をいろいろ知ってるだろ？」

「もちろん。ラジオ局のＤＪとも付き合いがありますよ。バンドの連中ともときどき会うし」

「そいつらとは仲がいいのか？　一緒に遊びに行ったりするか？」

「ええ」

「よーし。なら、あんた、その連中にコカインを売れるか？　エンタメ業界の売人やってくれるか？」

この申し出を、僕は即座に断るべきだったのだ。しかし、そうしたくなかった。この仕事に気をそそられたのだ。マフィアみたいじゃないか。

「いいですね、それはぜひやってみたい」口をついて出たのは承諾の言葉だった。

「そうか？　おい、こいつを見たか」レニーは僕の背中を叩き、ブルーノとモーリイの二人に声をかけた。「馬並みのキンタマがついてるぜ」

そしてテーブルの下からダッフルバックをたぐり寄せると、中から紙袋を一つ取り出した。そして、クルクル巻かれたその袋を、僕のズボンの内側に突っ込んだ。

「二〇〇〇ドル相当のコカインだ」レニーは言った。「全部さばいたら七五〇ドルやる。二週間後に売上と残りのコカインをもらいに来る。ちょっかいを出す奴がいたら電話しろ。俺とブルーノで面倒みる。これが番号だ」

「わかった」

「決まりだ。さあ、こっちへ来い」

そう言うと、レニーは僕を押しつぶさんばかりに強く抱いた。

ブルーノは僕と握手し、反対の手を僕の肩に回してこう言った。「レニー、こいつ、お前が気

＊3　マーティン・スコセッシ監督の、実話をもとにしたマフィア映画（一九九〇年製作）。

に入ったようだ。俺にはわかるぜ。こいつは大した奴だ」

クリーム色のキャディラック・エルドラドで二人は去った。

ドラッグの売人が守るべきいちばん大事なルールは、自分が売る商品の中毒にならないことだった。僕はレニーとブルーノが去るや、早速、商品を試してみた。コカインはあらかじめ小袋五〇個に分けられていた。その一つを吸ってみた。ひどい。ベビーパウダーを混ぜすぎてる。それでも一応ハイにはなれる。

約束の二週間、僕は一つもコカインを売れなかった。「一つぐらいならかまわないだろう」「明日この埋め合わせをするから」「木曜日にやるのはこれが最後」などと自分に言い訳をしては、一つ、また一つと商品に手を出した。コントロールが利かない。手元にある大量のコカインを吸いたいという衝動が、抑えきれない。

あらかた自分で吸ってしまったうえ、レニーに二〇〇〇ドルを払う約束の前日になって、所持金も底を突いた。この二週間分のミランの給料は酒、食事、タクシー代に消えていた。僕は慌てた。マフィア映画のように、借金を踏み倒したために残忍なやり方で始末される自分の姿が頭をよぎった。あと二四時間で、どうやって二〇〇〇ドルつくれっていうんだ?

僕はアパートに戻ると、何十年も前からわが家にあった古いクリーム色のスーツケースを引っ張り出し、タクシーでミランの事務所へ向かった。深夜一時半頃だった。警備員の詰所で名前を記入する。警備員は顔見知りの男だ。

「遅くまで大変だね、ジェイソン」彼が言った。

「ああ、今週中に終らせる仕事がまだ山ほどあってね」魂胆を見透かされそうな気がして、僕は顔を上げず、自分の足元を見ながら答えた。

「出張かい？」スーツケースを指さし、警備員が聞いた。

「そのつもりなんだけど」防犯扉に向かって歩きながら返事をした。「時間に間に合うかどうか。オフィスに忘れ物をしちまって」

僕は、プロモ用CDを収納している金属製ロッカーへ直行した。そして、ロッカーの中にあったCDの半分、ざっと四五〇枚をスーツケースに詰めると、オフィスに入って、机の上にコカインを少し出し、社員証の縁でラインをつくって吸引した。木製の机の溝に落ちた粉を手のひらにつけて、その手を舐めた。

CDをいっぱいに詰めたスーツケースは九〇キロぐらいあるだろうか。化け物のようなこのケースを、僕はエレベーターまでありったけの力で引きずり、一階で降りると、大理石のフロアを滑らせていった。警備員はさぞうさんくさそうな目で見ているだろうと思って様子を窺ったが、とくに気にかける様子もない。正面のドアを開け、タクシーを呼び、トランクにケースを入れるのまで手伝ってくれた。最後に、内ポケットからティッシュを取り出して、言った。

「これ使って下さい。鼻水が出てますよ」

翌朝、会社には病気で休むと断り、丸一日使ってブレッカー・ストリートのインディーズ専門店でCDを売りさばいた。上がりはしめて二二〇〇ドル。最後の店でスーツケースも渡してしまった。

約束の時間までもう一時間ほどあったので、五〇ドルで寿司を食べた。レニーが指定した場所は、ピットストップの数階上にあるモーリイのアパート。僕は先に店に行き、ジャック・ダニエルをトールグラスで注文した。氷はなし。バーテンに釣りはいらないと言って二〇ドル渡した。それから上のアパートへ行き、レニーが来るまでにモーリイと僕は何ラインかコカインを吸った。三〇分遅れている。もう一ライン、と思ったとき、ノックが聞こえた。

「来たな」とモーリイ。

入ってきたレニーとブルーノの頬に彼がキスするのを見て、僕も立ち上がり、唇を突き出そうとしたそのとき、「座ってろ」とレニーが命令した。

「金はどうした?」

「あるとも」僕は一〇〇ドル札二〇枚をレニーに渡した。「二〇〇〇きっかりだ」

「お前、俺のブツをタダでばらまいてるそうじゃねえか?」レニーは僕を疑っている。「言われた通りやってねえじゃねえか」

「誰がそんなこと言ってるんだ。金もちゃんと渡しただろ」

「なんだと?」レニーが切れた。「てめえ、この俺に口答えする気か? おいブルーノ、この野郎、いま何てぬかしやがった? 俺の質問にちゃんと答えろ、このボケ! 俺のブツをただでばらまいてるんじゃねえのか?」

足が震えてきた。小便を漏らしそうだ。

「ああ。コカインの使用料はもらわなかった」僕はそう答えた。

「なら、どうやって金を手に入れた？」とレニー。

「会社から持ち出したCDを売ったんだよ」

「何？　おい、ちょっと待った。ちょっと待てよ。お前、いま何て言った？」

レニーは僕の悪巧みに強い興味を覚えたようだ。そこで僕は、CDをレコード屋で現金化する方法や、会社のCDを盗んでそういう店に売って二〇〇〇ドルを得たことを説明した。

「つまりお前はCDをただで手に入れられるってこったな？」

「そうだ」

「どのぐらいだ？　何百か？　何千か？」

質問に答えているうちに、僕は自分が天才にでもなった気がしてきた。レニーはもう、僕を下っ端のクズとは見ていない。その口調からはある種の尊敬さえ感じられた。

「何千だ。発注するときはいつも千単位だ。でもオフィスにキープしておくのは四、五〇〇枚だけで、残りはインディアナの倉庫に保管される」

「本当か？」

「ああ本当だ。CDは銀行みたいなもんだ。銀行から金を出し入れするみたいに、金が入り用になったらCDを持っていって売ればいい」

レニーがブルーノのほうを見た。互いの胸の内を知り尽くした二人が、無言でうなずき合う。

「その上がりをこっちへよこすんだ」レニーが言った。「CDを売った金をよこせ。コカインをちゃんと売らなかった落とし前をつけてもらうぞ」

レニーはコートのポケットから注射器を一本取り出した。パチンと叩いて、プランジャーを引き、針を自分の上腕二頭筋に刺し、液体を注入する。

「言われた通りにしろ。さもないとその頭に穴があくぜ」

注射の最中であることなど気にもかけず、僕の目を正面から見据えてレニーが言った。そして中身が空になるまで押し続けた。ステロイドを打ちながら脅迫する大男を、僕は唖然として眺めていた。

「聞いてるのか？　頭に穴があくと言ったんだ」自分の頭を人差し指で突きながら、レニーはもう一度言った。

月末までにCDで一五〇〇ドルつくり、その金を彼らに収めることになった。代わりに一〇〇ドルの経費とコカインをやるからきっちり仕事をしろと命じられた。逆らう余地はない。太刀打ちできる相手ではなかった。いよいよというときは、自分で命を絶つしかない。

アパートに帰ると留守電が一つ入っていた。「ジェイソンいるかい？　ジョンだよ。いま事務所にいる」会社からのメッセージだった。「電話をくれ。ゆうべ泥棒が入ったんだ。棚のCDがそっくり消えちまった」

なんてこった！

僕がやったことがもうばれたのか？　CDを盗んだのはお前だろ、とジョンは言いたいいのか？　彼の口調はどこか含みがある。もう一回、再生してみる。

やっぱり何か感づいている。これは事件を知らせるだけじゃなく、僕の反応を試しているんだ。

ジョンに電話をかけよう。

「もしもし……ジョン？」仮病じゃないことを信じさせるため、かすれ声で言った。「伝言を聞いたよ。どうしたんだ？」

「ああジェイソン。コソ泥が入ったのさ」とジョン。

「へえ。でも妙だな。ゆうべ、僕はラジオ局のＤＪとオフィスにいた。中を案内してＣＤを渡して、それから引き上げた。あのときはちゃんとあったぞ」

「ところが、ざっと六、七〇〇枚が消えてるんだ。君はそんなにたくさん渡したのか？」

ばか言うな。そんなにたくさん消えたわけないじゃないか。ジョンは計算違いをしている。僕が盗ったのは四五〇枚だ。しかし、ここで間違いを指摘するのは自白と一緒。

「いや」僕は自分を防御するように言った。「七〇〇枚なんて渡していない。本当にそんなになくなったのか？」

「枚数なんかどうだっていい。まとめて消えたことが問題なんだ。先週、棚に入れたばかりのＣＤも一枚もないんだ」

「さっきも言ったけど、ゆうべ僕が帰るときはちゃんとあった。たしかに変だ。ビルの掃除係が持ってったってことはないのか？」

「警備員がちゃんとチェックしてる」

ジョンは、僕がゆうべオフィスに入り、ＣＤを外部の者に少しだけ渡したことをＣＥＯに報告しておく、と言って電話を切った。僕はコカインを吸って、今のことを忘れることにした。考えたって不安が増すだけだし、もうすんだことだ。これから週末。月曜日、仕事に戻ったときには、CD紛失事件の社内調査はもうすっかり終わっていた。

僕は、インディアナにあるミランの倉庫からCDを簡単にちょろまかす手口を思いついた。まず皆の前で、AMとパブリック、両方のラジオ局で知名度を上げる販促キャンペーンの開始を宣言した。そのやり方は、まず各ラジオ局にミランのCDを少しずつ送っておき、DJがサントラを一曲かけるたびに、リスナーにそのCDをプレゼントしてもらう。金のいらないパブリシティだ、僕はそう説明した。CDの提供があるたびに、DJが「ミラン・エンターテインメント」と社名を言うから、リスナーにミランがサントラのリリース会社であることが伝わる。このアイデアは好評だった。

ところが実際は、CDはラジオ局にではなく、僕の手配したブレッカー・ストリートのレコード店に直接送られた。送り先の店名は、ラジオ局のコールサインをまねたアルファベットの文字列に変えておく。詐欺の痕跡を隠すため、僕はさらに工夫を重ねた。インディアナの倉庫にプロモ用CDを発注するには、上司のサインがいる。そこで、ジョンがサインした古い発注書のサインを新しい発注書に貼り付け、ファックスでインディアナに送ったのである。

ブレッカー・ストリートのレコード店の主人には、計画を実行する前に話をつけた。僕から毎週一〇〇枚のCDを送り、彼がそれをさらにヨーロッパの知人に売るという段取り。僕はその店主から月末に二〇〇〇ドル受け取って、そこからレニーに一五〇〇ドル払う（五〇〇ドルを抜いたことは内緒で）。そして彼からそれと引き換えに、コカインの大袋と実費一〇〇ドルを受け取るという寸法だ。

これを七カ月続けた。その間、何千枚というＣＤを売って、レニーに大金を貢いだ。そうするうちに僕のコカイン依存はますます深まり、妄想が激しくなって、自分の影を見ても誰かが後をつけて来ると思い込むまでになっていた。レニーからもらうだけでは足りず、毎月のＣＤの上がりのなかからもコカインを買った。

盗みを重ねるにつれ、自分が腐っていくのがわかった。それでも罪の意識が勝つことはなかった。ミランはなぜ僕を解雇しないのだろう。僕は詐欺師として一級なのか。七カ月の間、嘘の週報を書き続け、ＣＥＯはじめスタッフ全員を欺き続けた。業界仲間は相変わらず僕を持ち上げるばかり。何もかも放り出し、やり直したいと思っても、首まで浸かったクソだめからはもう抜け出せない。そのとき、まるで神から遣わされたかのように、僕の前に現れたのがリサだった。

あれは運命だ。神様か天使かよその星の生物が、僕の世界の最後の一片が粉々に砕け散る寸前に、彼女を僕に示してこうささやいたのである。「さあ、選ぶのです。この女性に電話をかけて自分の人生を救いますか？　それとも今の生活をずっと続けて破滅しますか？」

リサ・ブラウンに初めて会ったのは、一九九六年、ロサンゼルスで開かれたインディーズ映画『のら猫の日記』[＊4]の試写会場だった。リサはこの映画の選曲をした「音楽監修」の女性のもとで働いていた。

＊4　リサ・クリューガ監督・脚本。原題は*Manny & Lo*。

僕は、サントラのリリースを検討するためにミランの社長と試写を見に来ていた。ロスではちょうどグラミー賞の授賞式の最中で、式典や面白くもないパーティーに出る予定だった。

ロックスターもどきの生活をしていた僕は、毎日ウイスキーをストレートでボトル半分空け、コカインをエイトボール吸っていた。髪は長く、耳にピアス、左右の上腕には入れ墨。服装は、黒のタイトなジーンズに売り出し中のヘビメタバンドのロゴ入りTシャツを着た上から、ライダー用の皮ジャン、鋲入りベルト、ライダーブーツ。ただし、バイクには乗らない。

試写会でリサに会ったとき、名刺をもらっていた。それは彼女自身のものではなく、ボスの名刺だった。ミランは『のら猫の日記』のサントラのリリースを結局、見合わせている。それでも僕は、ニューヨークに戻ってからリサの連絡先を探し出し、電話をかけたのだ。運命など存在しないと思っている人もいるだろうが、これは運命の導きだったと僕は思っている。

試写会場でのリサがどんな容姿だったかも覚えていないのに、なぜ電話する気になったのか、自分でもわからない。あのときかけた言葉は、やあ、どうも、さよなら、たったそれだけで、恋の相手になるなんて思いもしなかった。あの日も、ただ何となくオフィスから電話してみただけだ。ところがこの行為が、文字通り僕を救ってくれる、人生でいちばん賢明な選択だったことがやがてわかる。

「リサ・ブラウンさんをお願いします。ミラン・エンターテインメントのジェイソン・レオポルドです」

「こんにちは、ジェイソン・レオポルドさん。リサ・ブラウンです」

それはパーフェクトな女性の声だった。聴いた瞬間、恋に落ちてしまう、セクシーで、かすかにしゃがれ、それでいて無垢な響き。落ち込んだときに聞くと心がなごみ元気づけられる声。こういう声の持ち主からは金切り声やヒステリックな言葉はまず出てきそうにない。話しているとテレフォンセックスでもしているように癒されて、卑猥なセリフなど一切ないのに不思議とそそられる。

「やあ」くだけた口調で僕は話し始めた。「試写会に招待してもらった御礼を言おうと思ってさ。あのサントラ、使えなくてごめんね」

「そのことならまったく問題ないわ。気にしなくていいのよ」とリサ。「お会いできてよかったと思ってる」

「僕もだよ。ところで君は、どういう仕事をしてるの？」僕は少しつっこんだ質問をした。

「映画に使う音楽を選んでいるのよ」リサはそう答えた。

「どんなふうにして？」

「ええと、まずどっさり曲を聴いて、それから映画のシーンに入れる曲を選んでいくのよ。これはと思った曲を映像と実際に重ねてみるの」と彼女は説明した。

「なかなかいかした仕事じゃないか」

「そうね。それで、サウンドトラックができたら、あなたのところみたいなレーベルに、リリースしてもらえないかどうか打診するのよ」

「いい仕事だな。僕は音楽業界でも映画方面のことはあんまり知らないんだけど、とっても面白そうだ」

「あの、実はいま、『ファー・ハーバー』というインディーズの音楽監修をしているのよ。ケオラ・ビーマーというハワイのスラック・キー・ギタリストの曲で、ミランにはぴったりだと思うわよ」

「それ、送ってもらえるかな。一緒に仕事ができるかもしれないね」

「あなたから電話をもらったのも何かの縁かもしれない。実はこの一週間、このサントラをリリースしてくれる会社を探すのに苦労してたのよ。いいときに電話してくれたわ」

「ふうん、それは奇遇だなあ」

「運命かもしれないわね」

「資料が届いたら、また電話していいかい？」

僕はサントラを聴くつもりはなかった。送ってほしいと頼んだのは、そうすればもう一度電話できるからだった。そうまでして彼女と話がしたくなったのはなぜだろう。わかるのは、あの声が僕に不思議な安心感を与えてくれたということだけだ。この最初の電話の後、僕の頭は、彼女のことでいっぱいで、どうすればこれからも彼女と話ができるだろう、と思いを巡らせていた。

残念ながら、僕は、そうしたくても、リサと仕事をするのは無理だった。彼女は僕をレーベルの実力者と思っていたようだが、とんでもない。コカイン常習者の僕は、会社のアーティストやサントラのパブリシティをまともに手配できる状態からはほど遠い。実は、このとき僕は、日本人の前衛アーティストで、ソロ・アルバム『スムーチー』を一九九六年にミランからディストリビュートした坂本龍一のインタビューを手配することになっていた。『ローリングストーン』『スピン』といった音楽雑誌の記者や、『ニューヨーク・タイムズ』『ボストン・グローブ』『ボルチモア・クロニクル』などで音楽批評をしている評論家に電話し、アルバムを取り上げてもらう仕事である。しかし、そこにも大きな問題があった。僕は、こういった媒体に記事を書いている人間を誰一人知らない。ボスや同僚にはそのことはひた隠しにし、僕の回転式アドレス帳《ローロデックス》は、レーベルの特集やサントラの批評をしてくれそうなライターのアドレスでいっぱいだと吹聴していた。

姿も覚えていないリサに僕は電話で恋をした。それは突然のことだった。初めての電話以来、毎日電話をかけ、その話題は彼女が売り込もうとしているサントラからどんどん離れていった。

ある夜、八時に事務所から電話をかけて、そのまま翌朝九時までずっと話し続けた。それもコカインを吸いながらだった。数分ごとに、リサにちょっと待ってと言って、受話器を首の下にはさみ、コカインを吸い、会話に戻る。これには「自白剤」のような効果があった。僕はリサに、胸の奥深くしまっていた秘密を打ち明け始めた。ただしドラッグ、窃盗、子供時代に父から受けた言葉と暴力の虐待は、すべて昔の話として過去形で話した。そのほか、思いつく限りの悪事を告白してから、こうつけ加えた。

「でも今の僕は違う」

彼女がもし僕の暗黒面を受け入れてくれたら、このまま電話を切らずにいてくれたら、本当に違う人間に生まれ変われそうな気がしたのだ。そうなれば僕も生きる目的を持てる。

長い沈黙だった。リサの息遣いだけが聞こえてくる。僕は自分の指を噛み、身をこわばらせて返事を待った。

「私……私、あなたを好きになってしまったみたい」。リサが、半ば自分の反応にとまどっているかのように、ポツリと言った。それが本心であっても、似顔絵描きに特徴を話せるほども覚えていない相手に真剣に恋するなんて、普通ではありえない。

僕もリサを愛していた。体の奥で、胸の底で、そして手ひらの中に彼女への愛を感じていた。しかし彼女はなぜ、この僕を愛してくれるのだろう。

「あなたは少し悪いことをした。でも心は善良だわ」リサは言った。

僕たちは違う人間を見ているんだ。彼女の思い描くジェイソンは優しい人間だが、僕が知っているジェイソンはろくでなしだ。彼女が知性にあふれていると思っている男は、僕の知る限りでは無教養だ。彼女の心は無垢だが、僕の心は嘘で汚れている。そう考えて、僕は泣いた――声を立てずに。おとぎ話の世界じゃないか。この恋はできすぎだ。しかし僕は幸せを逃がしたくなかった。

「君にぜひ会いたい」

一九九六年の三月、僕は二週間の休暇をとり、ロサンゼルスのリサのもとへ旅立った。その前の週、四〇〇〇枚のCDをレコード屋に送って手にした二〇〇〇ドルを、飛行機代とホテル代にあてることにした。リサはまだ僕を業界の実力者だと信じていたので、ビバリーヒルズのペニンシュラホテルを薦めてきた。料金がばかにならなかったが、大物を演じていた僕は断れない。予定外の支出のため、CDをもう二〇〇〇枚売って一〇〇〇〇ドルをこしらえた。

リサはロサンゼルス空港で待っていた。特徴を何十回も本人から聞いていたにもかかわらず僕の予想ははずれた。想像の世界でも浅はかな僕は、長身でブロンド、豊満な胸にパンプス、ガーターという悩殺的なイメージを膨らませていたのだが、本物のリサは身長約一五〇センチと小柄で、シャネン・ドハーティ［*5］に似た、とても可愛らしく、ポケットに入れてしまいたくなるような女の子だった。しかし彼女が口を開くや、僕の胸は高鳴った。この声だ！　僕は彼女に恋している。紛れもなく本物の恋をしている。体をかがめてキスした。

「その服装はちょっといただけないわ」キスのあとでリサが言った。「一緒に買い物に行きましょう」

その日の僕は、ラングラーのジーンズに、黒のライダーズブーツ、鋲付きベルト。上はコーデュロイの白のカウボーイシャツにスウェードのベストという服装だった。

「え？　これじゃだめかい？　決めたつもりだったのにな」

そんなわけで、まずバナナ・リパブリックに行き、彼女の見立てで服を買うことになった。

それから二週間、僕たちはペニンシュラホテルのルームサービスをとりながら過ごした。二人は運命の糸で結ばれている。そう実感したのは、彼女が僕のことを伝えるため、祖母に電話をかけるのを聞いていたときだ。レストランに向かう車の中で、リサが自分の祖母にこう呼びかけたのだ。

＊5　TVシリーズ『ビバリーヒルズ白書』のブレンダ役で知られる女優。

「君もか！」僕は驚いて言った。「僕もおばあちゃんのことを『ママ』って呼ぶんだ。君も同じだったなんて」

「ねえママ……」

僕はハンドルを握るリサの右手をとって、自分の胸に押し当てた。

祖父母に向かって「グランマ（おばあちゃん）、グランパ（おじいちゃん）」でなく「ママ、パパ」と言うのは、世界でも僕だけだと思っていた。僕は「ママ」と「パパ」を神様のように崇拝していた。二人が間違ったことをするのを見たことがない。小さい頃はよく「ママ」と「パパ」がずっと生きいてくれますようにと、本当の神様にお祈りした。手のひらをじっと見つめているとその願いが聞き届けられるような気がしたものだ。

「ママ」と「パパ」はヨーロッパで生まれ、ナチスが台頭したとき、僕にとっては叔父にあたる二人の息子とともにフランスの収容所に送られている。しかし一九四五年にドミニカ共和国に逃亡し、僕の母を出産した。五年後、家族はアメリカに渡り、一九五五年にブロンクスに落ち着いた。僕の知る限り、母方の親戚のほとんどはナチに抹殺され、父の近親者も多くが早世しているので、数少ない叔父、叔母を別にすれば、「ママ」と「パパ」だけが僕の親戚といっていい。

僕の一家は、ブロンクスの「ママ」と「パパ」の家のすぐ先のボガート・アベニューに住んでいた。通りには大きな並木があり、天まで届きそうな枝を一杯に広げ、僕らの住むレンガづくりの住宅を覆っていた。ここの住人のほとんどは、同じようにホロコーストを生き延びたユダヤ人移民だった。

記憶にある限りでは、僕は週末いつも「ママ」と「パパ」の家で過ごした。帰らなくていいと言われたら、ずっとそこにいたと思う。

あれは一九七〇年頃の、とある金曜日か土曜日の午後。その少し前、郊外に越していた僕たち一家は、母の運転するチェリーレッドのキャデラック・コンバーチブルで、ブロンクスにいる「ママ」と「パパ」を訪問した。当時、五歳か六歳だった僕の家庭生活はすでに惨憺たるものだったから、「ママ」と「パパ」のもとで過ごす週末を待ちわびていた。車の後部座席に座った僕は、運転席のヘッドレストに腕をのせた父親を恨めしく見つめた。四〇分のドライブに父が同乗しているのが腹立たしかった。

「ママ」と「パパ」の家に着くなり、僕は兄と妹を乗り越えていちばんに車から飛び出し、階段を上がって二人にキスした。そのブロックの子供たちが何人か、スティックボールや自転車で遊んでいたが、僕は仲間に入らなかった。「ママ」と「パパ」と一緒にいるほうがずっと大事だった。「ママ」は僕のことを「インゲラー（坊や）」と呼び、僕に話すときはほとんどイディッシュ語だった。二人は、ホロコーストの話や、ナチの収容所からどうやって生き延びたかを聞かせてくれた。人生とはサバイバル、とくにユダヤ人にとっては――と二人は僕に教えてくれた。彼らの忍従の物語は僕の人生にも役立っているかもしれない。

「ママ」と「パパ」は、僕の兄と妹、両親を順に抱きしめ、両頬にキスした。家の中に入ると、自家製のマッシュルームと大麦のスープ、トマトのキッシュの匂いがプンと漂ってきて、涎《よだれ》がわいてくる。「ママ」のアイスティーは最高で、僕の大好きな砂糖入りだ。「ママ」は砂糖を入れるのを全然ためらわない。「パパ」を囲んでキッチンテーブルに座った僕らに食事を出しながら、「そっちはうまくいってるの?」と「ママ」が心配そうに聞いた。

「ええ、うまくいってるわ」母がイディッシュ語で答えた。「何も心配ないわよ。家はいい家だし、子供たちはいい子だし、体は健康だしね」

何かまずいこと——かなりまずいこと——があっても、「ママ」と「パパ」に話してはいけないことになっていた。母は「ママ」と「パパ」に悪いことを知らせたら、心臓発作で死んでしまうと思っていた。子供の僕も、気分がどん底で、試験に落第して、ヘマをやるたびに父親に殴られていても、完璧な毎日を送っているふりを通さないといけない。

父は「ママ」や「パパ」とめったに口をきかなかった。短気なのであまり好かれていないと思っていたらしい。でも二人は仕事熱心な父に敬意を持っていた。父はマンハッタンでタクシー運転手をしていた。父の車はほかの人の車とちょっと違う。露天で買った珍しい小物のコレクションがダッシュボードに並んでいるのだ。

週末はこのまま「ママ」と「パパ」の家にいたいと訴えると、母は、父さんに聞いてごらんと言った。父は居間でうたた寝をしている。

僕は何であれ、父に頼みごとをするのが嫌だった。どうせだめだと言われるし、そうなれば、たいてい耐え難い結果になる。どうしてもお金が必要なときは、女の子みたいに首をかしげ、指先で髪の毛をクルクル巻きながら、笑みを浮かべる。

「父さん、父さん」

「なんだよ？　俺は寝てるんだ」

「明日までここにいていい？　母さんが父さんに聞いてごらんって」

「だめだ。今週は無理だ。迎えに来れん」

僕は諦めなかった。しつこく食い下がって、父の都合などおかまいなしに、こうすれば迎えに来れるじゃないかと思ったことを次から次へと口にした。

いつまでもごねる僕に、ついに父の怒りが爆発した。僕の顔を一発張り飛ばしてから、玄関のポーチまで引きずっていき、体を揺さぶり、さらにもう一発張り手をくれた。僕は小便を漏らした。この様子を見た近所の人たちは、自分たちの子供の手をつかんで家の中に入れた。そのとき、どうやって「パパ」が父の腕を抑えたのかはよく覚えていない。でも次の瞬間、父が「パパ」の顎にパンチを食らわし、ノックアウトしたのは鮮明に憶えている。母は僕を抱き上げ、車の後部座席に乗せると、家に戻って、まだ赤ん坊だった妹を抱きしめた。父はそれから五年間、「ママ」と「パパ」の家に足を踏み入れなかった。

リサと僕はこれからの人生をともに過ごす相談を始めた。それから三カ月の間、僕たちはニューヨークとロサンゼルスを往き来した。しかし、僕の二重生活は変わらず。CDを売ってはその金を月末にレニーに納め、夜はひと間のアパートにこもって山盛りのコカインを吸引する。部屋にはただの一つの家具もない。ランプすらなかった。エアマットで死んだように眠る日々。

この頃から、コカインに誘発された幻覚が、巨大なネズミの姿で現れるようになった。これが出たら、服を脱ぎ捨て、火のついたタバコを足に押しつける。リサから、たとえ何があってもあなたを愛し続ける、と繰り返し言われても、コカインのことは言えなかった。まして、二人の男に貢ぐためにミランのCDを盗んでいるなどということは。愛が深まれば深まるほど、堕落した自分を恥じる気持が強くなっていった。

ミランのCEOから電話でクビを通告されたのは、一九九六年五月の金曜日の朝、リサの実家で週末を過ごすためロサンゼルスに来ていたときだった。

「君は坂本龍一のアルバムの宣伝をほったらかしにしたな」CEOが言った。「嘘をついていただろ。ライターたちに一枚もアルバムを送っていないじゃないか。ジョンが確認の電話を入れたら、誰も受け取っていないことがわかった。君には本当にがっかりだ」

「すみませんでした。でも、どうか仕事は続けさせて。お願いです」リサの寝室で、僕は泣きながらそう訴えた。「会社は家族同然なんです。辞めさせないで」

「残念だ、ジェイソン」

悲劇だ。涙が出るのは仕事を失ったからだろうか。キャリアを傷つけたことを後悔する気になったからだろうか。罪の意識に打ちのめされたからだろうか。それとも、すべてがご破算になってほっとしたのだろうか。まいった。でもこれは啓示かもしれない。カリフォルニアに引っ越してやり直せばいい。白紙に戻せばいいんだ。ドラッグから逃げて、別のレーベルで働こう。いまいましい家族ともおさらばだ。リサはドラッグをやらず酒も飲まない。彼女と一緒ならきれいな体になれる。

「なんてひどいの。かわいそうに」CEOとの話を横で聞いていたリサが言った。僕はリサに本当のことを話さなかった。クビになったのは坂本龍一のマネジャーから嫌われたからだ。僕が『ローリングストーン』に記事を出してやれなかったので、マネジャーが、僕をクビにしなければアルバムを他所のレーベルに移す、とミランを脅かした。そう嘘を言い、完全な被害者のふりをした。リサは僕の話を信じた。

「海に行きたい」僕は言った。「どう? 一緒に行ってくれる?」

「いい考えだわ」

リサの車で海へ行った。僕は運転免許証を持っていない。一九八九年に免停になったのだ。彼女にはそのことも話していない。

サンタモニカの砂浜を、指をからめあって裸足で歩く。太平洋は初めてだった。僕は水に体を沈めた。水はしょっぱくて、温かかった。振り返って、遠くにそびえるサンタモニカ山脈を眺めた。至るところにヤシの木がある海岸の風景を僕は愛した。この風景を眺めていると、過去のことやニューヨークの自堕落な生活も全部忘れ、生まれ変わった気分になれる。すべてが遠い昔のことのようだ。僕が本当にいたい場所はここだ、そう気づいたとき、ごく自然な成り行きで「結婚しない?」とプロポーズをしていた。

「いいわ!」リサは即座にオーケーした。ずっとあとになって、あのとき迷わず承諾したわけを聞くと、彼女はこう答えた。「それが正しいことだと思ったからよ」

僕はニューヨークのアパートに戻り、所持品のすべてを二つのゴミ袋に突っ込んだ。家主には、カリフォルニアに引っ越して結婚することになりました、六月の家賃は敷金を当てて下さい、と伝えた。銀行の残高二二〇〇ドル八四セントを全額おろした。それからミランのCEOに電話し、机を整理したいのでオフィスに寄ってもいいかと聞いた。

「かまわんよ。けじめをつけることは大切だからな」彼は言った。

ミランの人たちは、皆、僕に会えたことを心から喜んでくれた。僕は、六月の末にカリフォルニアに引っ越して結婚することを話した。

「君がいなくなると寂しいな」ジョンが言った。

ミランの事務所を出ると、地下鉄に乗って再びアパートへ。両親に電話した。

「大事な知らせがある」母に言った。「これからそっちに行くよ」

「あら、まぁまぁ、いったいどうしたの？　怪我でもした？　何があったの？」

「いや、大丈夫」

「心臓発作を起こすじゃないの。まったく。どうしたのよ？　どんな話？　本当に大丈夫？　骨でも折ったんじゃないでしょうね？」

「帰ったら話すよ。とにかく大丈夫だから」

僕はその三週間後、一九九六年六月の終わりにはニューヨークを去り、二度と戻らないつもりだった。モーリイ、レニー、ブルーノ、そのほかピットストップの人間とは一切接触を避けた。カリフォルニアへ発つまでニューヨーク州の北部にある両親の家に身を潜めるつもりだった。しかし僕は、レニーにパスポートを渡したままで、それを見れば実家の住所がばれることに気がついた。一年前、CDを売って金をつくるよう言われたとき、取り上げられたのだ。やばいぞ。レニーが一味を雇って僕を殺しにくるかもしれない。

僕は妹のミシェルに電話し、僕の代理でピットストップのモーリイに電話してくれないかと頼んだ。

「なぜ兄さんがかけないの?」ミシェルが聞いた。

「居場所を知られたくないんだ」

「なんで?」

「とにかく、知られたくないんだ。それだけ。電話してくれるね?」

「なんて言えばいいの?」

「僕が自殺を図って、精神病院に送られたと」

「何よそれ! なに馬鹿なこと言ってるの? なんでそんなことを私が言わなきゃいけないのよ」

「言う通りにしてくれ。頼む」

ミシェルに神のお恵みを。妹は、二〇ドルくれたら何も聞かずに電話してあげるわ、と言った。

僕は店の番号を教えた。

「電話がすんだら、僕に折り返し電話くれ」

五分後、電話があった。

「彼、何て言ってた?」と僕。

「兄さんを愛してるって。みんな兄さんを愛してるって。だけど兄さんにはすごい借金があって、自分にはどうもしてやれないって」

「それだけ?」

「うん、そうよ。誰に借金してるの?」

「誰にもしてないよ。何の話なんだかわかんないや」

その夜、僕は家族に、カリフォルニアに引っ越してリサと結婚することを報告した。僕の家族は、リサが僕を訪ねてニューヨークに来たとき、一度マンハッタンで一緒に食事したことがある。

「そりゃよかった。マザル・トーヴ(おめでとう)」父がそっけない口調で言った。「で、指輪は買ったのか?」

「いいや」

「買ってないのか? 指輪は買わなきゃいかんだろう」

「欲しくないって言うんだ」

それは本当だった。数年前に亡くなったリサの祖母が、誰かにプロポーズされたら婚約指輪にしなさい、と言って、ダイヤモンドがずらっと並んだ指環をプレゼントしてくれていたのだ。よかった、と僕は思った。なぜって、僕には指輪を買う金などないから。

「指輪もやらないで結婚を申し込んだのか?」僕の不作法ぶりに明らかに腹を立てた様子で父が言った。

「その、僕が申し込んだら、彼女がイエスと言ったから」

「そんなの間違ってるぞ」父はそう言うなり、キッチンテーブルから立ち上がり、寝床へ行ってしまった。

母は取り乱していた。僕の婚約より、カリフォルニアに行ってしまうことにショックを受けている。

「私を置いて行っちゃうの？」母は言った。

「そんな。ニューヨークを離れるだけさ」僕はやや皮肉を込めて言った。

「考えを変えて、ここにいてくれない？」

「そりゃ無理だ」

「そう、私を置いていっちゃうんだ」母は泣き始め、分厚いマスカラとまつげにべったりつけたアイライナーが流れて、顔中に黒い筋がついた。母も立ち上がって、寝室に入ってしまった。

僕がニューヨークを出て行きたい本当の理由はこれだ。僕は家族が嫌いだった。彼らのメロドラマに付き合ってたら気が変になっちまう。

ロサンゼルスへ去る三日前のことだった。ミランの同僚だったジェニファーから電話があった。ひょろっとして馬のように長い顔の女だ。五年前に知合い、彼女がほかのレーベルを解雇されたとき、僕がミランの仕事を紹介したのだ。一緒に宣伝と販促の仕事をしたが、実質的に仕事をこなしていたのはジェニファーで、僕はその間、仕事を怠け、そのうえ横領までしていたわけだ。

「こんにちは、ジェイソン」ジェニファーが言った。

「やあ、元気？」

「あなたいつ出発するの？」

「土曜日」

「あのね、今、八番街にあるスティッキー・マイクのフロッグバーで、皆と飲んでるんだけど。あんたが出発する前に、へべれけにしてやりたくなったのよ。出て来れるわよね?」

「ああ、もちろん。二時間以内に行ける」

「よかった。奥のほうにいるからね」

「わかった。じゃ、あとで」

準備は万端整った。ニューヨークにいるうちに、最後になるはずのコカインを手に入れたい。友人に一五ドル払って車を出してもらった。まず四一丁目に寄り、それから、そのバーのある八番街で車を降りた。最初の予定では、八番街へ行く前に、地下鉄を使って一四丁目と六番街へ行き、それぞれの通りの酒場でコカインを買ってから、八番街のスティッキー・マイクで、皆と合流するつもりだった。ところがどういう風の吹き回しか、僕はコカインを買う前に、スティッキー・マイクへ行った。

店は満員だった。音楽は耐えがたいボリューム。人をかき分け、奥に入る。あたりを見回したが、ジェニファーはいない。向きを変え、つま先立ちして前のほうを探した。姿がない。もう一度向きを変え、奥をよく探してみる。そのとき肩を叩く者があった。僕は振り返った。

「ニューヨーク市警の刑事だ」スーツ姿のラテン系の男が、僕の鼻先にバッジを突きつけ、言った。「両手を頭の後ろに回せ。逃げようとするんじゃないぞ」

別の刑事が僕の後ろに回って、腕をつかみ、両手首をまとめて抑えた。冷たい鉄の手錠が手首にかけられるのがわかった。カチ・カチ・カチ・カチ。この感覚も、この音も、なじみがある。

五つのときから僕はトラブルばかり起こしてきた。最初は、友達のミニカーを盗んだ現場をその子の親に押さえられた。すぐにその段階を卒業し、次は母の財布から現金を盗むようになった。小学校を卒業する頃には、母のジュエリーを持ち出し、質屋に持っていくことを覚えた。ハイスクールでは、ほかの生徒のロッカーから手当たり次第に盗みを働いた。年齢が上がるにつれ、手口は大胆になり、他人のクレジットカードを使ったり、いろいろとケチな犯罪に手を染めて、何度となく捕まった。養わなければならない家族がいるとか、盗みを働くもっともらしい理由があればまだよかった。でも正直に言えば、僕が盗みを働くのは、ばれても罪に問われることはないとわかっていたからだ。保護観察で逃げることができたし、逮捕記録もいずれは消える。しかし、今度のは深刻だ。

僕は店内を連行された。刑事が両脇を固め、左右の腕をわしづかみにしている。他店でコカインを買って来なかったことを、ひたすら神に感謝した。この刑事たちにドラッグ所持がばれたら、僕はお終いだ。

ニール・パート[*6]のドラム・ソロのように、心臓がアップテンポで打ち続けた。まわりがスローモーションで動いていた。通りを挟んで店の反対側に停めてあった覆面パトカーの後部席に押し込まれたときは、もう何キロも歩いたような気がした。そのとき、はっと気づいた。ジェニファ

*6　カナダのロック・トリオ、ラッシュのドラマー。

ーだ。あのあばずれが。嵌めやがった。刑事が黙秘権についての説明を読み上げた。

「以上の権利がある。わかったな?」と刑事。

「ああ」と僕。

警察署に着くと、ラテン系刑事が僕を取調室に連れて行き、身体検査を始めた。

「怪我をするような尖った物は、ポケットにないだろうな?」と刑事。

「ない。マネークリップだけだ。それと約二〇〇ドル」

ロスへ行ったとき、札をポケットに突っ込んでいる僕を見て、リサがティファニーで買ってくれたマネークリップだ。

刑事は、僕には重窃盗罪の容疑がかけられている、と言った。ミランからCD九〇〇枚を盗んだ罪だ。この六カ月間、捜査をしたところ、一九九五年七月のある木曜日の深夜、ビルの中からスーツケースを引きずり出す僕の姿が、監視カメラのビデオテープで確認された、ということだった。刑事は、このスーツケースの中味が、ミランがその翌日、盗難届を出したCDだったことも裏づけがとれている、と言った。

「お前がこれを売ったレコード店で、そのCDが見つかったよ」と刑事。

「へえ、そうですか」僕は言った。なぜ九〇〇枚なんだ? 僕は思った。あの日は四五〇枚しか売ってないぞ。ジョンが数を間違って届けを出したんだろう。

「お前がCDを売りさばいた相手もわかった」刑事は言った。「お前を見分けられると言ってるぞ」

驚いたことに、刑事はもっと大がかりな詐欺、つまり、ほぼ一年にわたり、ブレッカー・ストリートの別のレコード店に僕が何千枚というCDを送っていたことについては、ひと言も触れなかった。恐らくあとになって、マンハッタン区の検事が、僕の弁護士にこう言うのだな。僕の罪状を、二万枚余りのCDをミランから二年半にわたり盗み続け、およそ五〇万ドルを騙し取った容疑に修正する、と。それは誤解だ。僕はそんなにたくさん持ち出しちゃいない。それだけ売ってたら、鼻の粘膜がとっくにコカインでボロボロだ。レニーとブルーノのことは、ひと言も言われなかった。僕も当然、彼らと付き合いがあったことはおくびにも出さなかった。実際、この逮捕以来、二人の噂はまったく聞かなかったし、二度と彼らの姿を見ることもなかった。

もう一人の黒人刑事は、まったく言葉を発しない。ラテン系刑事一人がしゃべっている。今の僕なら、警察が容疑者に自白させる手口を見抜けるが、当時はまだ無知で、こういう状況では容疑者は口を閉ざしているに限るということがわからなかった。しかもこのときの僕は、生まれて初めて、真人間になって真実と向きあおうと決心したばかり。よもやそれが裏目に出ようとは思いもしなかったのである。僕は、ラテン系の刑事に、二日後にはロサンゼルスに引っ越して結婚する予定だと話してしまった。

「CDを盗んだことを認めれば、帰してやるよ」刑事が言った。「元の上司に、自分のしたことの謝罪文を書いてもいい。お詫びと、弁償の約束と、二度と同じことをしませんってな。お前次第だ」

その時点で僕は、①弁護士を呼ぶべきであること、②ラテン系刑事は、法に問われないやり方で自白させるため空約束をしているだけだということ、の二つに気づくべきだった（かくいう自分も、二〇〇〇年から二〇〇一年にかけて飛ばしたスクープのうち、これはというものでは、ネタ元から情報を引き出し、記事にするため、警察と同じような小細工をしている）。刑事がこの提案をしたとき、真っ先に僕の頭に浮かんだのはリサ、一刻も早く彼女のもとに行きたい、ということだった。ぼくは疑いを持たなかった。罪を認めさえすれば――それもあの晩の出来事だけだ、全部じゃない――今日のうちに晴れて自由の身だ。

「わかった。僕がやった」「僕がCDを盗んだ。やったのは僕だ」

ラテン系刑事が、黒人の相棒を見てニヤッと笑った。彼の表情は今も鮮明に覚えているが、その真の意味がわかったのはずっとあとだった。僕はまんまとしてやられた。

「ちょっと待ってろ」ラテン系刑事が言った。「その間に、この紙とペンで、自分がしたことと、いつ、どんなふうにやったのかを正確に書いておけ。最後に署名と日付も入れておくように」

僕は自白書面を書いた。ミランからCD九〇〇枚を、深夜、盗み出したと。本当は四五〇枚なのだが。「もうすぐリサに会えるぞ」僕は思った。正直に言えば、そのとき僕は、自分の犯罪をこうして書くことで、自分のしたことに責任をとっているような誇らしい気分になっていた。しかし、その気持ちはすぐ後悔に変わる。

一〇分後、刑事が取調室に戻ってきた。何枚か書類を出し、署名を求めた。

「これにちょっと署名してもらいたいんだがな」彼は言った。「あんたが罪を認めたのは、俺に強制されたのじゃなく、自発的なものだってことを示す書類だ」

「わかった。どこに署名すればいい?」僕は聞いた。

「ここと、ここだ」

署名をすべて終えると、僕は席を上がった。

「もう帰っていいだろ?」

「まだだ」刑事が言った。「面通しを受けてもらいたい」

「それは何のため?」僕は無邪気に聞いた。

「レコード店の男を連れて来てある」刑事が言った。「あんたの顔を見分けられると言ってる。形式上のものさ。もう自白してることだしな」

裏切り者はどいつだ? 僕は考えた。僕がCDを持ち込んだマンハッタンのレコード屋はごまんとある。きっとこの店主は、捜査に協力しないとCDを僕から買った容疑で起訴する、と警察から脅されたに違いない。

「いいよ。面通しをやってくれ」僕は言った。

刑事は僕を小部屋に案内した。マジックミラーに向けて配置された椅子に、僕は座った。面通しといっても、映画で見るような、背丈がわかる目盛り付きのコンクリート壁の前に被疑者が並ぶようなものではない。何もない白い部屋だ。たぶん、僕と特徴が似ていると思われたのであろう四人の男が、部屋に入ってきて僕の横の席に座った。この連中は警官に違いない。僕たちは座ったままマジックミラーを見つめた。およそ三〇秒後、刑事が入ってきて、ほかの連中を帰らせた。

「例の奴がお前を見分けたぞ」刑事が鼻高々に言った。

僕はそのまま留置房に入れられてしまった。何だかおかしいぞ。

二時間後、ラテン系刑事が来て、留置房から僕を出した。黒人の相棒が僕に手錠をはめ、二人して僕を覆面パトカーに乗せた。

「どこへ行くんだ？」僕は聞いた。

「ダウンタウンに連れていく」黒人刑事が口を開いた。「拘置所だ」

「なぜ？」

「あんたを起訴する」

「どういうことだ？　帰っていいって言ったじゃないか」

「いいや。その前に召喚がある」

「でも土曜日にカリフォルニアに行かなきゃいけないんだ。結婚するんだ」

「そりゃ難しいなあ。召喚の前に何日か牢屋にぶち込まれっからな」

「牢屋だって？　頼むからやめてくれ。どうか、どうか、どうか、やめて下さい。牢屋に入れるのだけは！」

僕は震え上がった。やせっぽちで長髪の僕みたいな白人が、黒人の巨漢になぶりものにされるシーンが頭に浮かんだ。何されるかわかったもんじゃない。そんな恐ろしい目には遭いたくない。

「決まりなんでね」刑事は言った。「大丈夫さ。刑務官の近くを離れないようにすれば」

「どんなことした奴らがいるんだ？」

「レイプ、殺し、強盗」刑事は答えた。「まあ、ありとあらゆるワルがいるよ」

黒人刑事は、僕が脅えるのを見て楽しんでいた。

拘置所に着く前に食料品店に寄った。黒人刑事が、タバコ一箱とチョコレートバーを買ってやる、と言い、僕のズボンのポケットから五ドル札を一枚抜いた。

「墓場」の通称を持つ建物で僕は降ろされた。マンハッタンで逮捕された者は皆、裁判官の前に引き出されるまで、ここで待機する。といっても、診療所の待合室とは違う。「墓場」は国内最大の拘置所だ。一八三五年、コレクトという名前の池があった沼地に建てられ、エジプトに旅行したニューヨークの建築家が、旅先で見た霊廟にこれをなぞらえて以来、おどろおどろしい名前で呼ばれるようになった。

僕の身柄を預かった刑務官は、現金とマネークリップを取り上げたが、チョコレートバーは持っていていいと言った。黒人刑事が手錠を外した。僕は手首をさすった。ラテン系刑事は別れの挨拶をよこしたが、敬意からではなく、こう言っているように見えた。「どうだ、ざまあみやがれ」。そして二人は去った。

僕は刑務官に、電話をかけたいんですが、と申し出た。

「番号札を取れ」彼は答えた。「五〇〇番目ぐらいだな」

拘置房に入れられた僕は、「すし詰め」という言葉の新しい意味を発見した。一〇〇人の収容者に混じり、僕は兵隊のように両腕を脇につけ、足をぴったり揃えて立っていた。それほど狭いのだ。詰め込み過ぎて、体を伸ばすゆとりもない。わけ知り顔で、刑務官に冗談の一つも言ってやれば、ユーモアのある奴だと思われ、手荒な目に遭わずにすむかもしれない、と思ったが、口はつぐんでいることにした。

僕をからかう奴はいなかった。持っていたチョコレートバーは一人の男にくれてやった。ヘロインの激烈な禁断症状で木の葉のように震え、甘いものをくれ、と刑務官に執拗にねだっていたからだ。四日目になり、ようやく電話の順番が回ってきた。ほとんどの収監者は、たった一回のチャンスを、拘置所から出してくれそうな人への連絡に使うのだろうな、と僕は思った。でも、僕が話したいのはカリフォルニアにいるリサだ。

さよならを言うつもりだった。知り合ったばかりなのに、僕はもう拘置所の中だ。電話がつながった。

「リサかい?」僕の声は震えている。

「ジェイソン! ああ、神様! あなた大丈夫?」

「ごめんよ、リサ」僕は言った。「ごめんよ」

「ジェイソン、そっちで何があったか全部聞いたわ。今、父があなたの弁護士を探しているところよ。そこから出してあげるから」

「君はまだ僕と一緒にいてくれるの?」子供のように頼りない声で、僕は聞いた。

「決まってるでしょ」彼女は答えた。「愛してるんだもの」

ここで、刑務官が僕の手から受話器を取り上げ、電話を切ってしまった。

信じられない。彼女はまだ愛してくれている。もし僕の妹が、三カ月付き合っただけの恋人が拘置所に入れられた、と父に泣きついても、父は絶対に耳を貸すはずはない。父でなくたって、自分の娘が短期間しか付き合っていない男が拘置所に入れられたとき、その男の肩を持つような親が、いったいこの地上に何人いるか。もっと言えば、そういう娘自体、それほど多くはいないはずだ。

僕に公選弁護人がついた。僕がやった犯罪についてあれこれ質問し、その後、タバコを一本くれた。

弁護人と僕は、揃って裁判官の前に出頭した。朝の五時半ぐらいだったろうか。

「以上の容疑をあなたは認めますか？　レポルドさん」裁判官が聞いた。

「いえ、私は無罪です、裁判官」僕はそう答えた。

裁判官は五〇〇〇ドルの保釈金を決定したが、検事が、僕はカリフォルニアに「コネクション」を持つため、逃亡の恐れがあると申し立てた。僕は弁護人の耳にこうささやいた。「僕にはお金が全然ない。裁判官に、僕は音楽業界で働いていたこと、コネクションはカリフォルニアだけじゃなく、あちこちの州にあることを話してくれ」

公選弁護人は、この情報を裁判官に伝え、さらに、ニューヨーク大学卒業という僕が話した偽りの学歴も、そのまま伝えた。裁判官は一分ほど考えた。

「よろしい」決定が出た。「釈放します。ただし、州外に出ることは許しません」

「ありがとうございます、裁判官」僕は礼を述べた。

僕は、裁判所の外に走り出た。弁護人に礼を言うのも忘れて。表に出ると、ひざまずいてニューヨークの薄汚れた舗道にキスした。それからバスに乗って、両親の家に帰った。家族には、ワナにはめられ、会社の物を盗んだと嘘の訴えをされたと説明してから、「おっと」と切れ目なく続けた。「今夜中にカリフォルニアに行かなきゃいけないな。空港まで送ってくれる?」

裁判官の命令を僕は無視した。これ以上、ニューヨークに用はない。僕に必要なのはリサだ。両親はあっけにとられていた。事態を把握する時間を与えず、僕はダッフルバッグにありったけの所持品を詰め、旅支度を整えた。ほどなく僕はカリフォルニアに向かう飛行機の中にいた。リサは空港で待っていた。

「リサ」僕は言った。「君はまだ一緒にいたいと言ってくれるんだね。信じられないよ。どうしてなんだい?」

「愛してるから、それだけよ」リサが答えた。「説明なんてできないわ」

リサはまだ両親のもとで暮らしていて、翌朝、彼女の両親に正式に挨拶することになった。僕はひるんだ。そりゃそうだろう? しかしリサは、自分にとってこれは大事なことなんだと言った。

「うちの家族は秘密を一切持たない主義なのよ」

裏庭に行くと、母親のテリーと父親のフィルがプールサイドで談笑していた。僕はテリーの頬にキスをし、フィルの手を握った。フィルは僕の生活ぶりをいろいろと聞いた。何でも知りたがった。僕は、リサや自分の親にしてきたのと同じ作り話を聞かせた。僕は犠牲者、僕はヨブだ。僕にはいつも災難が振りかかる。いつもワナにはめられる。あまり自信たっぷりだったので、僕も自分の嘘を信じかけたほどだ。彼らは、僕の助けになりたいと、真摯な同情を寄せてくれた。人から助けられることに馴れていない僕は、これにとまどった。僕が本当に責任を果たし終え、二人の目をまっすぐ見て、一切のことを正直に話せるようになったのは、それから六年後のことだ。そのとき、二人はこう言った。「ああ、わかってた」

二週間後、リサと僕はアパートに引っ越し、僕は、二、三のエピソードを除けば、酒もドラッグもきっぱり断った。裁判が続いていたので、ニューヨークにたびたび出かけなければならなかった。愚かなことに、僕はまだ音楽業界で働けると考えていた。ニューヨークで起きたミランとのトラブルなど、カリフォルニアでは誰一人知らないはずだとたかを括っていた。そこで、地元のレーベル数社に面接を申し込んだ。ところが、どこの担当者も異口同音にこう言った。「あなたは、ミランから盗んだCDを売って、逮捕されたそうですね」

ブラックリスト入りだ。これではどこも雇ってくれまい。僕が逮捕されたニュースは、業界中に知れ渡っていた。

家賃の足しにする金を稼がなければならないので、僕は本屋の仕事を見つけ、自給五ドルで働いた。ところが、これが全然面白くない。売り場の仕事は最低だ。最後にアルバイトしたのは、マンハッタンのタワーレコード。あのときは客を殴ってクビになっている。前の彼女の新しい彼氏がわざわざ店に来て、僕をからかったからだ。我慢ならなくなって、カウンターを飛び越え、男をつかまえてボコボコにしてやったら、翌日、店長から電話がかかってきた。

「ジェイソン、うちは客を殴るような従業員を置いておけない」彼は言った。「辞めてもらうしかないな」

そこで僕は、困ったときの頼みの綱だったジャーナリズムの世界で職を探すことにした。以前、『レポーター・ディスパッチ』というホワイトプレーンズ[*7]の日刊紙に初めて原稿を書いたときの、割と出来のいい記事が何点か手元にあった。二年前の記事だったが、それ以後のものはない。早速、履歴書をタイプしたが、ミランの経歴を書くべき場所には、兄がやっている住宅修繕会社の名前を書いておいた。それから、電話帳に載っている新聞社に片っ端から電話し、編集部に売り込みをかけた。『ウィティア・デイリー・ニュース』の面接を受けることが決まった。ちょうど、警察と裁判所の担当記者を募集していた。それなら経験豊富だ。

面接には、『ウィティア・デイリー・ニュース』の親会社の編集主幹も同席した。

「君の名前は聞き覚えがあるぞ。理由はわかるな?」主幹が言った。

「えっ、どうしてですか?」と僕。

「だって君は、うちの社の人間を片っ端からつかまえて、仕事はないかと聞いたそうじゃないか」と主幹。「えらくアグレッシブだね、君は」

「はあ、それはすみませんでした」

「すみませんだって?」主幹が言った。「何を言うんだ。サツ回りはアグレッシブな人間じゃなきゃ務まらない。俺の言葉を信じろ。アグレッシブな奴がこの業界では成功するんだ」

一九九七年二月、ロサンゼルスへ越してから七カ月目にして、僕は『ウィティア・デイリー・ニュース』に雇われることになった。働いていた本屋にはもう行かなかった。正式に退職しなかったので最後の給料ももらっていない。

ニューヨークの地区検事から通知が来た。実家に送られたものを、僕の親がロサンゼルスに転送したのだ。読んでみると、なんと罪状が修正されている。連中は、僕が二万枚以上のCDを盗んだことを立証しようとしていたのだ。罪状を否認しても、判決が有罪になれば、一五年間の刑務所暮らしは確実だと弁護士が言った。刑務所の中でもてあそばれる自分の姿を想像した。一五年だって？　冗談じゃない。

「ジェイソン、地区検事が司法取引を持ちかけてきたぞ」そう刑事専門の弁護士が言った。「服役しなくてもいい代わり、重窃盗でのEクラス重犯罪を認めて、若干の賠償金を払う必要がある。さらに五年間の保護観察処分を受けて、その間はずっと観察官に報告を入れる義務が生じる」

「重犯罪のほうはどういうことになるんですか？」僕は尋ねた。「選挙権がなくなるのですか？」

「そうだ」弁護士が説明した。「社会保障も受けられない。でも、Eクラスだから、大したことはない。君は今の生活を続けたいだろう？　リサと結婚するんだろう？」

僕はリサ、そして彼女の両親と、司法取引のことを話し合った。これはいい話で、今の生活を続けたいなら受けなければいけない、ということで皆の意見が決まった。二カ月後、僕は司法取引を受け入れ、リサと晴れて夫婦になった。

＊7　ニューヨーク州の郊外にある街。

それから六カ月後、僕は再び酒を飲み始めた。ほどなくして、コカインへの渇望も息を吹き返した。

第5章

Hollywood Libel

ハリウッド名誉毀損

それからしばらくして、僕は地域通信社シティ・ニュース・サービスに転職した。しかし、シティ・ニュースで仕事をするには、僕の精神は不安定すぎた。今ならわかる。重犯罪の宣告が結婚生活に及ぼす影響とか、繰り返し襲ってくるフラッシュバックに対処するため、カウンセリングを受ければよかったのだ。しかし僕はそうしないで、二重生活を続けていた。シティ・ニュースでの六カ月の間に、僕は徐々にアルコールとコカインに溺れていった。妻にも、友人にも、上司にも、全然気づかれることなしに……。

シティ・ニュースはカリフォルニア南部をエリアとする地方通信社だ。裁判所、警察署、市役所に支局があり、それぞれに記者がいる、AP通信のミニチュア版を考えてもらえばいい。加盟しているのは、多くがAP、『ロサンゼルス・タイムズ』『ハリウッド・レポーター』『バラエティ』といったメディアの支局で、シティ・ニュースを情報源にしていた。シティ・ニュースの記者が何かしら特ダネを報じると、テレビや新聞の記者たちは、それに若干の電話取材で味付けしたものを、あたかも自社で発掘したニュースのように報道する。もっとも、シティ・ニュースはよく事実誤認をするという悪評もあった。働く記者の多くが大学を出たてで、速報性のために正確性を犠牲にすることも多かった。だから、ロサンゼルスやサンディエゴの新聞・テレビは、シティ・ニュースの流す記事をそのまま使うことはしないのだった。

それでも、シティ・ニュースは、ロサンゼルスで最も尊敬されるジャーナリストを何人も輩出している。『タイムズ』の地方デスクでコラムニストだったビル・ボヤースキーはここの出身だ。シティ・ニュースは、長い勤務時間と安い給料でも有名だった。一日六本の記事を書き、何十回も書き直しさせられる、といった訓練は、学校では受けられない。

僕の仕事場は、ロサンゼルスのダウンタウンにある民事裁判所の二階の古い記者室。ここはさながら博物館だった。年代物のロイヤル社製タイプライターが、部屋の隅っこでクモの巣に覆われている。壁には、一九四〇年代と五〇年代の黄色く変色した新聞が貼られている。後ろの隅には、長く使われていないバーが埃を被っている。そして部屋の中央には、ボロボロに擦りきれたソファ。まるで五〇年代の安物ドラマに出てくる探偵事務所といった風情だ。『メアリー・タイラー・ムーア・ショー』[*1]のニュースルームのようでもある。薄べったい木製パネル、グラスファイバー製のドアウィンドウ、剥がれかかった団体ステッカー、目の前のドアに書かれた「シテニュース　サ　ビス」の文字。

記者室には僕のほかに、『エンターテインメント・トゥナイト』の記者、法律専門紙の若い女性記者、それに、面白そうな訴訟の法廷文書を物色しては、コピーを州外の弁護士に売って生計を立てている男がいた。シティ・ニュースのデスク、ローリとパットは、一〇マイル離れたセンチュリーシティ市の高層オフィスビルにいた。ありがたいことに、彼らとの連絡は電話ですんだ。ローリとパットは、粗野で不作法でエゴイスティックなデスクの典型だった。僕が書いた記事に対し、自分の正しさを証明しようとして、よくネチネチ文句をつけてきた。

「君は『原告』という言葉を変わった綴りで書くんだな」パットは、挨拶を抜かし、いきなり中西部なまりでこう言ってくる。いつもスピーカーホンを使うので、バックに、僕の記事をカチカチとタイプする音も聞こえている。

「この綴りは、オックスフォード辞典に載ってるの？」

「つまり、僕の綴りが間違ってるわけですか？」

「そうは言っとらん。最後のfが一個でもいいんなら、そのことも書き添えといてくれってことだ」

こんな具合に、いちいち気に障る言い方をする。数カ月前の重犯罪の判決以来、面白くないことばっかりだ。

僕の頭の中では、二つの考えがせめぎ合っていた。この頃の僕はまだ、悪いことはすべて、元を正せば両親のせいだと思い込もうとしていた。しかし、体罰を受けても仕方がないときもあったんじゃないか……そう考えることもあった。子供が自分を怒らせたとき、父はゲンコツを食ら

＊1　女優メアリ・タイラー・ムーア主演で人気を博した一九七〇年代のコメディ番組。テレビ局が舞台。

わせる以外に罰し方を知らなかったのだ。父は、仕事から戻れば酔っぱらって、酒の勢いにまかせて子供を殴るタイプとは違う。殴るときは、きっと、それ相応の理由があったのではないだろうか。

＊　＊　＊

長いこと、僕をさいなみ続けていた一つの記憶がある。

僕が運転免許を取ったとき、父が新車を買ってくれた。フォードのテンポ・スポーツだ。スカイブルーの車体、アルミ合金のホイール、四気筒、五段変速。父は買ってやったと言うのだが、どういうわけか、僕も月賦を分担することになり、ガソリンスタンドでアルバイトを始めることになった。

車の使い方にも、父はいろいろ制約をつけた。まず、通学に使えなかった。破壊行為に遭うのを父が恐れたためだ。次に、誰かを同乗させてもいけなかった。保険がカバーしていない、と父は言った。運転していいのは週末だけで、しかも遊び目的はだめ。結局、たった一・五マイル先のアルバイトに通うためにしか、新車に乗ることはできないのだった。

しかし、町なかを探検し、悪ガキどもに見せびらかしたい誘惑には勝てなかった。

今日こそ思う存分楽しんでやる、と決心した冬の朝、地面には雪が六〇センチほど積もっていた。身を切るような風が道路をアイスバーンに変え、事故の恐れがあったため、スクールバスが出ないことになった。学校は休校だ。今日は何をしてもいい。父は朝七時に出勤し、一三時間は帰らない。友達を誘い、ナヌエット・モールに繰り出し、女の子たちをびっくりさせてやる時間は十分ある。父に続いて母も仕事に出かけて一、二時間たった頃、六人の友人に順々に電話した。

「これからモールに行って、女の子をからかってこない?」

「嫌だよ。バス亭に行きたくない。すげえ寒いじゃん?」

「車で行こうよ。僕のを出すから」

テンポの後部座席に五人の友人を押し込み、六人目のロンを助手席に乗せた。

「ジェイス、ほらこれ、吸ってみろよ」スコットが、マリファナの半分詰まった小袋を取り出し、きれいな三色模様のガラスパイプにひとつまみ詰めてから僕に手渡した。僕がパイプをくわえると、別の一人がライターで火をつけた。僕は煙を大きく吸い、限界まで息をこらえた。車の中にも煙が立ち込めてきた。

「よし、効いてきた」僕は言った。「ホワイトキャッスル[*2]に行こうぜ」

雪がこんこんと降り、まるでスローモーションを見ているような光景だった。ナヌエット・モールの駐車場の雪の上に、車輪で絵を描いてみた。といっても、魚のしっぽとドーナツばかりだったが。モールで三時間テレビゲームにふけり、結局、女の子には出会えないまま引き上げた。友人を降ろすと、僕は、その朝、私道から出る前に車があった場所にテンポを入れた。それから家でうたた寝をした。約四時間後、玄関口で叫ぶ父の声で目が覚めた。

「ジェイソン! ジェイソン! こっちへ来い。今すぐにだ!」

*2 ハンバーガーショップのチェーン。

「ええい、畜生」僕は小さく悪態をつき、入り口の階段に向かった。

「車を出しただろ？」父が僕を詰問した。

「出してないよ」

「出してないだと？」

「ああ、出してない」

「俺を馬鹿にする気か？　タイヤに雪が詰まってるじゃねえか。使ってなきゃこうはならん。私道にあるタイヤの跡も、お前の車のだ。歯をへし折ってやる、このクソガキ」

そう言うなり、父が僕のほうに突進してきた。僕は、父が上がって来るのと入れ替わりに、二つあるうちの反対側の階段を駆け降り、靴をつかんで放り投げ、こっちに来るなと言った。「僕にかまわないで。何にもやってないんだから」

父は「俺から逃げられると思ってるのか」とでも言いたげな残忍な笑みを浮かべた。僕は、スクリーンドアから表に逃げようとしたが、ドアが開かない。僕を逃がさないため、父が先手を打って鍵をかけたに違いない。

僕は震える手でドアの鍵を外そうとした。そのとき、あっと思うまもなく、頭がバン！　と脇の柱に叩きつけられた。父は、僕の髪をつかみ、何度も何度も、頭を壁に打ちつけた。それから耳をつかんで外に引きずり出した。僕が雪の上に倒れても、まだ放してくれない。僕はヨロヨロと立ち上がった。

「まだ嘘をつくか？　ええ？」父は、とっくに敗北している僕をさらになぶりものにした。僕は父の手を振り切り、私道へ駆け出した。

「こん畜生。警察を呼んでやる。馬鹿野郎！」僕は叫んだ。父が追いかけて来たが、外なら僕のほうが早い。裸足だった。靴下が雪でぐしょぐしょに濡れ、足が凍えた。それでも走るのをやめなかった。頭にさわると、額の脇に大きな柔らかい塊ができている。指で押すと頭がキーンとしびれた。シャーベット飲料を急いで飲んだときのような感覚だ。

この恐ろしい出来事が、何度もフラッシュバックする。なぜかわからないが、あまりに頻繁で、僕はそのたびに自殺したくなった。僕にとって耐え難い記憶で、これを封印するには両親と一切口をきかないのがいちばんだった。

「ジェイソン、ママよ。どうして電話をくれないの？」母が甘ったるい声で言う。

「ああ、ごめん。ちょっと忙しくて」

「忙しくたって、たまに電話する時間ぐらいあるでしょうに。どんなにママが寂しい思いをしていることか」

「電話しないわけを知りたいの？」僕は言った。「母さんや父さんと話すと、父さんに殴られたときのことを思い出すからだよ」

「ええ？　それ何の話？　父さんが殴った？」母はとぼけた。

「知ってるだろ。小さい頃だって、ハイスクールのときだって」僕は言った。

「ジェイソン、それは昔のことでしょう。もう忘れてあげたら？」

「とにかく、母さんとも父さんとも話をしたくない」

僕はこのとき、父が僕を虐待したことを母に謝ってほしかった。僕を守るために闘うところを見せてほしかったのだ。しかし電話は冷たく切られ、受話器を握りしめる僕の耳に「ツー」という信号音だけが残った。

父が電話でこう言ってくれないか、という期待もあった。「ジェイソン、母さんから聞いたが、俺と口を聞きたくないんだと？　いったいどうしたんだ？　ちゃんと話し合おうじゃないか」

それから二年ほどの間、よもや留守電にそんなメッセージがないか期待して再生する、ということを強迫的に繰り返したが、そんなメッセージはついぞ吹き込まれることはなかった。

＊　＊　＊

シティ・ニュースの給料は、すべて酒とドラッグに消えた。リサには、車の修繕と学生ローンの返済だと言ってごまかした。夜は遅くまで事務所で仕事をしていると嘘をつき、サンセット大通り《ブールバード》のへビメタのレストランバーに通った。そこのバーテンからコカインを買い、一五〇ドルの料金を払い、二階のＶＩＰルームにこもる。そこで、見ず知らずの連中とテーブルを囲んで、コカインを吸った。コカインとアルコールのおかげで、重犯罪のことも、両親のことも、そして、ついにはリサのことまで、頭の中から消えていった。自堕落な生活にあっても、ハイになりたいという気持ちだけは強く、コカインを買う資金を得るために働き続けた。

自分はだめな奴だとリサに打ち明ける強さがなかったことが、今では悔やまれる。ロサンゼルスで新生活を始めれば消えるはずだった心の痛手が、まだ僕をさいなみ続けていた。

やがて、コカイン常習からくる精神性の発作に襲われるようになったとき、僕はリサにばれないよう、演技をした。しかし彼女も、何か変だとは思っていただろう。

「リサ！　リサ！　起きて」

「何？　どうしたの？」

「感じない？」

「何を感じるの？」

「布団の中だよ。足の上を何かが這ってる。きっとネズミだよ」

リサは飛び起きた。彼女もネズミは大嫌いだし、僕の怖がり方も尋常ではない。リサがベッドから毛布をのけたが、そこには何もいない。

「何もいないわよ、ジェイソン」

「確かに何かいた。もう一度よく見てよ」

「でもほら」シーツの上に手を滑らせて、リサが言った。「本当に何もいないわ。パニック発作なんじゃない？」

リサは、僕が精神症状を現すようになった主な原因は、重犯罪の判決を受けたうえに、両親と絶縁したことだと思っていたようだ。そのうちに、僕のドラッグ中毒と、実はそれが原因であるネズミの幻覚への恐怖はさらに悪化し、リサはとうとう、一人でソファの上で寝るようになってしまった。ある夜、彼女がぐっすり寝ている間に、僕は上の階のバスルームで、とびきり大きいコカインのラインをつくって吸引した。およそ一〇分後、僕は階段を駆け降り、口から涎《よだれ》を垂らしながら、ソファで寝ているリサを起こした。

「リサ！　起きろ！　ネズミがいる！　僕の体にくっついて離れない」

コカインの作用で、ろれつが回らない脳卒中患者のような口調の僕に、リサが言った。

「こっちに来ないで！　明日は仕事なのよ。あっちへ行ってちょうだい！　知らないわよそんなの。お願いだから眠らせて！」

妄想は収まらなかった。キッチンへ行き、引き出しからステーキナイフを取り出し、自分の腕に切り込みを入れた。痛みで正気に戻れるかと思ったが、まるで効果がなかった。

こんなふうにして、どんどん自分のほうからリサを遠ざけているのに、コカインを断つことができなかった。それから一年近くの間、夜な夜な同じ症状に苦しんでは、死んだように眠るリサを起こしに行く、ということを繰り返した。僕は彼女を殺しかけていた。自分も殺しかけていた。この暗黒の一年に僕がしたことがリサをどれほど苦しめたか、どんな謝罪の言葉、花束、ダイヤモンドをもってしても、到底償いきれるものではないだろう。

仕事中の僕は常にハイの状態を保っていたので、僕の行動の異様さに気づいた者はいなかったようだ。僕がいつも緊張を保ちスピーディに動き回るのは、毎朝四杯飲むエスプレッソのせいだろう、と周囲は考えていた。コカインをやっていると、実際、ハードワークも厭わなくなるのである。ギャリー・シャンドリング[*3]が、元マネジャーのバーニー・ブリルスタインに一億ドルの損害賠償を求めた訴訟のニュースは、僕がスクープしたものだった。

裁判所に持ち込まれる何百という民事訴訟に目を通し、ニュースになりそうな事件を探すのが僕の日課だった。たとえば、娘の葬儀の死に化粧を担当したエンバーマーが娘の髪を台無しにし、かつらを使うハメになった、と母親が葬儀屋を訴える事件があった。これを記事にしたときは、デスクのパットからこんなメールが来た。「よく見つけてきたな。こりゃ面白い」

昼休みは、裁判所のトイレのフタでコカインを吸引する。コカインがこびりついた鼻の穴は、後ろポケットに忍ばせた湿ったハンカチで拭う。始終こすっているため、鼻先の皮はすりむけてきていた。

あるとき、ブルネットの美人女優で、ソープオペラ『ザ・ボールド・アンド・ザ・ビューティフル』[*4]にレギュラー出演していたハンター・タイロが、億万長者のアーロン・スペリングを訴える事件が起きた。スペリングは『ビバリーヒルズ高校白書』も手がけたプロデューサーだが、恋愛ドラマ『メルローズ・プレイス』に出演していたタイロを、妊娠を理由に降板させたのだ。この裁判で、やがて僕は仕事を失うことになる。

運動家の弁護士グロリア・オールレッドが、不当解雇を主張するタイロを支持した。スペリングの弁護士は、タイロの容姿に何らかの実質的変化が生じた場合はスペリングが彼女を解雇できるとした契約書に、タイロが署名していることを挙げて反論。スペリングの弁護士によれば、妊娠はこの範疇に入った。

裁判所の取材は気楽なものだった。それは毎朝、記者室のトイレで、イモ虫のように太いコカ

＊3　TV番組のホストや『キャスティング・ディレクター』などの映画出演で知られるコメディ俳優。
＊4　CBS放映の人気メロドラマ。B&Bと略称されることもある。

インを吸引するところから始まる。これで昼までもたせる。昼休みには再びトイレでコカインを補給し、さらにバーボンを一杯あおる。それからカルバン・クラインのコロンを全身に振りかけ、最後にリステリンをたっぷり飲む。これで酒の匂いに気づく者はいない。僕がシティ・ニュースをクビになったのも、決してドラッグやアルコールが理由ではない。

一九九七年一二月二二日、陪審はスペリング側にタイロに対する五〇〇万ドルの賠償金の支払いを命じた。一カ月におよぶ裁判を被告側はどう思っているかと、僕はカメラの横で、テレビ局のインタビュアーのスタン・ゴールドマンは、O・J・シンプソン事件でフォックスニュースの法律アナリストも務めた専門家。有名人の裁判でよくコメントを述べていた。インタビューを聞いていた。インタビューが終わったところで、僕は彼に話しかけた。

「ゴールドマンさん、失礼します。シティ・ニュースの記者ジェイソン・レオポルドです。あなたは、スペリングの弁護士が敗けた理由についてどんな見解をお持ちですか?」

ゴールドマンは、スペリング陣営は初期の段階で戦術的ミスを犯したのだと、そのまま記事に使えるコメントをしてくれた。僕は、スペリングの弁護士がこれを読んだら激怒するな、と思いつつ、書いた記事をこのゴールドマンのコメントで締めくくった。仕事を終え、トイレでライン二本分のコカイン。それから、いつものバーでパーティーの続きだ。

翌朝、『ウィティア・デイリーニュース』と系列の二紙『パサディナ・スターニュース』と『サンガブリエル・バレー・トリビューン』が、タイロ判決についての僕の記事を掲載した。『ウィティア』は、シティ・ニュースに来る前、短期間働いたところだ。ところが、その二週間後、パット宛にスペリングの弁護士から手紙が届いた。弁護士は偶然パサディナに住んでおり、『スターニュース』の僕の記事を読んだという。そしてシティ・ニュースを名誉毀損と中傷で訴えると脅かしてきたのだ。ゴールドマンが記事中で語った言葉が「彼の裁判経験を誤って描写した」というのである。

手紙が届いた当日、パットから連絡が来た。

「しくじったな、レオポルド」パットが言った。「スペリングの弁護士が、タイロ事件の記事に載った彼に関するコメントの撤回と、謝罪文の配信を要求してきた」

「何ですって？　僕が何をしくじったって言うんですか？　あんたが僕の記事を編集したんですよ。コメントのことは何も言わなかったじゃないですか」

「レオポルド、俺は毎日ざっと五〇本の記事を見る。どんなコメントだったかまで覚えてない」とパット。「法廷で聞いた内容だけでまとめればよかったな」

「何が問題なんですか。僕が勝手にでっちあげたわけじゃない。ゴールドマンが語った言葉です。法律専門家の意見なんですよ」

「とにかく一大事だ。あいつらは大金持ちだから、こっちを訴えるのは簡単だ。ところがこっちは『ロサンゼルス・タイムズ』みたいな大新聞と違って、裁判費用など出せないからな」

「訂正を出すんですか？　僕は何も間違ったことは書いていませんよ」

「シティ・ニュースの信用に傷がつくかもしれない。そうなっちゃまずいんだよ。ゴールドマンが話した言葉を書き取ったメモをこっちに送れ。弁護士の意見を聞いてみるから」

僕はメモのコピーをとり、それをパットにファックスすると、トイレでライン数本のコカインを吸った。この頃から、机に向かうより、トイレにこもる時間のほうが長くなっていた。仕事もサボりがちになり、終業時間前から記者室を出てバーに向かうようになっていた。

一週間後、パットから、訂正告知を出すことが決まったと告げられた。『ウイティア・デイリーニュース』『パサディナ・スターニュース』『サンガブリエル・バレー・トリビューン』の担当デスクとも話がついて、各紙とも訂正記事を出すという。

「あっさり引き下がるんですか」僕は抗議した。

「ジェイソン、お前は中傷というものがわかってない。今日、仕事が終わったらセンチュリーシティに来い。話がある」

クビにする気だな、そう直感した。報道機関たるものは、訴訟をチラつかされても記者を支え、闘ってくれるものだとばかり思っていたのに。パットと会うためオフィスを出る直前、その訂正告知が配信された。

注意、訂正、至急　CNSネットワーク　注意

（編集局　ハンター・タイロが陪審による賠償金五〇〇万ドルを得た「メルローズ・プレイス」事件に関する一二月二二日付CNS記事を全文掲載した契約者は、至急、以下をご覧のうえ、訂正を出して下さいますようお願いします。文中、法学教授のコメントは、同記事の末尾近くに掲載されたものです。）

私どもCNSは、ハンター・タイロの「メルローズ・プレイス」裁判の陪審による賠償金について報じた一九九七年一二月二二日付の記事中に、スペリング・エンターテインメント弁護士ウィリアム・ワルドーの裁判経験を誤って描写した法学教授のコメントを掲載しました。

ところが、私どもは、ワルドー氏より、氏は幅広い裁判経験を有する雇用問題専門弁護士であり、雇用問題に関する陪審裁判多数にかかわり、雇用事件の裁判に関する講義を企画し、講師役も務めていたことを知らされました。最近では、「カリフォルニア家族の権利法」に基づく請求に関する陪審裁判を被告勝訴に導き、「アメリカのベスト法律家」リストにも名前が挙がっています。

これに加えて、法学教授のコメントを掲載したCNS記事は、ワルドー氏の立論の根拠を誤って描写していました。これに対し、ワルドー氏から、氏は問題の契約法に関する立論を多くの機会に行ってきたという指摘を受けました。

シティ・ニュース・サービスは以上の誤りを遺憾に思っております。

CNS　一九九八年一月一四日　一三時〇〇分

何たる弱腰！　もうそれしか思うことはなかった。

センチュリーシティに着いたのは午後七時頃。イライラし、運転席に座っているのも苦痛だった。パットに会う前にコカインをやっておこうという気分にはなれなかったが、昼間の一二時半が最後だったので、体は白い粉を渇望していた。失業してもコカインをやれるようにするにはどうすればいいかな。そんなことを考えた。

オフィスに入ると、パットが握手を求めてきた。パットは背が低く、銀髪だった。僕の目をまっすぐ見ないようにして言った。「下のバーで話そうか」

シティ・ニュースが入っている高層ビルの一階に、小さなバーがあった。僕らがブースに席を占めると、ウェイトレスがやって来てオーダーを聞いた。

「ジャックダニエル」と僕。「オン・ザ・ロックをトールグラスで」

「コーラを」とパット。

彼は話を切り出しにくそうだった。

「あのな、ジェイソン……ええと……何から話したらいいかな……そうだ、うん……六カ月前にここの仕事を始めてから、君が犯したスペルや文法上のミスは数えきれない」コーラのグラスに視線を落としたまま、パットはようやく話し始めた。「われわれに必要なのは、自分で文章整理のできる人間だ。加うるに、前任者と比べて、君は記事を書く本数が少ない。そこにきて、今回の訂正だ……」

「そうですね」僕は冷やかな笑みを浮かべつつ、パットをおじけづかせてやるつもりで、殺意をこめた視線を送った。

「ええと……こういうのは本当に嫌だなあ……いちばんやりたくない仕事なんだよな……そこで、われわれは君の試用期間を延長しないことに決めた」パットはやっと結論を言った。「新聞社で働くほうが、フォローをいろいろとしてもらえると思うんだ」

僕はジャックダニエルをグイッとあおった。パットはブリーフケースを開き、中から封筒を一つ出すと、僕に手渡した。

「二週間分の解雇手当」彼は言った。「次の仕事が見つかるまで、それで間に合うといいんだけど」

「とても助かります」僕は皮肉をこめて言った。あんなに大々的な訂正を出したからには、今さらクビが撤回される見込みはゼロだった。

パットは、僕に手を差し伸べ、別れを告げた。僕はジャックダニエルをもう一回あおってから、その手を思いっきり強く握り、もう一度アイ・コンタクトを試みたが、彼は最後まで僕の視線を避けた。

再び腰を下ろし、ジャックダニエルのおかわりを注文し、封筒の口を破ってみた。一五〇〇ドル――ふん、これが解雇手当か。コカインがどれだけ買えるんだろう？　バーを出ると、僕はまずATMに寄って、小切手の預け入れ手続きをしてから、限度額いっぱいの三〇〇ドルを引き出した。それからドラッグの売人を呼び出し、ローレル・キャニオン[*5]の食料品店で落ち合った。手のひらいっぱいもあるコカインの塊を受け取り、二〇ドル札を一五枚渡す。車の座席に戻り、塊をそっと半分に割り、その片方をCDケースの上に広げ、これまでつくったことのないほど山盛

＊5　ロサンゼルス郊外のハリウッド・ヒルズに近い住宅地。著名アーティストが多く住む。

りにしたラインを何本かつくった。一〇分とたたないうちに、それを全部吸ってしまった。

家に戻る道中、ＦＢＩに尾行されているような気がしてならなかった。振り切ろうと思い、ビバリーヒルズの裏通りを何本か抜けたが、まだミラーにヘッドライトが映っている。幻覚のネズミも足を伝ってきた。とうとうカーブで車をぶつけた。駐車場に車を停め、外に出て、通りの真ん中でズボンを降ろし、下着の中を覗く。ネズミはどこだろう？　奴らを追っ払おうと、ズボンをくるぶしまで降ろしたまま運手席のシートをバンバン叩いた。中に入って、ローリング・ストーンズの『レット・イット・ブリード』のＣＤケース上にラインをまた一本つくる。ドラッグが現実感を呼び戻してくれるかもしれないと期待して。しかし結果は、発作が再燃しただけだった。

口の端から涎《よだれ》が垂れ、ろれつが回らない。僕は家に駆け込むなり、リサに見つからないようにして二階のバスルームに入った。

「ジェイソン？　あなたなの？」

「ああ、バスルームだ」僕は答えた。

「ただいまも言わないで」少し怒った口調で、リサが言った。

バスルームで服を脱ぎ捨て、中にいるネズミを落とそうと下着を振った。ジーンズにも同じことをした。こんな状態ではリサと顔を合わせられやしない。冷水に調節したシャワーを浴びる。冷水のショックで、やっと妄想を振り払うことができたようだ。体を拭き、階下に行って、リサにクビになったことを報告した。

「あなたいったいどうしたの？」リサがあきれて言った。

「何が？」

「あなたのしてること、とっても変よ」

翌朝、シティ・ニュースの弁護士を名乗る女性から電話があった。スペリングの弁護士が、あの訂正告知に不満で、僕とシティ・ニュース、コメントの主であるフォックスニュースの解説者スタン・ゴールドマン、それに『パサディナ・スターニュース』を訴えたという。シティ・ニュースはこの件の速やかな解決を望んでおり、関係者全員、調停者のもとに集まって示談の可能性を探ることに同意した。彼女はシティ・ニュースと僕の代理人を務める、とのことだった。

「調停者と会っていただけます？」弁護士が聞いた。

「いいんじゃないですか」僕は答えた。

翌日、僕は調停者の事務所に行った。シティ・ニュースの社長ダグ・ヘイガンが、昨日の電話の主である会社の弁護士を連れてきていた。ダグはこちらに挨拶をよこしたが、クビにされて腹が立っていた僕は、それを無視した。

会議室に入ると、長い長方形のテーブルを囲んで、ゴールドマン、彼の弁護士、スペリングの弁護士と法廷弁護士、『スターニュース』の弁護士がすでに席に着いていた。これらのキープレーヤーからいちばん離れた席に僕は座った。調停者は、本件を示談で解決し、費用のかかる法廷闘争を回避することが全員の利益になることです、と話を切り出した。

「そこに到達することが今日の目標です」と調停者。

彼は、スペリングの弁護士にオープニングスピーチを促した。僕は、こいつの頭を後ろからバットでぶん殴ってやりたいと思った。スペリングの弁護士は、彼の記事が私の法律事務所を笑いものにしたため、私は友人や家族の尊敬を失ってしまいました、と訴えた。

「裁判に敗けたから尊敬されなくなったんだろうが、このチンカス」僕は心の中でつぶやいた。

そのうえ、顧客の一部までも失ってしまいました、と彼は続けた。それから、薬ビンを取り出して、皆の同情を引こうとした。

「これが何だかわかりますか?」錠剤の入ったビンを振って、彼は言った。

「ニトログリセリンの錠剤です。あの記事が新聞に出て以来、ずっと服用しているのです。心臓発作を起こさないための用心です」

「とっとくたばりやがれ、このウンコ野郎」僕は心の中でつぶやいた。

自分のしたことのどこが悪いのか未だにわからなかったので、僕はシティ・ニュースの弁護士に中傷の定義の説明を求めた。

それによると、名誉毀損が成立するためには、発言が虚偽でなければならない。発言が真実であるか、事実上、真実と認められる場合には、名誉毀損には相当しないので、事件はそこで終わりとなる。

原告が勝つためには、発言が当人またはその業務に現実かつ相当の被害を引き起こしていなければならない。原告は相当の被害があったという証拠を提示しなければならない。

原告はさらに、被告がその発言は虚偽であると知っていたこと、そして、それを虚偽だと知りながら公表または放送したことも証明しなければならない。

それなら、この気難しいアホ弁護士がシティ・ニュースを訴えたところで、勝てるはずないじゃないか？　ゴールドマンの言葉が虚偽であることを僕が知っていた、なんてたわ言は、どうやったって立証不可能だ、と僕は思った。

調停者は、僕らにグループに分かれるよう指示した。彼が言うには、僕らには二つの選択肢がある。スペリングの弁護士の「苦痛」に対して若干の金額を支払うか、一切の支払いを拒否するかだ。ただし、拒否すれば裁判は避けられない。「法的な争いを終らせるために、どれだけの金額を望むのか、スペリングの弁護士に聞いてみます。その金額を皆さんに伝えるので、そこから交渉を始めることにしましょう」と彼は提案した。

スペリングの弁護士は、誰もが却下するほど理不尽な金額を提示した。八時間交渉しても、条件の隔たりは埋まらなかった。もう裁判で決着をつけるしかない。ここで、シティ・ニュースの弁護士が、僕に向かって、僕は証人に立たなければなくなること、また本件はハンター・タイロ事件から二次的に生まれたものだから、ほかのメディアの支局は僕のことをあれこれ詮索するだろう、と言った。

「この事件は格好のネタになるでしょうね」彼女が言った。

そのとき、僕は、はたと気がついた。もし僕が法廷に立てば、重犯罪を犯した人間であることがばれてしまう。そうなれば破滅だ。僕の人生のすべてが白日の下にさらされる。ジャーナリズムの世界にだって二度と戻れない。やばいぞ。

「二人だけでお話がしたいのですが」僕はシティ・ニュースの弁護士に言った。

「いいですよ」彼女は了承した。

僕らは狭いオフィスを抜けて、コピー機のある小部屋に入った。

「あなたは僕の代理人でもあるんですよね？」僕はまずそれを確認した。

「ええ」弁護士は答えた。

「ということは、弁護士・依頼人特権は守らなきゃいけないですよね？」

「その通りです」と弁護士。

「よかった。実は、僕は重犯罪の有罪判決を受けたことがあるのです。裁判になったとしたら、それが暴露される可能性はどのぐらいありますか？」

「何の罪だったのですか？」と弁護士。

「重窃盗です」と僕。

「それは証人の信用にかかわりますね。裁判では間違いなく問題になります。あなたがどういう人間かも徹底的に調べ上げられるでしょう」と弁護士。

「それは困る。本件はなんとか今夜中に解決しほしい。裁判に持ち込まれたくはありません。示談にしてもらえないでしょうか？」僕は懇願した。

「わかりました。ダグに示談を勧めましょう。話してくれてありがとう。辛かったでしょうね、お気持ちお察しします」彼女は言った。

その二、三時間後、シティ・ニュース、『スターニュース』、ゴールドマンと、スペリングの弁護士との間に示談が成立した。僕はなんとか秘密を守り通すことができた。

家にいる間に妄想はさらにひどくなっていった。リサは友達や家族に慰めを求めるようになり、リサが出かけていない間に、あるとき、僕は彼女のノートを盗み見てしまった。面会予約をしているセラピストとの相談のために書き留めたメモがあった。リサは、僕の幻覚症状は脳の異常からきたものだと思い込んでいた。

ジェイソンが発作を起こしたとき、どう対処したらいい？　こちらが消耗せず、怒りを持たず、彼を見捨てられた気持ちにさせないで愛を示すにはどうしたらいい？　ジェイソンは、自分の振る舞いが私にどう影響するか、夜も寝られず、消耗した私がどんな状態になってしまったか、見ようともしないし、理解しようともしない。怒り……彼との生活は楽なものではないだろうとは思っていたけど、これは予想外。ジェイソンの消極性……自分を救うために、薬を飲んだり、クリニックへ行かないのはなぜ？　これは私が代わってしてあげられることではない。人は、誰かを愛しつつ怒りを覚えることもあるということを、彼は教わったことがない。

僕がメモを見つけたその翌日、リサはセラピストに会いに行った。自分が受けたカウンセリングのことは話さず、一緒に夫婦カウンセリングを受けてほしい、とそれだけ言った。そしてこんなメモを僕に残していった。

ジェイソンへ

あなたをとても愛していますが、私たち夫婦の関係は今、とても不安定な時期を迎えています。何とかしたいのですが、私たちのどちらも、その手立てを持っていないようです。ただ一つの望みは、二人で夫婦カウンセリングを受けに行くことだと思います。今の段階で役に立ちそうなのはそれだけです。今の私は本当に極限状態で、もうこれ以上は耐えられません。正直にこのことを伝えたからといって、私の愛を疑ったり、私が結婚生活を解消したがっているとは思わないでほしいのです。誓って言いますが、あなたへの愛は変わっていません。

愛をこめて
リサ

リサが僕を救い出してくれたのは、これで二度目だ。セラピストは、僕がドラッグをやっていて、それがパニック発作の原因であることをものの五分で見抜いた。一九九八年七月一〇日、これ以上落ちようのないところまで落ちていた僕は、リハビリ施設に入った。それ以来、ドラッグもアルコールもきっぱり断っている。

第6章

「採用しよう！」

You're Hired!

僕はサンタモニカにある『ロサンゼルス・タイムズ』の会議室の椅子に腰かけ、採用申込書に記入していた。恐ろしい質問がこちらを見つめていた。

「あなたは重犯罪の有罪判決を受けたことがありますか？」

一二〇日前、初めて出席した断酒会で聞いた警句を僕は思い起こした。この言葉が、真実を答える強さを僕に与えてはくれないだろうか。

神は、変えられぬことを受け入れる平穏な心、変えうることを変える勇気、両者の違いを見極める知恵を我に与え賜う。

だめだ。真実を答える代わりに、僕は、その質問に腹を立てたかのように、「ノー」のボックスを黒のボールペンで穴があくまでグリグリ塗りつぶした。さあ答えたよ。これで満足かい？

続く学歴の記入欄でも、ニューヨーク大学卒業、ジャーナリズムの学士号取得、と嘘を書いた。

これで何度目になるかわからないが、僕は心機一転、人生をやり直そうとしていた。生きる苦痛から逃れるため、ドラッグやアルコールに溺れることも、もう二度とない。もしまた手を出したら、今度こそお別れよ、とリサから言われている。彼女を失うことにでもなったら、僕は死ぬしかない。心の底から真人間になりたかった。『ロサンゼルス・タイムズ』の記者になればそれが適う、と僕は考えていた。

一九九六年六月にロサンゼルスに移って以来、書きためた記事の切り抜きに、改めて目を通してみた。悪くない。自分には記者の適性がある。僕ならやれる。会議室の外で僕を待っていた編集局の採用担当者フィル・ボニーに、申込書とその切り抜きを渡した。その瞬間から、僕は申込書に書いた通りの人物になりきった。

「ほう、ニューヨーク大学を出たのか」フィルの言葉は、少なくとも僕の耳には、疑いが混じっているように聞こえた。

「はい、そうです。ジャーナリズムを専攻して、九二年に卒業しました」

「ふ~ん。履歴に一年間の空白があるな。一九九三年から九四年までの間は何をしてたの？」

この質問は僕にふい打ちを食らわせた。忘れようとしていた記憶が蘇り、面接を受けている間中、僕の頭をいっぱいにしてしまった。精神病院に護送されたあの年、迎えに来た両親に呼び覚まされたあの感情……。

＊　＊　＊

僕は不安で胸がドキドキしていた。いかにも中毒患者のような格好は嫌だった。しかし実際、そうだったし、少々のことでは母の目はごまかせない。洗面所の鏡で顔を見ると、少し体重が戻ったとはいえ、形相は変わり果てていた。髪は切られ、まぶたは垂れ下がり、顔色は青白い。そしてまた禁断症状が始まった。体が震え、顎がピクピク痙攣するのを抑えることができない。

両親を迎えるのに見苦しくない服を探してみたが、そんなものがあるわけもなく、どれも同じようなTシャツとジーンズばかりだ。このときの僕は、三つ揃いのスーツが手に入るなら何でもしただろう。せめてきちんとした印象をと思って、Tシャツの裾をジーンズにたくしこむのだが、何度やってもはみ出てしまう。ウエストが細くなりすぎてジーンズがずり落ちるからだ。二年間コカインを吸っていた間に、体重が三三キロも落ちてしまっていた。

セラピストが洗面所を覗き、時間ですよと呼んだ。両親が部屋で待っているという。手に汗がにじみ、顎がピクピク痙攣を続けている。手をさする動作をやめられない。セラピストの部屋まで廊下を歩いて行く、その永遠とも思われる時間に、僕はありえたはずの無数のシナリオを思い描いていた。自分の人生がこんな局面を迎えようとは夢にも思っていなかった。バスローブ姿の患者たちが、ブツブツ言いながら廊下を徘徊している。年寄りの男女がテーブルの上で皮のベルトをこしらえたり、クレヨンで絵を描いたりしている。それを見ているうちに、幼稚園のとき、冷蔵庫に飾ってもらおうと、お日さまと鳥と雲の絵を描いたことがあったのを思い出した――完成した絵が飾られることはなかったのだが。

セラピストは、ポケットから白いプラスチックカードを取り出し、保安扉のロックを解除した。

一九九三年の夏に自分が過ごした場所を記憶に焼きつけるため、僕は最後に後ろを振り返った。両親は、ソファに腰かけて窓から病院の中庭を眺めていた。中庭では、タバコを吸うときだけ外に出られる患者たちが、医師から監視されていた。僕もあのなかの一人だったことに両親はもう気がついただろう。先に振り向いたのは母のほうだった。ここしばらく僕は母をまともに見ていない。母がその日着てきたデニムジャケットは、袖にはラインストーン、背にはニューヨークのスカイラインがプリントされていた。ブロンドの髪から漂うミス・ブレック・ヘアスプレー[*1]の香りは、これぞまさしく僕の母と告げている。父はまだ窓の外を見たままだ。僕は父が怖かったので、どうかこのままこっちを向かないでいてくれと願った。

母は僕の姿をまじまじと見て「こんにちは」とやさしい声で言った。おずおずとした、初対面の人に声をかけるような口調だった。僕も、うなずき返して言った。「こんにちは」。すると、いつもドラマのヒロインでありたい母が、すすり泣きを始めた。同情する気にはなれない。この頃の僕は、悪いことはすべて母のせいだと思っていたから。いつも人を操ろうとして嘘をつく母親。一三歳のとき、タバコを一本失敬しようと思って母の財布を開けたら、マリファナが詰まった袋とEZワイダーのローリングペーパー[*2]が出てきたことがある。僕は母を問いただした。すると母は、なぜ僕が財布を開けたのかはちっとも聞かず、その晩つくるトマトソース・スパゲティの風味付けにと言って友達がくれたのよ、とでたらめを言った。

「それじゃ、ローリングペーパーは何なのさ？　何に使うの？」僕は食い下がった。

「お友達が、眼鏡を拭くのにどうぞって」母は真顔だった。嘘をつくことにかけては素晴らしい先生だ。

家族全員をトリップさせるつもりか、とさらに母を責めてから、僕はマリファナとペーパーを返したが、母がよそ見をしている隙に自分用にひとつかみ抜き取っておくことは忘れなかった。

セラピストの部屋で、母のアイメークが頬を流れ落ちた。その一滴がブラウスにこぼれ、まるで銃で撃たれたような黒いしみが広がった。

「なぜ？　ジェイソン？　なぜ？　なぜ私をこんなに傷つけるの？」

「ごめん」

僕は感情をまったく込めずに、それだけ言った。コカインを吸うために鏡に鼻をつけ、白いラインが消えていくのを見ながら、僕はよく母のことを考えた。母は、父が僕を叱るとき、暴力を振るうのを止めてくれたことがない。友達の家の金を盗んだといって親から電話がかかってきたときや、ほかの生徒のロッカーから金を盗ったという報告が校長から届いたときや、私有地に不法侵入したと言って警官が訪ねて来たとき、父に殴られた僕の心には、殴られたあざが消えたあともずっと痛みが残ったのだ。その痛みを、母にもわかってもらいたかったのに。

振り返った父の顔に怒りが浮かんでいた。エルビス・プレスリーの髪形、伸ばしたあごひげ、右上腕に入れたヒョウの入れ墨という、バイカー族の典型のような風貌の父は、近所からも恐れ

＊1　ロマンティックなイメージ広告で知られるヘアケア用品の老舗ブランドの商品。
＊2　紙巻きタバコを巻く紙。EZワイダーはブランド名。

られていた。

「いいか、ジェイソン。俺はお前のケツを思いきり蹴飛ばしてやりたい気分だ」父が言った。「このろくでなしのジャンキーが。自分の人生を台無しにしやがって」

僕は泣いた。父親を殴り殺せるほど強くない自分が情けなかった。こんな奴はじわじわ死んでいけばいい。こいつが苦しむ姿をいつかじっくり見てやる。

父親殺しのプロットを初めて考えたのは、一九歳のときだった。僕は、妹のミシェルとそのボーイフレンドでテコンドーの黒帯を持つスコット、やはりテコンドー黒帯の父と、四人でキッチンテーブルを囲んでいた。ミシェルと父が、ハイスクール卒業後の進路をめぐって口論になった。カレッジに行きたくないと言い張るミシェルに対し、父は、お前の将来を思えばこそ苦労して働いているのだから、進学するんだと言って譲らない。スコットと僕は、二人の対決を面白がって見ていた。

とうとう、ミシェルが開き直った。「私の人生よ。自分のしたいようにするわ」

「俺に向かって生意気な口をきくんじゃない。俺に……生意気な……口を」父の声の調子が上ずってきている——議論を中断し、次の段階に進む前ぶれだ。

「私を非難しないでちょうだい」僕には到底まねできない根性でそう言うなり、ミシェルが立ち上がった。

父を挑発して、反応を見ている。すると次の瞬間、ランディ・ジョンソンの豪速球もかくやとばかりのスピードで、父が、陶製の重たいマグカップをミシェルの頭めがけて投げつけた。ミシェルはとっさに手で顔をかばったため、カップは手首にぶつかり、その骨を砕いて割れた。恐ろしい悲鳴とともにミシェルが床に倒れ込み、痛みでのたうちまわった。父はさっさとキッチンから出て行き、寝室にこもってしまった。僕はあんぐり開けた口に手を当てたまま、数秒間、動けなかった。それから行動に出た。床にかがんで妹をなだめているスコットに向かい、父の寝室に行って、あいつが部屋から出ないようにしろ、と指示した。

「絶対に出すんじゃないぞ」僕は言った。「必要ならドアを封鎖しろ」

うめいているミシェルから目をそむけ、僕は泣きながら、ナイフの入った引き出しを開け、いちばんでかい奴を取り出すと、それを手にゆっくりと父の寝室に向かった。しかし、部屋はすでにもぬけの空だ。何かたくらんでいるな、と感づいたスコットが、僕があとで後悔するようなことをしでかさないうちに、父を家から追い出したのだ、と打ち明けた。後悔なんかするもんか、僕はスコットに言った。そんな値打ちもない奴だ。

スコットは、自分の車でミシェルを病院の救急室へ運んだ。ミシェルは、手首を診てくれた医師に、自転車で木に突っ込んだのだと話した。

父はそれから二日間、家に戻らなかった。その二晩の間、寝ている父の喉を掻っ切る自分を想像しながら、僕は五分の一ガロンのジャックダニエルを何本も空けた。父と別れてくれ、と母に懇願すると、母は、ミシェルが父を怒らせたのが悪い、お前たちが「お行儀よく」していれば父さんも癇癪を起こしたりしないと言った。ミシェルはしばらくして父を許したが、僕はどうしても許せなかった。

再び精神病院。父が僕をにらみつけている。僕は、震える足で立ち上がり、小さく父の前に歩を進めると、頭を前に突き出し、ひと言「馬鹿野郎！」と言った。腹の中から沸き上がる怒りを処理するのに僕にできる精一杯のことだった。父はひと言も発せず、僕をにらみつけたまま両拳をパチンと打ち鳴らした。部屋にセラピストと数名の警備員がいなかったら、叩きのめされていたに違いない。

母は、家に帰ってきなさいよと言った。行く当てもなく懐も空っぽの僕は、それに同意した。母はたぶん、母親としての義務を果たしたかったのだと思う。決して愛から出た言葉ではない、少なくともそのときの僕には、そう感じられた。

その年いっぱい、僕は実家の自室に身を潜めて過ごし、あくる一九九四年の一月から、ホワイトプレーンズの『レポーター・ディスパッチ』という地方新聞の編集助手として働き始めた。それが初めての報道関係の仕事だった。

僕は、子供の頃から新聞が大好きで、小さい頃には新聞の収集マニアでもあった。束から取り出したばかりの真新しい紙の匂いに引きつけられるのだ。その後、『ニューヨーク・タイムズ』のロゴ入りTシャツを着るほどの新聞オタクになり、新聞の売り子もやったし、ハイスクール卒業時には『バーゲン・レコード』という地方紙の顧客サービス係のアルバイトもしていた。『ディスパッチ』での僕は、死亡記事と宗教記事を一人で任されていた。大学もまともに出ていないのに、よく仕事をさせてもらえたものだが、実はこのときすでに学歴を偽っていた。ほぼ一年そこで働いたあと、一九九四年一二月、音楽業界の仕事を求めて、僕はニューヨークのマンハッタンに戻った。

＊　＊　＊

『ロサンゼルス・タイムズ』の面接で、一九九三年は何をしていたかと聞かれた僕は、嘘をつく以外になかった。

「はい、ええと、一九九三年ですね。その年は、兄が住宅修繕の事業を立ち上げるのを手伝っていました。でも、その仕事にはなじめなかったんです。手仕事は性に合わないと思いました」

フィルは、記事の切り抜きにざっと目を通してから、仕事の内容を説明した。それは僕が期待していたのとは全然違うものだった。

『タイムズ』には「タイムズ・コミュニティ・ニュース（TCN）」という部門があり、『タイムズ』の元フリーランス記者と大学出たての新人が働いている。ニュース、人情話、ハイスクール・スポーツの三本柱で構成される六つの地域新聞を発行していた。これらは『ウェストサイド・ウィークリー』『サウスベイ・ウィークリー』『グレンデール・ニュース・プレス』『デイリー・パイロット』などの名前で、『ロサンゼルス・タイムズ』の各地方版に差し込まれた。たとえば『ロサンゼルス・タイムズ』のグレンデール版には『グレンデール・ニュース・プレス』が、ニューポート・ビーチ版には、ニューポート・ビーチを対象エリアとする『デイリー・パイロット』が入っている。

地域新聞は、本格的な新聞というよりも折り込み広告に近い。発行する目的は、『タイムズ』が全国紙を意識するあまり、ローカルニュースをないがしろにしていると感じている読者のつなぎとめだった。TCNがあれば『タイムズ』は本紙のスタッフにローカルなネタを扱わせなくてよくなり、その分、全国的、全州的ニュースに専念できる。しかも地域新聞の広告は好調で、安定収入が見込める。

しかし、TCNの記者は『タイムズ』本紙の記者が使う「スタッフライター」の肩書きは使えない。記事の署名は「タイムズ特約」となる。由緒正しい本紙記者と、醜い継子を差別化するためだ。かつて『タイムズ』のフリーランスだった記者たちはこれを嫌ったが、『タイムズ』の一紙独占状態にあるロサンゼルスでほかの仕事を探すのは容易ではなかった。

採用が決まれば、君はコスタメーサにある『タイムズ』オレンジ郡版の制作室に配属される、とフィルは言った。ロサンゼルスの僕のアパートからは往復一〇〇マイルの距離だ。仕事の内容は、「各地から」という出来事欄の情報を三〇~五〇ワードでまとめること。これは『USAトゥデイ』紙の「各州から」とも似ている。デスクに認められ、担当エリアで面白いニュースを見つけたときは、もっと長い記事を『タイムズ』オレンジ郡版の本紙に書くこともできるから、とフィルは付け加えた。週給は四五〇ドルだ。

「ぜひ使って下さい」僕は言った。「素晴らしいチャンスだと思います」

「まあ、ほかの応募者もいるからな」とフィル。「だが、君の書いた記事は気に入った。オレンジ郡の編集部に送ってみて、感想を聞いたら連絡するよ」

たとえ週給一ドルでも、この仕事は逃したくない。リハビリ施設から出たて、しかも五年間の保護観察付きの判決を食らってまだ一年。この状況で選り好みは許されない。フィルに別れを告げたその足で、僕はサンタモニカの裁判所へ向かう通りを横切って、保護監察官に報告をしに行った。僕は相変わらず二重生活を送っていた。表向きはいつも笑顔の面白い奴。しかしその内側は、自分を見失った一人の男。審判され、拒絶されるのが怖いあまり、自分の過去、学歴、職歴をでっち上げてまで相手に取り入る男。誰かに自分の秘密を暴露されないか、いつもビクビクしている男。そのくせ、やたら注目だけは浴びたがる。記者になり、名前を紙面に晒すのは、さあ、誰か俺の偽装を見破ってみろ、と挑発しているに等しい。本音を言えば、僕は自分の偽装に快感を覚えていたのである。

結婚生活は辛うじて維持されていた。リサはまだ僕を信用していないが、それは到底責められるものではない。僕は彼女に隠れて一年もコカインをやり、酒を飲んでいたのだから。こんな男と今でも一緒にいてくれるほうが不思議というものだろう。

ときどき寝室にこっそり忍び込んでリサの寝顔を見つめ、いったいなぜ僕はこれほど彼女を苦しめてしまったのかと考える。目を閉じて毛布にくるまった彼女ほど無垢な人間はこの世にいない。そばに寄って、その体を両腕で抱きたい。僕は、リサが安らかに眠る姿をいつも心の入り口に置き、酒やドラッグへの誘惑をシャットアウトした。

「あなたには能力がある。私は信じてるわ」リサはそう言ってくれる。僕は、彼女から繰り返し保証してもらうことが必要だ。しかし、肉体的には一線を引かれたままで、キスもできない。彼女がまだ許してくれないのだ。面接がうまくいったことを報告すると、彼女は指で十字をつくり、自分の口元にもっていくと、夕食の支度をしにキッチンへ行ってしまった。僕は彼女を失いたくない。断酒会のメンバーは君自身のためにも酒をきっぱり断たなくてはいけないと言うけれど、僕にとって、酒やドラッグを断つ理由は一つ、リサを失いたくない、ただそれだけだ。

一週間後、フィルから採用を知らせる電話があった。僕の記事――殺人事件の裁判、プロデューサーのアーロン・スペリングがセレブに訴えられて敗訴した事件、三〇〇人の子供の里親になった女性の話題の三つ――が、面接したほかの応募者のものよりずっとよかったという。

「本当ですか?」僕は喜びの声を上げた。「ありがとうございます。とても嬉しいです。恩に着ます」

「しっかり仕事してくれさえすればいい。そうなりゃ俺の顔も立つからな」とフィル。

「わかりました」僕は言った。

「おっと忘れるところだった」彼が言った。「ドラッグ・テストを受けてもらう決まりなんだが、かまわんか?」

「ええ、もちろん」と僕。「どんと来いです」

ドラッグを断って四カ月。体内にはもう何の痕跡もないはずだ。

もう一つ得点を稼げる、そんな気持ちで、僕はドラッグフリーの尿を誇らかにプラスチックカップに注いだ。車に向かって歩きながら、生まれて初めての満点を確信していた。『ロサンゼルス・タイムズ』には誰一人、僕が二十代のとき、コカインはじめ数々の違法ドラッグに手を染めていたことを知る人間はいないはずだ。でも、もし、誰かが身元調査をしたら?

「重犯罪? 僕が? ご冗談を」過去を問いただされたときのことを想像し、渋滞のなかで僕は独りごとを言った。「同姓同名の別人ですよ。僕は逮捕されたことなどありませんから。何かの間違いでしょう」

月曜日の朝、僕はカーキ色のスーツにブルーのシャツ、それにグレイの柄物のネクタイをして『ロサンゼルス・タイムズ』オレンジ郡版の制作室に出勤した。靴は、軍隊式の訓練を受けた若者のようにピカピカに磨いておいた。

『タイムズ』のニュースルームは、だだっ広く霊安室のように寒かった。あまりの広さに驚いたのを別にすれば、あとは予想した通りの、まずそうなコーヒーの匂いと、よどんだ空気。ひょろっとした長身で、太縁メガネをかけた男が、部屋中に通る声で「あの記事はまだか？」と一人の記者に怒鳴っていた。記者もデスクも、受話器を肩と耳の間にはさんだまま、キーボードを荒っぽく叩いている。カチカチカタッというキーボードの音に、電話のリンリンという音が重なる、シンフォニーのようなその音響に鳥肌が立った。床には古びた新聞が山と積まれている。書類やノートが忙しく机の間を飛び交う様は、都会の病院の救急救命室のようでもある。秩序をつくる余裕はない。どんなテーマも、生死にかかわる問題のように処理されていく。

僕は、フィル・ボニーから聞いていた仕事の内容をすっかり忘れ、最初に書く記事のことで頭がいっぱいになった。ピストル殺人、それとも銀行強盗？　前の職場だったロサンゼルスの新聞や通信社では、そんな記事を書いて一年を過ごしたが、媒体の規模が比較にならない。

僕の上司はジル・ジョーンズという、ぽっちゃり型のブロンドの美人だった。彼女は僕に、ラグナ・ビーチの短信を担当してほしいと言った。ラグナ・ビーチと聞いて、とっさに思い出したのは、二年前、リサとその町のレストランで初めてデートをしたこと。「ファイブ・フィート」という店名は、皮肉なことにリサの身長と同じだったのである。
ラグナ・ビーチは、共和党支配のオレンジ郡に二つしかないリベラルな都市の一つ（ゲイ・コミュニティがあったからだった）。僕の住むロサンゼルスのウェストサイドあたりの住人は、手軽な週末を過ごしたいとき、ここを訪れる。僕は、「各地から」に入れる三〇ワードの短信のため、毎日そこまで往復六五マイルのドライブをするってわけだ。最初の四カ月に僕が書いた記事は、こんな感じだ。

ラグナ・ビーチの市議会が、総工費二五〇〇万ドルで市内に建設予定のリゾートホテルの設計を検討するため、火曜日、招集される。ホテルは二〇〇二年夏の営業開始を見込んでいる。会議は市議会議場で午後七時から。

こんな何の変哲もない記事を書くスタッフが、全部で七人、年棒二万ドルという結構な給料で働いていた。
僕は、ニュースルームの出口付近に机を一つあてがわれた。僕と同じ仕事をする記者たちは、そこにまとめて隔離されている。『タイムズ』本紙のお偉方は、僕らとの間に常に一線を引きたがり、デスクたちも僕らを忌み嫌っていた。それは、僕らのような三流記者は『タイムズ』の面汚しと見られていたからだ。しかし、取るに足らない短信とはいえ、新聞にとっては日々の糧。

そのネタを取ってくる人間が本紙にいない以上、僕らは必要とされていた。読者調査でも「各地から」ほど読まれているページはなかった。

僕は、隅っこで仕事するのは一向にかまわなかったし、むしろタバコを吸うため外に出るのには好都合だった。意外なことに、ほかに喫煙する記者はいなかった。バンカラな昔気質とは無縁な職場で、チェーンスモーカーはいないし、田舎の酒場から酔っぱらって原稿を送ってくる記者もいない。机の引き出しにボトルが潜んでいる気配もない。

最初の一カ月は、待遇に不満を抱く若い同僚から愚痴ばかり聞かされた。彼らには、最高の大学でジャーナリズムを学んだ自負がある。パンのカビより青い未熟さは棚に上げ、誰もが、自分は最高の職責を与えられてしかるべき、とうぬぼれていた。ところが、誰一人、外に取材に行かせてくれとデスクに申し出る者はいない。ジャーナリズムに必要なのは、攻めの姿勢、情熱、真実だが、最も肝心なのは、疑問を感じたらそれをぶつけることだ。なんで記事を書かせてくれないのかと迫る気概もない人間を、赤の他人の話を聞く仕事に送り出すデスクがいるだろうか？

ラグナ・ビーチの市議会は、隔週の火曜日に開かれる。そこでの僕の仕事は、ニュースになりそうな面白い出来事を探すことだ。議会が開かれる市庁舎は、海岸からたった一ブロックの場所にある。僕は、最初の三〇分は、海岸で波を眺めて時間をつぶした。というのも、その時間帯は、出欠確認と前回の議事録の読み上げに費やされるからだ。終わった頃を見計らって、市庁舎まで歩いていく。ホームレスの男のカップに二五セント硬貨を投げ入れ、議場に入って、金属製の折たたみ椅子に座る。尻がしびれてくる頃には、三時間の会議は終わることになっていた。

「さて。今夜は片づけなくてはならない案件が多いから、早速、本題に入りましょう」議員の一人が、こう発言した。僕は取材ノートにいたずら書きの真っ最中で、調子の高いこの声の主を見損なった。「ここに、ソーバー・リビング施設であるスペンサー社会復帰センターのクリス・スペンサー氏から提出された申請書があります。スペンサーさん、おいでですか?」

　僕は顔を上げ、スペンサー氏を見ようと議場を見渡した。「ソーバー・リビング」という言葉に興味をそそられた。これは、ドラッグやアルコールの重度依存症患者が、リハビリを受けたあと、再び依存症に戻ることがないよう生活指導を受ける施設のことをいう。ソーバー・リビング(住宅地に設置され、回復中の依存症患者はここに六カ月間滞在する。ソーバーとは「しらふ」の意味)に入った依存症患者は、ドラッグとアルコールから隔離された状態で生活訓練を受けるのだ。

　クリス・スペンサーが、僕のすぐ脇を通って前に進み出た。その顔は疲れ切った感じで、履き古した革靴のようだった。スーツは何年もタンスにしまいっぱなしのように、カビ臭かった。豊かな口ひげをはやし、髪を真ん中で分けている。彼自身、長いこと薬物乱用に苦しんできたかのような雰囲気があった。

「クリス・スペンサー、参りました、議長」演壇に辿りつくと、議場に向かって彼が口を開いた。

「スペンサーさん」議員が質問した。「あなたは、あなたのソーバー・リビング施設を、ある種の解毒治療[*3]のできる病院に変更する申請を出しており、その許可を議会に求めていますね? その説明をしてくれますか?」

「喜んで。私の希望は、ドラッグやアルコールから脱け出しつつある人たちのため、二四時間の緊急医療体制を整えることです。私はこの施設を、そういう人たちが解毒治療を受けに来ることもできる場所にしたいのです。禁断症状が出た人に、それを緩和する薬を処方したいと思っています」

スペンサーの言いたいことが僕にはよくわかった。ドラッグやアルコールをやめて最初の三日間は、まるで煉獄である。体の震えは止まらず、眠ることもできず、苦痛を逃れるためにドラッグやアルコールを求め続ける。僕がリハビリ施設で過ごした最初の一週間、医師は、解毒治療のいちばん辛い時期を眠ってやり過ごせるように、大量の薬を処方してくれたものだ。

「スペンサーさん、あなたの施設は住宅地の中にありますね」議員が言った。「市条例により、この種の事業は許可されません。救急車もないし、あなたの施設に夜通し車が出入りするようになれば、近隣住人の迷惑になります。お気の毒ですが、要請は却下せざるをえませんね」

「でも、私はもうほぼ一年、それを実際にやってるんです」とスペンサー。「認めてくれてもいいんじゃないですか?」

やった、これは大当たりだぞ。うまそうな匂いを嗅いだ犬のように、僕は瞬時に反応した。僕は、記事になる話を本能的に嗅ぎ分けるのだ。恋に落ちるのと一緒で、出会った瞬間にピンと来る。しかも、今度のはただの記事ではない。『ロサンゼルス・タイムズ』で初めて書く記事にな

＊3　薬物依存患者の禁断(離脱)症状を管理する治療行為で、薬物療法も行われる。

るのだ。僕は身を乗り出して、スペンサーと議員のやりとりを書き留めた。ドラマの続きはどうなるのか？　ほかの四人の議員も、スペンサーの爆弾発言に色めき立った。

「あなたは、自分のソーバー・リビング施設を、市条例に違反して病院として使用していたことを、この議会で認めるわけですか？」議員が声を張り上げた。

「私は回復の初期段階にある人たちに処置を行う免許を州から受けているんです」スペンサーはこう言って応酬した。「だからかまわないと考えました」

これに対し、議会側は、スペンサーが市から受けた許可では、彼のソーバー・リビング施設は、別の回復センターで一カ月以上過ごした依存症患者に宿泊場所を提供することしかできない。しかも、スペンサーが州から受けた免許より、市の土地計画法が優先されると反論。そして、スペンサーに解毒治療の中止を求め、従わなければ施設を閉鎖すると警告した。

僕は市庁舎を出ると、公衆電話に向かった。時刻は午後八時半頃。九時までに原稿を送れば、明日の朝刊には間に合う。ジルに電話し、議会で起きたことを伝えると、そっけない反応が返ってきた。

「そうね、これを記事にしなかったら、馬鹿だと思われるわね」彼女はこう言った。「コラムのスペースを一〇インチとる。約三〇〇ワードよ」

そして僕に、書いた原稿を電話で送ってちょうだいと言った。何とか、ジルをあっと言わせるような記事を書きたい。しかし、残り時間は約三分。うまくいくだろうか。書き出しがなかなか浮かばない。

「ラグナ・ビーチに住む男性が、火曜日……」僕はこう書き始めた。だめだめ、パンチがない。大学で受講したジャーナリズムの講義を必死に思い出してみる。教授は何て言ってたっけ？「何があったのか母親に教えているつもりになるんだ。そして、その通りに書け」

ラグナ・ビーチ当局は、水曜、海岸近くの薬物・アルコール回復センター経営者に、薬物を使った解毒治療の中止を要請した。

コースト・ハイウェイ一三二六Sにあるスペンサー回復センターの経営者クリストファー・C・スペンサー氏は、一九九七年三月開設時の許可基準に違反したことを認めた。しかし氏は、同施設は、回復初期段階の薬物・アルコール依存症の人に医療支援を行う州免許を持っており、これとは異なる市基準の順守義務があることは知らなかった、と述べている。

ジルに電話し、原稿を送った。彼女は二、三カ所に手を加え、礼を言って電話を切った。これで自信がついた。いよいよ本物の記者の仲間入りだ。

翌朝、刷り上がった記事を見るため、いつもより一時間早く出社した。大文字の署名を早く見たい。担当デスクの脇の棚から、その日の新聞を取った。真新しいインクの匂いがする。自分の席に持ち帰り、分厚い束からメトロ版を抜き、紙面をくまなく探した。記事はメトロの中のほうのB4面にあった。添えられた自分の署名を、僕は子供を自慢する親のような心境でほれぼれと見つめた。

タイムズ特約

ジェイソン・レオポルド

ほかの記者たちはなぜ、「タイムズ特約」を嫌うのだろうか。カッコいいじゃないか。外国で活躍する特派員みたいで。

担当デスクは、僕の記事から冗長な箇所をそぎ落としていた。動詞、形容詞を削り、訴求力のある発言を前に出し、僕の文章とは思えないほどインパクトのある、プロらしい記事になっている。僕は「プロのジャーナリスト」と書いた制服を支給されたような、誇らしい気持ちになった。『タイムズ』の担当デスクが近づいて来た。一カ月前に仕事を始めて以来、まともに話をするのは初めてだ。

「ゆうべは頑張ったな」デスクはそう言って、僕の背中をポンと叩いた。「『レジスター』を抜いた。今日も続きを書けるか？」

『オレンジ郡レジスター』は、オレンジ郡の地方紙で、『タイムズ』と激しく競っている。部数は『レジスター』のほうが『タイムズ』より約一〇万部多い。『レジスター』が保守寄りの編集方針をとっているのに対し、『タイムズ』はリベラルだ。両紙の記者が、情報源との接触をめぐり、会見場で乱闘騒ぎを起こしたという噂も聞いていた。『タイムズ』に出た記事が、同じ日の『レジスター』にないようなことがあれば、『レジスター』の担当記者は、早朝からデスクに電話で詰問されるという。

「もちろん、すぐに昨日の話を追いかけます」僕は答えた。

僕の隣の席の記者は、僕が短期間のうちに本紙の仕事をもらい、署名入りの記事まで出したことに憤慨していた。僕のほうは、彼らの誰とも親しくするつもりはなかったので距離を置いていた。彼らはあまりに未熟で、『タイムズ』スタッフの間でも評判がよくなかったのである。

僕は、なめし革のような顔のスペンサーと市議会議員からコメントをもらい、続報を書いた。『タイムズ』は翌日のB5面にそれを掲載した。『レジスター』も独自取材を始めたが、一日遅れをとることになった。

ジルも僕のスペンサーの記事を褒めてくれた。そうして自尊心をくすぐっておいてから、日曜日の担当になる気はないかと言った。日曜日に仕事をしたがる記者はいないので、担当になればもっと署名記事を書くチャンスがある。一人きりなので、与えられた仕事のほかにもニュースが飛び込んできたときは、それも書いてもらいたい、ということだった。

「この二日間の記事を見て、あなたならできると思ったのよ」とジル。

「喜んでお引き受けします」僕は答えた。「お褒めいただいてありがとうございます」

断酒会で嫌になるほど聞かされた陳腐な教訓が、どうやら次第に真実味を帯びてきたようだ。

「ドラッグも酒もやらずに生活していれば、自ずと道は開けます」

僕は、自分の成功談を同僚記者にするつもりはなかった。代わりに表に出てリサに電話し、仕事がとても好調であることを伝えた。「あなたを誇りに思うわ」とリサ。「その調子でね」

日曜日は朝九時に出社した。最初に指示された仕事は「ザトウクジラ、ハンチントン・ビーチで見つかる」。珍しいらしい。早速、海洋生物学者のもとに車を飛ばす。クジラも見たが、これが何だっていうんだろう。何人かの住民に話を聞き、編集部に戻って記事をまとめる。続いて、郡内の警察署に片っ端から電話をし、最新の事件情報を仕入れる。警察とカーチェイスの揚げ句、車から投げ出されて死んだ男の話を聞くことができた。別の警官は、深夜、公立校をたて続けに襲撃し、一〇万ドルの被害を負わせた名門私立校生の話をしてくれた。両方とも記事にした。アドレナリンは出っ放しで、気がつけば夜七時。終業時間はとうに過ぎている。そのとき、社内の写真担当者から、テコンドー黒帯で二〇歳になる売り出し中のロックミュージシャンが、武道大会で頭に蹴りを食らって死んだ、という話を聞かされた。

「やめてくれ！」僕は心の中で叫んだ。テコンドーだって？　最悪の巡り合わせが現実にならないことを僕は祈った。

僕の父はテコンドーの黒帯四段で、各地で大会審判を務めていたのである。僕は、この青年が倒れた試合の審判は父に違いないと思った。子供の頃、殴られた記憶はまだ僕の心に影を落としている。

とりあえず現場へ急行し、捜査員、救急隊員、大会責任者から話を聞く。救急隊員は、死んだ青年は頭の血管が破裂したのだが、死因は検死を行ってからでないと確定できないと言った。取材がすむと、僕は大会が行われた会議場から走り去った。あいつの姿が目に入ったら、致死量のドラッグを吸引せずにいられないと思った。

しかし、これは妄想だ。父はその会場にはいなかったのだ。僕はきっと、心の奥では父に会いたかったのだろう。この二年で、あいつはどれだけ老けただろう。僕のことを思い出すこともあるのだろうか……。

頭を蹴られた青年の記事をタイプし、その日、四本目になる記事を仕上げると、時計は九時になっていた。朦朧とした頭で、また父のことを考えた。

月曜日、出社した僕は、皆がこちらに視線を注いでいるのを感じた。良心の呵責があったせいだろう、何か問題があったのか、と思った。どの記事だろう？　事実誤認でもしたか？　それとも、僕の犯罪歴がとうとうばれたとか？　ズボンの上に手を滑らせてみた。チャックは閉まってる。そのとき、一斉に拍手が起こった。

「昨日の記事はパンチが効いてたな」一人の記者が言った。「よかったぞ」もう一人が続いた。

「署名記事が三本か。四本はさすがに無理だったな」デスクの一人が言った。

「『レジスター』を抜いた記事が二本もあるわ。あっちにはテコンドーもない」とジル。

月曜日の新聞をめくりながら、僕はまたも自分の背中にプロの刻印が押されるのを感じていた。メトロ一面に僕の名前があった。一面の記事は全部で六本、僕の署名記事がそのうち二つ。ページを開くと、もう一つの署名記事があった（四本目のザトウクジラの記事は翌日に回されていた）。

「やったじゃないか」僕は心の中で言った。「一つ、二つ、三つ……すげえ！」

一人の記者がメトロ一面に同時に二本の署名記事を出したことはないし、三本の署名記事が同時に掲載されたこともなかったんじゃないかしら、とジルが言った。

僕はメトロ一五部を記念に持ち帰ることにした。タバコを一服吸おう思って表に出た。煙を深く吸って、フーッと吐く。どうも詐欺を働いているような気がしてならない。お前はこれほどの称賛に値する人間なのか？　大学もまともに出ていないうえに、重犯罪人だ。今だって保護監察の身ではないか。こんな人間が成功できるはずはないのに、こうして再びチャンスが与えられたのはなぜだと思う？　お前の生活は嘘で固められている。ここの人たちは本当のお前を知らない……。

ジルから、オレンジ郡版の部数拡大のための新企画のことで、折り入って話がしたいとメールが来た。この企画はトップシークレットです、と付け加えられていた。

ジルと僕は無言で会議室へ歩いて行った。会議室に入るや、彼女は洋服屋の販売員みたいな口調で、新企画をアピールした。

「今度、ラグナ・ビーチのエリア版をつくります」とジル。「メトロに三ページのエリアニュースを入れ、その部分をアワー・タイムズと呼びます」

「ほかの版に入ってる、あのひどい差し込みみたいなのですか？」僕は質問した。

「いいえ、あれとは違うわ。アワー・タイムズはあくまでメトロの一部で、差し込みではないのよ。週五日、メトロ一面の左半分をラグナ・ビーチのニュースにあて、中の二ページに、ラグナ・ビーチのそのほかのニュースと読み物、それにハイルクール・スポーツが入ります」ジルがこう説明した。「身近な話題を取り上げる姿勢を前面に出すことで購読者を増やすのが狙いです」

「それで僕は何をすればいいんですか？」

「積極的な取材とニュースの発掘ができる記者がほしいと言ったら、デスクたちがあなたの名前を挙げたの」とジル。「つまり抜擢されたわけ」

僕は素直に喜べなかった。アワー・タイムズは酷評されていた。これはそもそも、数年前に『タイムズ』の発行人になった、シリアルの製造元ジェネラル・ミルズの前会長マーク・ウィルズ（『タイムズ』周辺では「シリアルキラー」[*4]と揶揄されていた）が、部数を一〇〇万部増やすために立てた計画の一つだ。

ところが、このアワー・タイムズときたら、記者は未熟でデスクは不手際ばかり、紙面は『ニューヨーク・タイムズ』を格好だけ真似した大学新聞レベル。この仕事はしたくない。僕の目標は『タイムズ』のスタッフライターなんだ。

「そのチャンスもあるでしょう」ジルが言った。「アワー・タイムズのニュース部門を手伝ってくれたらね」

「考えさせてくれますか?」僕は言った。

「いいわよ」とジル。「言い忘れたけど、この仕事を引き受けてくれた場合は、ニューポート・ビーチの『デイリー・パイロット』制作室に異動してもらいます。アワー・タイムズはそこで制作されるんです」

ジルを喜ばせたいとは思ったが、これはランクダウンだ。僕はアワー・タイムズ、つまり二流

＊4　Cereal Killer。Serialなら連続殺人鬼の意味になる。

新聞の記者だと人に言わなくてはならなくなる……。

僕はなぜ、いつもこうやって他人の目を気にするのだろう。どこで働いているか、どんな車に乗っているかで成功を測る癖がある。ジルが抜擢だと言う新しい仕事を今から見下していいのか。つい数カ月前まで、失業してどん底にいたくせに。

自分一人では決められそうにないので、リサに相談してみることにした。

「ジェイソン、これは素晴らしいチャンスじゃない？」彼女はそう言った。「たった二カ月でここまで来たのよ。自分の可能性を信じてね」

僕の中の陰謀論者が、お前に声がかかったのは、ほかの記者たちが断ったからだろう、とささやいた。お前は最後の滑り止めにすぎないんだ。

かつて父から、一九七〇年代の初め、起業したての会社を買収するチャンスがあったのに見送った話を聞かされたことがある。ニューヨークのタクシー運転手を続ける道を選んだのは、その頃にはもう子供がいて、事業につまづいたら家族を養えなくなると思ったからだ。

「その会社は今では二〇〇〇万ドルの価値があるのに、俺はタクシー運転手のままだよ」父は言った。「いいか。こうすればよかった、ああすればよかったと後で思うぐらいなら、やってみろ。後悔するよりずっといい」

僕が唯一従った父からの忠告だ。

第7章

「時代」は変わる[*1]

The Times, They Are A-Changin'

「この仕事引き受けます。ただし、一つだけ条件を聞いてほしいんです」僕はこう申し出た。

「よかったわ、ジェイソン」ジルは喜んだ。「条件って?」

「週給を五〇ドル上げて下さい」

本当はもっと要求したかったが、断られるのが怖かった。お金とか、おもちゃとか、洋服とか、普通、子供が両親にねだるような物が欲しくなったとき、僕はいつも不安に駆られた。ジュニア・ハイスクール二年生のとき、初めて図書館の司書からクレジットカードを盗んだ理由もそれだった。盗んでしまえば、渋る両親と交渉する手間が省けると思ったからだ。

「それなら大丈夫よ」。僕の要求が低いのでほっとしたように、ジルが言った。

ビル・ロブデルは「タイムズ・コミュニティ・ニュース(TCN)」の責任者で、アワー・タ

*1　ボブ・ディランのヒット曲"The Times, They Are A-Changin'"(時代は変わる)を『ロサンゼルス・タイムズ』の社内事情に重ねている。

イムズの企画担当でもあった。まだ一度も会ったことがなかったが、僕の上司である。ビルと面談するため、僕はジルに付き添われて会議室へ行った。彼は椅子から立ち上がり、力強く僕の手を握った。

「君の素晴らしい噂、いっぱい聞いてるよ」どことなくバレーガール[*2]じみた口調で、ビルが言った。その声音からゲイかと思ったが、のちにそうでないことがわかった。身長一九〇センチほどで、痩せ型。頬骨が高く、鼻筋が通り、歯並びも完璧。体重やニキビの悩みの多い制作室では抜きん出た容姿だった。

「お会いできて嬉しいです。親切なお言葉をいただいてありがとうございます」と僕は挨拶した。

ビルは、アワー・タイムズがいかに『ロサンゼルス・タイムズ』に革命をもたらすか、アメリカの主要新聞はなぜ、いずれこのビジネスモデルを採用せざるをえなくなるか、僕にレクチャーした。サンタモニカでは、すでにアワー・タイムズが週三回発行されている。一〇〇年以上の歴史を誇った『サンタモニカ・アウトルック』紙が一九九七年に廃刊され、空白になっていた地方紙の役目を果たしている。このアワー・タイムズ・サタンモニカは成功を認められ、記者の一人は本紙スタッフに抜擢された。

「ビジネスモデルって、どういう意味ですか？」僕は質問した。

「現実を直視するならね、ジェイソン、ジャーナリズムは一つのビジネスだよ。つまり、可能な限りたくさんの部数を売る必要がある。そのために、ときに新しい着想が必要になるんだな。悪くとらないでくれよ。アワー・タイムズは重要事業として発展する。君に頼みたいのはね、つまり君の仕事は、この町にもニュースがあるんだって証明することだ。そこに集中してもらいたい。僕の仕事は、この会社のためにお金を稼ぐことだ。アワー・タイムズという、僕がこの世に送り出した子供も同じなんだ。ライバル紙が『タイムズ』と張り合いたいと思うなら、彼らもいずれは同じことをやらなきゃならなくなるんだよ」ビルはこう説明した。

「否定的なことを言うつもりはないのですが、あなたは、新聞に町のニュースを数ページ追加すれば購読者が増えると思ってらっしゃるわけですか?」少し疑いのこもった声で、僕は聞いた。

「ジェイソン、『タイムズ』読者の最大の不満は、自分の地域のニュースが紙面に載らないことなんだよ。僕らが行った調査では、地域ニュースがもっと多ければ、住民はもっと多くの新聞を購読するという結果が出た。だからそれを提供しようってわけなんだ」ビルが言った。「考えてみてくれ。僕らが『タイムズ』にアワー・タイムズをプラスすることで、新聞に画期的変化が生まれるんだよ。かつてない試みだし、君はその立ち上げに参加できるんだ。こんな大仕事はめったにできるものじゃないよ」

ビルの話を聞いていると、まるで僕が彼に給料を払わなければいけないみたいな気になってきた。ビルは、遠からず、ウェストハリウッド、ビバリーヒルズ、スタジオシティなどなど、ざっと二ダースのアワー・タイムズを創刊する構想を僕に聞かせた。

*2　もともとは、流行に敏感なロス郊外の高級住宅地の少女たちを指す言葉だったが、その後、独特の言葉遣いをするカリフォルニアガールに用いられるようになった。

「僕は長く勤めることになりそうですね」僕は言った。

「それを聞いて安心したよ」とビル。「火曜日から『パイロット』の制作室に来てもらえるかな。デスクのレスリーが、君の担当デスクを兼ねる。デスクはほかにはいない。立ち上げまであと一カ月しかないよ。それから、これは秘密事項だから、ここの人間には話さないようにな。いずれ、地域ニュースの担当は全員アワー・タイムズに異動させるつもりだけどね」

　席に戻った僕は、同僚に、ここを出て特別プロジェクトを担当することになったと話した。すると、どうやら秘密は少しも守られていないらしく、

「アワー・タイムズか？」と一人が言った。

「なんだ、知ってるのか。そう、僕が行くことになったんだ」僕は答えた。「でも、これは口止めされてるんだ」

「アワー・タイムズは最低だ」別の記者が言った。「あそこに行くなんて信じられん。愚かな企画を立てたもんだよ。地域ニュースならもうメトロがあるってのに」

　この言葉は僕を憂鬱にさせた。彼が言うのはつまり、僕は最低、僕は愚か、僕は馬鹿だってことだ。「メトロが郡全体をカバーしてないことは知ってるだろ？　それに、君らだっていずれアワー・タイムズに飛ばされるんだぞ」

　僕らの会話を聞きつけ、ＴＣＮの六人の記者がやってきて、僕を取り囲んだ。アワー・タイムズの内情暴露に興味をかきたてられたのだ。

「どういう意味だよ？」別の記者が言った。「俺はアワー・タイムズなんて行かねえぜ。ここに

残るよ」

「ロブデルは、いずれここにいる全員がアワー・タイムズの記者になるって言ってた」と僕。

「これは僕が言ったんじゃないからな」

「何だそりゃあ?」ほぼ全員が憤慨して声を上げた。

「私は辞めるわ」女性記者の一人が言った。

「聞いてくれ。ビルはアワー・タイムズは重要な事業だと言ってる。メトロの一部がアワー・タイムズに変わるだけだ。差し込みじゃない」

「ふうん、そうか。でも、記事はほかの地域の『タイムズ』をとってる人間は読めないんだろ?アナハイムだとか、ラグナ・ビーチだとかの住人が見るだけじゃないか」別の一人が言った。

「あんまり人を落ち込ませないでくれよ。とにかく僕はやる。優秀な記者はどこへ行ったって優秀な記者だ」そう言い切ることで、僕は、自分でも感じていた不安と不信を振り払おうとした。

しかし本当のところを言えば、僕は会社の広告戦略の犠牲者だった。一緒にジャーナリズムの顔を変えようと言ったビルの言葉を真に受けたのだから。

『タイムズ』に来て二カ月ちょっとで、デスクに実力を認められたのだ。運がよかったのか、間がよかったのか、守護天使のお導きがあったのか。とにかく、その六カ月前にはリハビリ施設で死の一歩手前までいった人間が、新企画の立ち上げを手伝うまでになったのだ。

火曜日の朝、僕は二時間近くかけて『デイリー・パイロット』の制作室に辿りついた。運転中少しでも快適にと、リサが、CDが一〇枚入るプレーヤーをプレゼントしてくれていたが、その日はどうにもイライラした。途中、二〇分間全然動けない大渋滞に巻き込まれた。少し動いたかと思うと、また止まる。僕は窓を開けて「動けバカヤロー！」と叫んだ。これは陰謀だ。新しい仕事に就いた僕をしょっぱなから遅刻させようと、誰かが仕組んでいるに違いない。

『デイリー・パイロット』の制作室は、壁の新聞ラックさえなければ、保育園と見まがうばかりの様相だった。一五〇〇平米ほどのフロアに、大学から寄贈されたようなちゃちな机が並んでいる。へこんだ気分で室内を見渡すと、いよいよステップダウンが実感された。室内では一五人の駆け出し記者――大半は女の子――が、ミニバスケットボールを投げ合い、何が面白いのやらキャッキャと笑っていた。

壁の向こうの部内が見渡せる位置にビルの小部屋があった。僕に気づいたとき、ビルは電話中だったが、すぐに終らせるとこっちに飛んできた。

「やあ、ジェイソン！　ようこそ『デイリー・パイロット』へ。さあ案内しよう」

「真ん中のここにいるのが『パイロット』の六人の記者。ジェニファー、グレッグ、ジェシカに、僕のアシスタントでもあるケリー。その後ろが記事の整理を担当するシャーマン、マイク、トニーとスティーブ。こっちのコーナーは写真部だ。これがマーク、責任者だよ。それからここにいるのがデザイナー。今は『パイロット』だけだけれど、これからはアワー・タイムズのデザインも担当する。ナンシー、ジョリー、あっちがメアリー・ベス。そうだ、君の新しいデスクのレスリーを紹介しよう」

皆、実にフレンドリーで、心から僕に会うのを楽しみにしていた様子だった。

「ジェイソン、アワー・タイムズで君のデスクになるレスリーだよ」ビルはこう言って、僕を彼女のほうに押した。

「初めましてレスリー、会えて嬉しいです」僕はこう言って、手を差し伸べた。

「私もよ。ビルからあなたの素晴らしい噂をたくさん聞いてたし、『タイムズ』の署名記事も読んだの。いいお仕事してるわね」レスリーは言って、僕の手を握った。

「よろしい。それでは僕は失礼するので、二人で仕事の相談をしてくれ。ジェイソン、当面この机を使ってくれ。小さくて申し訳ないが」こう詫びると、ビルは立ち去った。机はレスリーのとくっつきすぎで、まるで二人が恋人同士みたいだった。

レスリーはデスクにしてはあまりに若く、あまりに魅力的で、あまりに純真すぎるようにも見えた。こんな若い女性に僕の記事を任せて大丈夫なのか？

「私、二年前に『デイリー・パイロット』の記者になって、一年目でデスクに昇進して、今度アワー・タイムズのデスクになったんです」とレスリー。

「『パイロット』の前は何をしていたんですか？」僕は聞いてみた。

「ううん、何にも。初めての仕事が『パイロット』だったの。その前は大学生よ」

うらやましい。僕が彼女の仕事を代わりたいぐらいだ。彼女からあれこれ指示されるのは面白くないなと思ったが、僕は口を閉ざし、早速、ラグナ・ビーチのニュースを探し始めることにした。テスト版のためのニュース記事を二週間で八本上げなければならない。

ラグナ・ビーチで日々ニュース性のある話題を探すというのは、かなり骨の折れる仕事だった。

海辺の小さな町には取り上げるような話題は乏しい。ニュース担当記者は、石をひっくり返してでも面白そうなネタを探さねばならない。ときには八時間も取材して、ようやく一つの話題が見つかるということもあった。

ラグナ・ビーチの歴史を聞かせてくれた図書館の司書は、話の最後にこう言った。「これまで面白い事件が起きたことなんかないよ。両腕を使えないために鼻で絵を描く人の話に興味があれば別だけど。つまり、その女性の作品が近代美術館に飾られているってわけなんだ」

最初の二週間で拾った話題は、数ブロックの住人にしかかかわりがない、つまり、市全体にとってはどうでもいい話題ばかりだった。それも、たいてい近所同士の争いだ。たとえば、樹木の剪定を義務づけた市条例を守らないというようなことが、争いの種になっていた。

ビルからは、アワー・タイムズ創刊までに「鮮度の落ちない」、つまり、いつ掲載してもいい記事を一ダースほどストックしておけと指示されていた。そうしておけば、今日は何を書こうかと心配せず、じっくり地元の話を聞くことができるからだ。

レスリーは「カレンダー」、つまり展覧会とか朗読会とか警察日誌をまとめて紹介する欄のため、編集助手を一人雇った。ハイスクール・スポーツを担当する男性も雇った。しかし、たった一つの町に三ページというのは多過ぎで、これだけのスペースを完全に埋めようと思ったら、僕らは相当頑張らないといけないことがわかってきた。

「学校給食のメニューを入れることにしたんですよ」新入りの男性が、子供が生まれた父親のように嬉しそうにこう言った。

僕は言葉を失った。なんて言えばいいんだ。「火曜日のスペシャルは、ミートローフ、豆のバター炒め添え、フルーツカップです」という記事の出る新聞に勤めていると言ったら、人になんて思われるやら。僕は転職を考え始めた。

南カリフォルニアで三つ目に大きい新聞『ロングビーチ・プレス・テレグラム』の次長に連絡してみた。部数一一万部で『タイムズ』の競合紙の一つだ。

早速、次長の面接を受けることになった。レスリーには医者のところに寄るから遅れると言っておいた。僕はその面接で、アワー・タイムズのことを洗いざらいしゃべってしまった。

「まあ、それは大変！　部長にこのことを話してもかまわない？」次長が言った。

「どうぞ」僕は答えた。「ただし、これは僕が言ったんじゃありませんから」

「アワー・タイムズへの対抗措置を考えなくちゃいけなくなるわ」彼女はそう感想を言った。

「実はね、あなたの記事を見せてもらって、ちゃんとファイルに入れてあるの。でも残念なことに今は空きがないのよ。一カ月ぐらいで出産休暇に入る記者が一人いるから、そのときには状況が変わってると思うわ。ここだけの話だけど、私はその記者は戻って来ないと思ってるのよ」

「では、僕のことを頭に入れておいて下さい」

しかし、そういうことをしていた僕も、実は『パイロット』の連中と大差はなかったのである。記者も整理担当者もデザイナーも、皆、実に個性的で、アメリカ中のハイスクールからはみ出し者を集め、小さなオフィスに閉じ込めたような職場だった。耳にいくつもピアスをした奴や、入れ墨をして髪を青く染めた奴がいた。そして、このなかにいつしか溶け込んでいく自分がいた。

アワー・タイムズ創刊まで、あと二日。レスリーに予定稿のリストを渡し、記事が本紙とかち合わないか、『タイムズ』のジルに確認してもらうことにした。といっても、新しい児童公園ができるとか、携帯電話のアンテナが海辺の景観を破壊するという苦情を、『タイムズ』の誰かが記事にしているとは到底思えなかった。それを書くのは僕らの仕事だからだ。それも、一段落で十分な記事を一〇段落に膨らませ、水増しする。営業が広告を追加したときは、さらにもう一面、似たような記事で埋めなくてはならなくなって、ついに僕も、日替わり給食のメニューをありがたいと思うようになった。いよいよ話題が尽きたら一カ月分のメニューを出せばいい。

アワー・タイムズは、僕がかつて見たなかで最低の新聞だった。ハイスクールの学級新聞のような出来栄え。初めて印刷された自分の記事を見たとき、ついに辞める決心が固まった。

「僕の記事を殺したのはどいつだ?!」僕は部屋全体に聞こえる大声で怒鳴った。

レスリーが駆けてきて、僕の手から新聞を取って、言った。「いったいどうしたの?」

「僕の記事が誤植だらけ。誰かが手術して、元通りにしそこなったんだ」

レスリーは記事を自分のパソコンに表示して、最後に修正した担当者を確認した。

「シャーマンの奴ね」とレスリー。

僕はレスリーのあとについてシャーマンのところへ行った。

「シャーマン、ジェイソンの記事がこうなったわけを説明して」レスリーが問いただした。「あなたに回る前はこんなじゃなかったわ」

身の丈一八五センチほどもある元フットボール選手で、両腕の筋肉の盛り上がったシャーマンが立ち上がって、レスリーの持っていたページをつまみ上げ、チラッと目をくれた。彼は『パイロット』で五年も記事の整理を担当している。

「問題ないでしょ」とシャーマン。

「名前のスペルが変わっちゃったし、引用した言葉も消えてるの」とレスリー。

「いや、だって、昨日はすっげえ忙しかったただろ。五ページもあったんだぜ。つい見落としちまったんだよ」

「いいわ、わかった」レスリーはそれだけ言うと、自分の席に戻った。

僕には、シャーマンに何か言ってやる根性はなかった。でも、新聞でこの類いのミスを犯して何の責任も問われないなんてありえない。僕はレスリーに、二人だけで話がしたいと申し出た。ガラス窓越しに制作室全体が見渡せる会議室に、僕らは入った。

「あのね、悪いけど僕はこれ以上ここでは働けない」僕は言った。「僕が考えてたような仕事じゃなかったよ」

突然、別れ話を持ち出された女の子のように、レスリーはわっと泣き出し、よろめきながらビルの部屋に入っていった。

一〇分後、ビルの部屋から戻るなり、バッグを持って表に出ていくレスリーを慰めようと、二人の女の子があとを追った。

会議室から一部始終を見ていた僕は、レスリーを泣かせたと責められそうで、そこから出られなくなってしまった。ビルが入って来て、隣に座った。

「レスリーは大丈夫?」ビルに聞いた。

「今日は早退して家に帰りなさいと言った」とビル。「レスリーは小さな町で育ったとても繊細な子でね。聞いたが、君、辞めたいんだって? それは困るな。失うにはあまりに貴重な人材だ」

「それはどうも。でも、自分の記事が台無しにされるのは我慢ならないし、率直に言って、この仕事は僕より駆け出しがやるのにふさわしいと思います」

「でこぼこ道を通らなきゃ目標に辿りつけないことだってあるよ」そうビルが言った「やってみる前から投げ出されちゃ困る」

「もうやってみましたよ」と僕。

「いい考えがある。これから三カ月のうちに六つのエリアでアワー・タイムズが出るんだ。聞きたての話だけどね。その分だけデスクも必要なんだが、その仕事なら君にうってつけじゃない? どう?」ビルが提案した。

「それはいい話ですが」僕は戸惑った。「デスクは経験がありません」

「やってるうちに覚えるさ」とビル。「実はまだ記者も揃ってないんだ。次の監査までに部数を増やすために、三カ月以内に立ち上げないと。僕らが雇う記者はたしかに駆け出しばっかだが、それというのも、年二万ドルまでしか給料が出せないからなんだよ」

「では、僕の場合は……つまり、その……」

「君の年棒は上げる」とビル。「年三万六〇〇〇ドルでどう?」

「やります」僕は引き受けることにした。

デスクをやると言ってはみたものの、自分に適性があるという自信はなかった。そこでジルに電話してみた。彼女なら率直な意見を述べてくれるだろう。

「ジェイソン、優秀な記者が優秀なデスクになれるとは限らないのよ」これがジルの見解だった。

僕が聞きたかった返事ではない。助言に逆らってデスクになり、彼女のほうが間違っていたことを証明してやろう。

四カ月で、僕は下っ端記者からデスクに出世した。僕の担当するアワー・タイムズは、フラートンとブレアの話題を扱うことになる。これは多少は安心材料だ。フラートンなら話題には事欠かない。空港あり、大学のキャンパスあり、ダウンタウンあり、多少の犯罪あり。ページを埋めるのはそんなに大変ではないだろう。一方のブレアは正反対に動きのない町だが、たまにギャングの発砲事件が起こったりする。

レスリーは翌日、職場に復帰し、取り乱してしまったことを詫びた。それからもう二週間、僕は彼女のもとで働き、町の図書館とその初版本小説コレクション、毎年恒例の市の美術展、地元の美容師について記事を書いた。ビルはラグナ・ビーチでの販売部数が九〇〇部増えたと喜んでいたが、僕はどうかなと思った。市の職員に電話したり、町で取材するたびにアワー・タイムズ記者を名乗るのだが、一様にいぶかしげな反応が返ってきたからだ。

「アワー、何ですって?」とか「それって何?」と問い返されることが少なくなかった。

ビルは、五月初旬までに一五エリアでアワー・タイムズを出すことになったと言った。

「あと必要なのは『体』だけだ」ビルは、これから雇う記者のことをこう表現した。「心臓さえちゃんと動いてればいい」

コスタメーサの支局にいた同僚記者の大半はとっくに職を辞し、他紙で働いていた。アワー・タイムズから逃げたのだ。

上層部は、アワー・タイムズについては、紙面の質など問題にしていなかった。彼らは広告販売量にとらわれすぎ、ボス——ロサンゼルスの『タイムズ』本社にいる重役たち——の歓心を買うため発行エリアの拡大を急ぎすぎていた。

一週間後、ビルが、ロサンゼルスの就職セミナーで一二名の記者を雇った。あまり聡明そうではない記者たちが初出勤してきたその日、僕は舞い上がっていた。会議室に新入社員を案内し、こう訓示した。

「よろしい。僕がデスクだ。仕事には厳しいぞ。ミスは嫌いだからそのつもりで。君たちにはどんどん取材に出て、情報源を開拓してもらいたい。僕の言う意味わかるね？　雑貨屋のレジ係、警官、新聞売りと仲良くなれ。こういう人たちが話題を提供してくれるからな。でも、人に頼らずニュースを探す努力もしないとだめだ。君たちは宝探しをしろ。何か見つけたら、戻ってきて報告する。それからまた探しに出る。いいな、わかったか？」

全員の顔に恐怖の色が浮かんでいた。

僕の部下となったアワー・タイムズの記者たちは、フラートンとブレアで、州や国全体の関心も呼びそうな面白い話題を日々、発掘してきた。しかし、肝心の記事をまともに書ける奴がいない。いちいち僕が書き直し、文章の組み立てを辛抱強く教えてやった。たとえばこんなふうだ。「ここの言葉だけど、これを前に出せばもっと印象が強くなって、リードが補強されるだろ」

僕の指導はすべて直感に基づいていた。僕は文章作成や編集技術をきちんと教わったことなどない。知ったかぶりをし、偉そうに説教を垂れる自分に感心していた。

毎日通っていた断酒会をこの頃から欠席するようになった。酒もドラッグも、もうやりたいと思わなかったし、断酒会のために毎朝一時間早く起きて、忘れたい過去をわざわざ思い出すことに意味を感じなくなったのだ。

アワー・タイムズのデスクになった僕は、毎朝ジルに電話し、その日の予定記事を伝えなくてはならない。

「ふうん、それいいわね」。僕が何かとっておきの話題を説明すると、ジルはこんなふうに言う。「それメトロのメインページに載せましょう」ジルをはじめとする『タイムズ』のデスクは、アワー・タイムズを垂れ込み情報のように扱った。アワー・タイムズの記者が取材に出て、何時間もかけて面白い話題を探した末に素晴らしい記事を書いたとしよう。ジルはそれを『タイムズ』のオレンジ郡版という大きな舞台に引き上げる。アワー・タイムズの記者は未熟だから、ジルは『タイムズ』の記者に執筆を任せる。まれにアワー・タイムズの記者が『タイムズ』を手伝うことはあっても、タイムズの記者は連名を認めず、たいてい、ヒヨッコ記者から取材メモも情報源も取り上げてしまう。それをもとに記事を書くのだが、どこから仕入れた話なのかはクレジットに残らない。しかも、こうして記事が取り上げられるたび、僕らはあたふたと差し替え記事を用意しなければならない。

負け戦とわかっていても、僕は本紙に使う記事に部下の署名を入れてくれ、と頑張った。しかし、オレンジ郡版の部長レニー・ラゲールの、アワー・タイムズの記者には本紙の記事は一切書かせない方針は徹底されていた。

「『タイムズ』が、その記事はアワー・タイムズで扱うにはもったいないと言うので、君は書けなくなった。その記事はオレンジ郡版のＢ１ページに載る。でも、君は手伝えない。『タイムズ』のデスクが、君は本紙記者と連名にするほど優秀じゃないと思っているからだ」僕は部下にこう説明しなければならなかった。

「すまない。『タイムズ』は僕らを馬鹿にしてるくせに、記事は横取りする。ひどい話だ。頑張ってはみたが、あちらも強硬でね」

「そんなのって納得できません」と記者が言う。「デスクは、正確な情報を取材してこいと言います。でも、それをやっても『タイムズ』に取り上げられ、記事を書くことも許されない。それなら、私たちは全然報われないじゃないですか?」

報われないさ。そういうもんだ。駆け出し記者にとってジャーナリズムの世界は苦い味がするものなんだよ。

僕たちは、ゼネラル・モーターズが車を生産するより早いペースでアワー・タイムズのニュースを繰り出していった。そのとき、大騒動が勃発した。ステイプルズ・センター[＊3]の新設スタジアムを紹介した雑誌の広告収入を、センターと『ロサンゼルス・タイムズ』が分け合う密約が暴かれ、経営陣批判が沸き起こったのだ。記者たちはそんな約束があるとは露知らず、スタジアムの礼賛記事を書いた。しかし、裏取引がリークされるや社内に反乱が起こり、記者たちはCEOマーク・ウィルズとその片腕キャスリン・ダウニングの辞任を要求した。

彼らは、ウィルズとダウニングの一〇〇万部拡張計画も糾弾。論説委員はアワー・タイムズを槍玉に上げ、その廃刊を訴えた。理由は、未経験の記者ばかり雇ってソフトな話題を提供するやり方が『タイムズ』の統一性を傷つけるというもの。このスキャンダルを取り上げた何十という新聞も一斉にアワー・タイムズを攻撃した。

アワー・タイムズ批判に憤慨した僕は、『ニューヨーク・タイムズ』のフェリシティ・バーリンガーに抗議の電話を入れた。彼女がウィルズとダウニングについて書いた記事の中で、アワー・タイムズの記者がしていることは「プレスリリースの焼き直しにすぎない」と評したからだ。「フェリシティさん、僕はアワー・タイムズのデスクのジェイソン・レオポルドです。どこから話を聞かれたか知りませんが、アワー・タイムズの記者はプレスリリースの焼き直しをしてるわけじゃないですよ。自分で前線に出て取材をしてる。ところが、いいニュースが見つかれば、『タイムズ』の記者に取材ノートごと横取りされる。これが実態です。これは倫理的に正しいことですか？　あなたの見解はどうですか？」僕は彼女の留守電にこう吹き込んだ。

＊3　ロサンゼルスのダウンタウンにあるスタジアムで、NBAのロサンゼルス・レイカーズの本拠地。

現場では、アワー・タイムズの廃刊と失業への不安が広がっていた。だから僕は内部告発をしたのだ。数分後、電話が鳴った。

「こんにちは、ジェイソン。『ニューヨーク・タイムズ』のフェリシティ・バーリンガーです」

低くドスのきいた声だったので、その瞬間、かなりのこわもてに違いないと思った。

「これはどうも」僕は言った。「お返事をいただけるとは思いませんでした」

「メッセージありがとう。アワー・タイムズについてあなたの言われることを調べてみることにします」

しかし、続報は出なかった。フェリシティ・バーリンガーとは、のちにまた別件で出会うことになる。

ビル・ロブデルが、君は腕がいいので『タイムズ』本紙に週一度掲載される宗教コラムも担当してくれないか、と持ちかけてきた。これをきっかけに彼との付き合いが始まった。二人ともハワード・スターン[*4]のファンだと知った僕が、スターンのプロデューサーであるゲイリー・デラベート、通称〝ババ・ボーイ[*5]〟の物まねをしてみせると、ビルは涙を流して笑った。

毎日の予定記事の連絡を入れるときもこんな調子でやった。

「よっ、大将！　あちき、あちきでがんすよ、ヘラヘラヘッタラヘ〜」

ビルはこれを制作室全体に聞こえるようにスピーカーホンで流した。

「今日はあちきの出っ歯と歯槽膿漏の話でいくでがんす……」

こんなたわいもないこと——ジョークを言い合ったり、ランチを食べたり、仕事を終えたあとでレストランに出かけたり——が、毎日の仕事に潤いを与えてくれた。『タイムズ』は相変わらずアワー・タイムズの一番記事をさらっていくし、こっちはこっちで、文章やデザインのミスがいつまでもなくならない。写真の説明文が違う写真についていることも珍しくなかった。

ビルは、新たに始めるアワー・タイムズ・アナハイム版のデスクとして、『レジスター』紙からデニエンヌという女性を引き抜いた。アナハイムはディズニーランドのある町だ。デニエンヌは僕の隣で仕事することになった。徹底した管理主義者だった。誰にも仕事を手伝わせない一方、担当ページのデザインにまで口を出してくる。部下をまるで自分の子供のようにあしらった。

「さあ、デイビッド、締め切りを守らないとどうなるって言われましたっけ?」いつも締め切りに遅れる二〇歳の記者は、こんなふうに注意される。「ほかの人たちに悪いと思わないの?」「遅れるつもりはなかったんだ、デニエンヌ」デイビッドはうなだれて言う。「もうしません」

一方、僕が部下を扱うやり方は、父が僕を扱ったやり方と似ていた。

「ベロニカ、君のお母さんは、君がお腹にいるときドラッグでもやったんじゃないか?」知性の乏しい記事ばかり書き、ときどき文章がスペイン語とちゃんぽんになる部下に、僕はこんな叱り方をした。

デニエンヌと僕は、取り調べでペアを組むいい警官と悪い警官の見本のようだった。彼女は部

＊4　放送禁止用語の連発で物議を醸したアメリカの人気DJ。自伝映画『プライベート・パーツ』にも自ら主演。
＊5　〝t〟を〝s〟と発音したり、出っ歯で息が臭いのがこのキャラクターの特徴。

下をあやす。僕は言葉で虐待する。彼女は頭をなでる。僕は物を投げつける。問題はそれが必ずしも演技でなかったことだ。断酒会へ行かなくなってから、僕の感情は不安定になっていた。抗鬱剤を毎朝三〇〇ミリグラム服用したが、さほど効果がなかった。ありのままの自分がどうにも居心地悪く、体の中に爆弾を抱え、スイッチを押されたらいつ爆発してもおかしくなかった。

この精神状態に油を注いでくれたのがデニエンヌの子供たちだった。彼女は週三回は子供を職場に連れてきた。僕はそれを見て、ここは三歳の男の子や四歳の女の子を連れてくるべき場所じゃないと注意した。

「なぜいけないの?」と彼女。

「汚い言葉が飛び交ってますからね」僕はこう答えた。

ところが、デニエンヌは、人形、おもちゃのトラック、ブロック、クレヨン、枕、毛布、それに絵本をぎっしり詰めたダッフルバッグを持ち込み、仕事場をミニ保育園に変貌させた。

午後五時の締め切り時間が迫っている。僕はむかっ腹が立った勢いで、子供たちの目の前で、部下にとびきり汚い言葉を浴びせた。

「このグズどもが。まだできねえのか、いい加減にしろ、クソッたれ!」そう言うなり、ハンマーで机をガツンと叩いた。締め切り時間を過ぎても記事を仕上げない部下に喝を入れるため、パソコンの上にいつもハンマーを置いていた。

子供たちはこれに驚き、揃って泣き出した。デニエンヌがなだめたが泣きやまない。次第に泣き声は大きくなり、記者たちの仕事に障るようになった。

「ちょっと、デニエンヌ、何とかしてくださいよ」一人の記者が声を荒げた。デニエンヌは僕をキッとにらみ、指で脅す仕草をすると、ビルの部屋に子供を連れて行き、ドアを閉めた。約一〇分後、彼女は、子供とおもちゃとダッフルバッグを持って制作室を出ていった。子供に目が行き届くように家で仕事をする許可を出した、とビルから説明があった。それから数カ月間、デニエンヌは週のうち二日間が在宅勤務になった。

そのほかにも、面白くない事態が僕のイライラを募らせていた。『タイムズ』が一番記事を取り上げるのをやめさせてくれ、とビルに頼んだことが不発に終わった。僕は一日一二時間働いたが、アワー・タイムズの先行きは不透明だった。

インターネットで転職情報を探した。記者の求人を調べているとき、ダウ・ジョーンズ・ニューズワイヤーズの名前が目にとまった。エネルギー問題を担当する支局長を募集している。場所はロサンゼルスの僕のアパートから二マイル。エネルギーはずぶの素人だが、僕はすぐさま応募することに決めた。

仕事中、気持ちを落ち着かせるために僕はジャズのCDを何枚か職場に持ち込んでいた。チャールズ・ミンガスの「グッバイ・ポーク・パイ・ハット」をかけていたときだった。音楽を消してくださいというメールがデニエンヌから届いた。なんで彼女に僕が音楽をかけていることがわかる？　今日は在宅勤務だろ。

「部下の一人が、あなたのかけているCDの音が大きすぎて仕事に集中できないというメールをよこしました」メールにはこう書かれていた。

「君の部下は、僕に面と向かってボリュームを下げてくれと頼む根性もないのか？」僕はこう返信した。

「彼はあなたが怖いと言っています」またメールが来た。

これを見て、ついに僕の体中の血が一気に沸騰し、セントヘレン火山のように大噴火を起こした。

「デニエンヌにＣＤの音が大きすぎると言ったアホはどいつだ？ 僕に直接言う根性のないへなちょこ野郎は誰だ？」部屋全体に響く大声で叫ぶと、

「僕です」デービッドが答えた。身長一五五センチそこそこの痩せっぽちだ。「どうなさるおつもりなんですか？」

「お前の頭をもぎとってやる、このチビ」僕は唾を飛ばしてデービッドを罵った。そのとき、整理担当の一人がとんできて、二人の間に割って入り、僕を抑えて言った。「落ち着いてください」

僕は表に出て、タバコを三本立て続けに吸った。断酒会を続けていればよかったんだろうな。部屋に戻り、仕事を片づけると、ある会議に出席するため、ラスベガスへ向かった。

この会議は、各州に支部を持つ職業ジャーナリスト協会の主催で、僕は毎月、この協会の地方支部の集会に顔を出し、ほかのジャーナリストと知己になり、協会の仕事を熱心に手伝っていた。

この日、ロサンゼルス支部長を選ぶ投票が行われ、ジャーナリズムの「空気になじんでいる」との理由で、僕が選ばれた。しかし、職業ジャーナリストの支部代表に、重犯罪歴のある人間を選んでいいのか？　この不安をひとまず頭の中から追い出し、ビルに電話で報告した。

「よっ、大将、あちきでがんす。あちき、職業ジャーナリスト協会の支部長さんになったんでがんすよ」ババ・ボーイ風で言った。「いかがでがんす？」

「悪い知らせだ」ビルが言った。「デービッドの件で、君の一週間の停職処分が決まった。あいつとデニエンヌが人事部にちくったんだよ」

「本当ですか？　でも、どうして？」

「二人が言うには、デニエンヌが音楽を消してくれと頼んだとき、君は強迫的な態度をとった」ビルが説明した。

「めちゃくちゃだ、ビル。それならデービッドも停職にすべきだ」

「彼はおとがめなしだ」とビル。「デービッドとデニエンヌには、この件は僕に任せろと言ったんだが、あなたと彼は友達だから人事部に話すといって聞かなかったんだ」

「人事の奴らは君の部下に、君が職場に復帰してほしいと思うかどうか聴取することになっている。デニエンヌが人事の奴らに、僕と君が終業後に付き合ってることまで話したせいで、奴ら、君が爆発したとき僕がちゃんと指導をしたかどうかまで調べてるんだ。停職中は僕が君の分の仕事もやっておくから」

　またしてもしくじったのか。もう、僕には生きてる値打ちなどないんじゃないだろうか。胸の鼓動が大きく打ち始めた。知らないうちに後ろから忍び寄ってきた誰かに、バットで頭をガツンとやられた気分だ。ラスベガスはこういうとき、いちばんいてはいけない街だ。いたるところに酒があり、コカインも簡単に手に入る。でも、もし手を出したら今度こそ僕はここで死ぬ。リサがいるのに、そんなことできるもんか。僕は断酒会の主催者に電話で助言を求めた。

「会合に出ることですね」こうアドバイスされた。「何があろうと、酒とドラッグには手を出しちゃいけませんよ」

ラスベガスにも二四時間の断酒会があると教えてもらったが、僕はあえてそこには行かないことに決めた。

ホテルの部屋で天井をじっと見つめる。これ以上この町にいたら自分が壊れてしまいそうだ。僕は支部のメンバーに、会長は引き受けるが家族が重体なので帰らなければならなくなったと話した。皆は僕を抱擁し、お大事にと言ってくれた。

停職処分のショックと罪責感を、僕が果たしてドラッグなしで乗り切れるか、きっと神がお試しになったのだ。

「無事に乗り切りましたよ、神様」家路に向かう車中で僕は神に呼びかけた。「優秀な成績で合格です。だからどうか失業しないですむようにしてください。二度と同じことはしませんから」

物事が悪いほうに進んでいるとき、僕はよく、こんなふうに神に話しかける。聞いてもらえるときもあれば、もらえないときもあるが。

帰路は四時間かかり、その間ずっと頭がぼうっとしたままだった。午前一時、アパートに戻るとリサはまだ起きていた。

「どうしたの?」驚いたリサの手から、読んでいた雑誌がバサッと床に落ちた。

「部下の一人を脅かして、停職処分になった」僕は恥ずかしくてリサの目を見られなかった。

「まあ、ジェイソン」とリサががっかりした声で言った。「いったい何があったの?」

「ちょっと癇癪を起こしただけなんだ」詳しい事情は話さず、それだけ言った。

「辞めることになるの?」

「それはないよ。僕がいないとあそこは立ちゆかない」

「セラピーを受けたら?」とリサが勧めた。「いろいろなことを背負い込みすぎたのよ。すぐにセラピストを探してあげる」

翌朝、ビルからの電話で『タイムズ』の支局へ行くよう指示された。

スーツを着てコスタメーサの支局に行くと、人事部の人間が二人いた。驚いたことにビルもそこにいる。

「ジェイソン、何と言ったらいいか。君には辞めてもらわなくちゃならなくなった」ビルが僕に言った。「すまない」

人事部の一人が、わが社は従業員への暴力や強迫に対しては一切認めない《ゼロ・トレランス》方針で臨んでいます、と説明した。

頬を伝わってきた涙を隠すため、僕はサングラスをかけた。「でも、僕は本気で頭をもぎとってやろうなんて思ったわけじゃない。ちょっと癇癪を起こしただけなんです。でも、申し訳ありません。どうか、もう一度チャンスをくださいませんか?」

人事部の女性は、初めは警告だけですませようとしたのだが、制作室の記者から二日間にわたって事情を聴いたら、全員があなたを怖いと言っていたと説明した。僕が部下をいじめると。

「私の理解では、あなたはパソコンの上にいつもハンマーを置いて、スタッフを威圧するのにそれを振り回していますね。それに、部下に話しかけるとき、猥褻な言葉を頻繁に使っていますね。『タイムズ』はこの種の振る舞いは容認できないのです」

たった二年のうちに、二度も新聞社をクビになっちまった。酒とドラッグをやめても何もいいことないじゃないか？　もう二度とまじめに働くもんか。どうせまた同じことの繰り返しだ。僕は何一つ学べない人間なんだ。涙がとめどなく流れ落ちた。

ビルが立ち上がり、僕の手を握って抱擁し、こう別れを告げた。

「体に気をつけて。君がいなくなると寂しいよ」

それで終わりだった。解雇手当もなし、送別会もなし、『タイムズ』で過ごした二年近くの歳月を心にとどめておきたくなるようなことは、一切なしだ。

生きて家まで辿りつけるだろうか。自殺の考えが頭をよぎった。世界に通じる扉が目の前で閉じられようとするとき、必ず浮かぶ想念だ。初めて自殺を試みたのは五歳のとき。手首の間違った側の血管を切った僕に、父は、馬鹿な奴だなと言って、正しい位置にナイフを当てて見せたっけ。

今の僕は、ドラッグや酒の助けを借りず、この苦しみと罪責感に対処しなければならない。何か心を麻痺させてくれるものはないだろうか。

フラフラと車に辿りつき、どっと涙があふれたそのとき、携帯電話にメッセージがあるのに気がついた。

「こんにちは、ジェイソン。ニューヨークのダウ・ジョーンズ・ニューズワイヤーズの編集部長アーデン・デールです。あなたの履歴書と記事に大変興味を持ちました。支局長の仕事のことでぜひお話ししたいので、お手すきのときお電話ください」

第8章

敏腕記者か、連続殺人鬼か?

"You're Either a Really Great Journalist, or a Serial Killer"

格言は正しかった。捨てる神あれば拾う神あり。

僕はアーデンの電話番号をメモし、『タイムズ』の駐車場をこれを最後に出ていった。シャツの袖で涙を拭い、一つ深呼吸してから、電話をかけた。

「アーデン・デールです」

「アーデンさん、ジェイソン・レオポルドです。お電話をいただきましたので」声がまだ少し震えている。泣くのをこらえるために唇を噛んだ。『タイムズ』をクビになったショックが尾を引き、記者の仕事はもう無理ではないかと自信をなくしていた。

「こんにちは、ジェイソン。すぐ電話してくれてありがとう。あなたの切り抜きと経歴がとても印象深かったものですから。この四年間にずいぶんキャリアアップしたんですね。現在は『ロサンゼルス・タイムズ』のエリア担当のデスクなんですね?」

履歴書にそう書いておいたのだ。ある意味、これは真実だ。さらに、地域ニュース部門の責任者で一二人の記者を使っていることも書き添えておいたのだ。アーデンが細部まで知りたがらなければいいが。学歴のほうはもっと適当で、ジャーナリズムの学士号があることになっていた。卒業証書を見せろと言ってきた者は、これまで誰もいない。

「はい」と僕は答えた。「採用の二カ月後にデスクになり、オレンジ郡版の地域ニュース部門の立ち上げを手伝うよう仰せつかりました」

「それは興味深いわ」アーデンが言った。「なぜ今の仕事を辞めたいのですか？　とても順調そうなのに」

頭を素早く回転させなければ。どんな状況でも嘘がつけるのは一種の才能だ。嘘とはすなわちサバイバル。ティーンエイジャーの頃、父は帰宅すると真っ先に僕に犬の散歩をしたかと聞いた。本当のことを言えば殴られるので「うん、した」と嘘をつく。そのうえ、「便が水っぽかったから餌に気をつけたほうがいい」ともっともらしい話までこしらえる。この作戦は有効だった。

「それはですね、ペースの速い通信社の仕事が恋しくなったからです」と僕は答えた。

「履歴書に書いたように、僕は二年間通信社で働きましたが、その経験が忘れられなくて。僕は性格的にはああいう環境が向いている。スリルがあるほうがいいんです。ニュースを流すことに快感を覚えるんです」

「あなたの言う意味わかるわ」彼女は言った。「私がここで働いているのも同じ理由よ。ではこうしましょう。あなたの元の雇い主に電話をしてみます。『タイムズ』では、どなたか私がお話しできる方はいますか？」

「う～ん、それは難しいですね」僕がクビを切られたことがばれないようにしなければ。「僕が別の仕事に応募していることを知りませんし、わかったら怒るでしょう。オフレコを条件に話をしてくれるデスクを誰か探しましょうか？」

「そうしてください。どなたかとお話しできるようにしてください」と彼女。

僕は、ビルと話をしてもらえば、きっと雇って貰えると楽観的に考えた。早速、彼の携帯にかけてみた。

「やあ、ビル。ジェイソンだけど」僕は、ビルに罪責感を抱かせ、アーデンに僕を推薦したくなるよう声を震わせた。

「どうしてる？」とビルが聞いた。

「まだショックから立ち直れない」僕は言った。「実は、お願いがあるんだ」

「なんだい？」

「次の仕事が見つかりそうなんだが、担当の女性からの照会に答えてもらいたいんだ」

「ジェイソン、君はクビになったばかりだろ。僕も人事からこってり絞られた。君がクビになってないかのようなことは言えない。人事に確認されたらお終いだ。僕には家族がいるんだよ」

「でも、僕の仕事ぶりは知ってるだろ？」僕は言った。「君のオフィスに入り、ドアを閉めて、言うべきことを言ってくれさえすればいいいんだ。誰も気がつかないよ」

「そんな危険は冒せない」とビル。

「見損なったぞ、ビル。お前は男じゃない、最低の腰抜けだ。くだらない仕事のためにキンタマを売り渡すのか。俺はこのことを忘れないぞ、根性なし」僕は電話に向かって怒鳴り、ハンドルとミラーにパンチを食らわせた。ミラーが壊れた。「こん畜生！」僕は絶叫した。体中の血が沸き立った。

ジルに電話し、アーデンと話をしてもらえないか聞くと、彼女は「喜んで」と返事した。

「今度のことはとても残念に思ってるの。本当にひどい目に遭ったわね」

「ありがとう、ジル。ただ、その人は僕がクビになったことは知らないんです。だからこの件は話さないでくれますか？」僕は言った。

「話さないわ」

アーデンの留守電に、ジル・ジョーンズに僕のことを照会してくださいとメッセージを残した。僕は車をガレージに入れ、家の中に駆け込んだ。リサは仕事に出ていた。クビになったことを伝えるために、わざわざ電話することもない。何とか今日のうちにダウ・ジョーンズに採用が決まればいいが。そうなれば、悪い知らせといい知らせを一緒に伝えられ、彼女の落胆したところを見なくてすむ。

家の留守番電話のランプが点滅していた。メッセージを再生してみると、なんと一二件も入っていた。

「こんにちは、ジェイソン、レスリーです。今、お話を聞いてすごく残念に思っています。みんなとってもがっかりしています。何か私にできることがあれば電話してくださいね」

「ジャスミンです。ジェイソン、話を聞きました。こんなことになって気が動顛しています。私は、あなたは立派なデスクで、立派な記者で、とてもいい先生だと思ってますからね。さっきビルの部屋に行って思い切り非難してやったわ。そのことを知らせたくて。これはアンフェアすぎるわ。あなたがいなくなって寂しいです」

「ジェイソン、グレッグだ。あんたえらい目に遭ったな。ここはあんたがいなくなったら大変だ。できることがあれば言ってくれよな」

「ジェイソン、ナンシーです。ここの皆はあなたが好き。そのことを忘れないでね。あなたは素晴らしいデスクで、職場を生き生きとさせてくれました。あなたのことを手紙に書いて人事部に送り、そのコピーをあなたにもメールで送りました。みんなショックを受けています」

残りのメッセージも同じような励ましばかりだった。自分がこんなに深い印象を残していようとは思ってもみなかった。どこがよかったんだろう？　しばらく考えてみたがよくわからなかった。

メールをチェックし、『パイロット』のデザイナーであるナンシーが人事部に送ったという手紙をダウンロードしてみた。

カリフォルニア州　コスタメーサ　サンフラワー通り一三七五
タイムズ・オレンジ郡支局
人事部　シンディ・クリスペル様
二〇〇〇年四月四日

拝啓

同僚ジェイソン・レオポルドが、突然、社を去ったことについて、どうしても一筆書かずにいられませんでした。聞くところでは、ジェイソンは同僚を強迫したとの申し立てのために、月曜日に解雇されました。

私はこの手紙を頼まれて書いているのではありません。ジェイソンを復職させたり、彼の行為の正当性を訴えるつもりもありません。ただ、わが「タイムズ・コミュニティ・ニュース」が、今回のことで莫大な損失を被ったことを申し上げておきたいのです。

わが社の利益という視点で考えると、ジェイソンは、オレンジ郡タイムズの一部であるフラートン／ブレアのアワー・タイムズのデスクにはもったないほどの人材でした。彼はあらゆる意味で完璧なジャーナリストであり、尊敬に値する記者であり、鋭いニュース判断を備えた非の打ちどころのないデスクです。人間的にも抜群のユーモアのセンスを持つ素晴らしい男性です。

ジェイソンは職業ジャーナリスト協会ロサンゼルス支部の支部長で、その肩書きでラジオやテレビ、新聞各紙の取材も受けています。全国的な出版物にも数多く寄稿しています。つまり、彼はわが社にとって素晴らしい大使でもあったのです。

彼はわが社の倫理委員会の長も務めました。私もそのメンバーですが、彼は委員会の多くのメンバーと同様、TCNで働くことは大きな家族のなかにいるようなものだ、とよく言っていました。

先週ジェイソンの身に起こったことに私は関係していませんし、詳しいことも知りません。ただ、彼が何をしたにせよ、それは私たちがこれから被る損失に比べたら小さいことです。

お察しの通り、私はジェイソンの退職に大変な衝撃と驚きを感じています。わが社は、彼を失うことで痛手を受けることになるでしょう。

敬具

デイリー・パイロット／タイムズ・コミュニティ・ニュース

特集担当デスク　ナンシー・チーバー

僕はこの手紙に涙した。過去を偽ったままの自分は、彼女の思いやりあふれる言葉にふさわしくない。ナンシーや皆は、僕の真実を知ったときも気持ちを変えずにいてくれるだろうか？　それとも……。

電話が鳴り続けていたが、応答しないでいると、ビルの声が聞こえてきた。聞かれる心配などないのに、僕は息を潜めて電話の前に立った。

「いないらしいな。ジェイソン、君の言っていた女性には、『パイロット』のトニー・ドデーロに電話してもらうといいよ。それを伝えようと思ったんだ。トニーに話したら自分に照会してもらっていいと言ってた。それでいいね？　それじゃ、体に気をつけてくれよ」

トニー・ドデーロは『パイロット』のデスクで、僕と同じ筋金入りの取材記者でもあった。ニュースを流すことに喜びを感じ、甘えた連中が嫌いで、一〇分あれば一つの記事をそっくり書き直すことができた。駐車場でタバコをふかす僕を見つけると、よくやってきて、互いの経験を自慢し合ったものだ。

僕はトニーの番号を教えるためアーデンに電話した。

「アーデンさん、ジェイソン・レオポルドです。お忙しいところすみませんが、『タイムズ』でもう一人、話を聞ける人がいます」

「それはよかったわ。前の職場の『ウィティア・デイリー・ニュース』のデスクのキャスリーンさんに連絡したら、あなたを褒めてましたよ。でも『シティ・ニュース・サービス』のデスクに電話したときは、何も話してくれなかったの。あなたが確かに働いていたということ以外は何も。何かあったんですか?」アーデンが疑い深そうな声で言った。

「それは変だな。でも、シティ・ニュースは雇用した事実の確認しかしない方針なんですよ。訴えられでもしたら大変ですから、詳細は話さないでしょう」僕は言った。

「そうね、そういう心配をするところもあるのは知ってるわ」アーデンが言った。

嘘だった。シティ・ニュースにそんな方針はない。

アーデンからはその後、二日間連絡が途絶えた。僕の素性を調べているのだろうか。そう思うといてもたってもいられない。その四八時間に僕は彼女の留守録に一ダースのメッセージを残した。

「アーデンさん、こちらジェイソン・レオポルドです。その後いかがですか。ちょっと気になりまして……」

「アーデンさん、ジェイソン・レオポルドですけど、切り抜きをチェックしたら、面白そうな記事がもう一点ありました。ファックスしましょうか?」

「アーデンさんですか、ジェイソン・レオポルドです。電力自由化についてリサーチを始めました。僕が担当するのは、たしかこの関係だとおっしゃいましたよね？　特集記事のアイデアも思いつきました。ご相談したいのでお電話いただけますか？」

「アーデンさん、たびたびすみません、ジェイソン・レオポルドです。あの、ご迷惑でなければ、採用が決まったかどうか、それだけうかがえればと思います」

「アーデンさん、ジェイソン・レオポルドです。昨日のメッセージは聞いていただけましたか？ご連絡いただけますか？」

ちょっとしつこすぎるだろうか。僕は家のリビングを行きつ戻りつしながら、一二件のメッセージを再生したときの彼女の恐怖の反応を想像した。

何人かの友達に意見を求めると、全員が、やけを起こした変質者だと思われるだろうね、と答えた。僕はもう一度アーデンに電話をかけた。留守録に切り替わる瞬間、自分の携帯のボタンを押す。「こちらメリディアン・メールです」自動応答の女性の声が流れる。「パスワードを入力して下さい」

アーデンの留守録に侵入し、自分が残したメッセージをいくつか消そうと考えたのだ。彼女が考えそうな単純な数字の組合わせを入力してみた。

「パスワードが間違っています。もう一度入力して下さい」

組み合せを変えて何度かやってたが、いずれも失敗。

こうまでしてアーデンと早く連絡をとりたかったのは、リサから、セラピーを受けに行くよう催促されていたことと関係があった。彼女が言うには、僕は何度も同じパターン、つまり、クビになる、法的問題を起こす、癇癪を爆発させる、という繰り返しにはまっている。自分の問題に対処することから逃げている。今度の仕事がどんなにいい仕事でも、今のままではまた同じ失敗を繰り返す。それを避けるにはプロの助けが必要だ。

「いいや、そんなことないよ。今度は違うよ」僕は言った。

僕はセラピーを受けたくなかった。自分の本当の姿を知るのは恐ろしく、醜悪なことだと思った。きっと母や父のことをあれこれ聞かれ、両親が自動車事故や飛行機事故で死んでも泣かないのはなぜか理由を話せと言われるのだ。薬物への罪悪感だとか、おねしょ常習の恥辱だとか、重犯罪の汚辱だとか、せっかく自分から切り離そうとしている出来事を鮮明に蘇らせてどうするんだ。僕はすでに毎朝、起床前に一つかみの抗鬱剤を飲まずにいられないほど苦しんでいる。これ以上、嫌な思いはしたくない。ダウ・ジョーンズの仕事さえ手に入れば、何の問題もないはずだ。

「大丈夫だから。信用してよ」僕は言った。

三日目にやっと連絡が来た。

「ジェイソン?」彼女が言った。「アーデン・デールです。あなたって、やっぱり評判通りの人ね」

「は?　どういう意味ですか?」

「とてもアグレッシブだっていうことよ。あなたのメッセージを全部聞いたとき、その通りだなって思った」アーデンはこう言った。

「いや実は、そのことなんですが、本当に申し訳な……」

「謝ることないわ。ロス支局を再建する責任者を探していたの。私が思うに、あなたは真に偉大なジャーナリストか連続殺人鬼のどちらかね。あなたに、ダウ・ジョーンズ・ニューズワイヤーズのロス支局長の仕事をしてもらおうと思います。支局の責任者として二人の記者の面倒もみてください」

「ああよかった、今日は最高の日になりました。これ以上は望めません。支局は僕の家から二マイルほどだし、最高の条件です。妻が聞いたら大喜びするでしょう。あなたにお目にかからなければ。僕がニューヨークへ行くほうがいいでしょうか?」

「いいえ。電話で用が足りるでしょう。いつかあなたがニューヨークに出てきたときにお会いしましょう。『ロサンゼルス・タイムズ』の報酬はいくらでした?」

退職時の年棒は四万二〇〇〇ドルだった。しかし僕は水増しした。

「五万五〇〇〇ドルです」。

「そう、支局長の年棒は六万です。ですから五〇〇〇ドルアップ、プラス諸手当です」と彼女。

こんな大金を稼ぐのは初めてだ……正当な方法では。

「それで結構です」

「嬉しいわ。本当によかった。では内定通知を送り、人事部から連絡させますから。来週から仕事に出られますか?」

「お望みなら明日からでも」

「来週でいいわ。おめでとう、ジェイソン。一緒に仕事するのを楽しみにしてるわ」

信じられない。たったいま就職が決まったのは、世界最大のニュース機関の一つで、経済界の人とビジネスを知り尽くした記者たちのいる『ウォールストリート・ジャーナル』の発行元だ。その彼らが、僕のことは何一つ知らないというのも、つくづく皮肉なことではあった。ひょっとしたら本当に連続殺人鬼かもしれない人間を、『ロサンゼルス・タイムズ』に続いて、ダウ・ジョーンズ・ニューズワイヤーズまでもが雇った。それというのも、誰一人、僕の素性を洗い出そうとしないからだ。報道の世界にジェフリー・ダーマー[＊1]は本当にいないのだろうか。

二日後、ダウ・ジョーンズから封筒が届いた。中にはアーデンからの正式な内定通知が入っていた。

ジェイソン・レポルド様
おめでとう、そしてダウ・ジョーンズ・ニューズワイヤーズにようこそ。私は、あなたがロサンゼルス支局長として基本給六万ドルで採用されることを保証します。
編集部長　アーデン・デール

中には就職申込書も入っていた。過去の職歴をはじめ、記入項目のほとんどはアーデンに送っ

＊1　「ミルウォーキーの殺人鬼」として有名な連続殺人犯。

た履歴書と重複したが、これにも記入しないといけないらしい。職歴から書き始めた。会社を辞めた理由も書くようになっている。困ったな。仕事中にある記者を殺すと脅したので『ロサンゼルス・タイムズ』をクビになりましたって書くのか？　名誉毀損で訴えられたためシティ・ニュースを解雇されたって書くのか？　僕は嘘の理由をひねり出した。

「フィリップ・ロスの『素晴らしいアメリカ野球』に影響を受け、フリーランスの物書きになろうと決意」これがシティ・ニュースを去った理由。

「テンポの速いニュース報道の世界が恋しくなって」こちらは『タイムズ』を辞めた理由だ。

申込書の最後のページに、ここ何年も僕をさいなみ続けてきた例の問題が、またしても登場した。

「重犯罪の有罪判決を受けたことがありますか？」

今回は、こんな但し書きもついていた。

「『はい』と回答することは、面接を受ける資格やダウ・ジョーンズ社に雇用される資格を自動的に妨げるものではありません」

ぬかせ。犯罪歴を告白した奴が採用されるわけないだろ。これまで何百人もの記者が応募しただろうが、犯罪歴のある人間をわざわざ選ぶ理由がどこにある？　重犯罪を犯した人間を、報道機関があえて採用するメリットがどこにある？　記事を書くたびに情報開示をさせるつもりか？

「ジェイソン・レオポルド、重窃盗で有罪判決を受けた経験があります」

僕は、真実を報道するチャンスが喉から手が出るほど欲しかった。しかし、それを手にするために、さらに嘘を重ねるのか？

正直に書こうと思い直し、僕の良心は黒のボールペンを「はい」と書かれたボックスへと導いた。そして小さな四角の縁の中を、はみ出して余計な注意を引くことのないよう、きれいに塗りつぶした。ペンを下に置き、書き上げた就職申込書をじっと見る。そのとき、僕の右肩に小悪魔が現れ、ピッチフォークで僕の耳を突いた。

「狂ったか。重犯罪のことを明かせば採用は打ち切りだ。お前みたいな犯罪者が報道の世界にいったい何人いるっていうのかね？」

こいつの言う通りだ。「はい」のほうを塗りつぶすなんて、いったい何をやってるんだ？ すぐさま僕は、今度は黒のフェルトペンで、「いいえ」をつぶしにかかった。こちらのほうが、「はい」を塗りつぶすのに使ったボールペンよりインクの色が濃い。

しかし、重犯罪歴の質問項目で「はい」と「いいえ」の両方がチェックされている申込書を人事部にそのまま送ることははばかられる。そこで僕は一計を案じ、申込書の裏面に大きな「８」の字をいくつも書いて、問題の項目といくつかほかの項目にも、裏面から黒のインクがにじむようにした。これで、申込書の最後のページに子供が落書きした雰囲気になった。最後に、ページの上の右端に、五歳のときホロコーストの生き残りの祖父から教えてもらったヘブライ語の祈りの文句を小さく書き添えた。

〝バルーフ・ハシェム〟

「主の御名により（おかげさまで）」という意味である。

採用申込書を諸手当の書類と一緒に返信用封筒に入れると、僕は指で十字をつくり、ダウ・ジョーンズのジャージーシティ・オフィスのアーデン宛に返送した。アーデンも、彼女の上司も、人事部も、わざわざ僕の申込書を読んだりはするものか。

第9章

見え透いた嘘

White Lies

通信社は、正確なニュースをほかに先駆けて配信することに心を砕く。それが契約者を得る道である。ダウ・ジョーンズのほうがニュースが早いなら、ブルームバーグやロイターと契約する必要はない。早いといってもせいぜい一、二分だが、そのわずかな時間が、一刻も早く判断材料が欲しいウォール・ストリートの投資家には、何百万ドルもの利益や損失を意味するのだ。

二〇〇〇年四月、ダウ・ジョーズで仕事を始めた当時、僕が電力について持っていた知識は、AC／DCは「アンチキリスト／悪魔の子」の略じゃない、[*1]ということぐらいだった。しかし、報道の世界、それも一秒を争う通信社では、どんなテーマも、書きながら内容を把握することを余儀なくされ、またそれが醍醐味でもある。ニュースがあれば報道する。ほかに選択の余地はな

＊1　AC／DCは交流／直流の略。「アンチキリスト……」（Antichrist / Devil's Child）はオーストラリアの同名ロックバンドの名称についてささやかれたもうひとつ別の意味。

い。父の言葉を借りれば、クソと靴クリームの見分けもつかない難解なジャンルでも、書くしかない。

もちろん、ジャーナリズムの基本である、リードや書き出しの作法は心得ておくべきだ。しかし、記事を実際に書くうちに、要点を見極めるコツもつかめるようになっていく。大学の学位より、現場の経験がものをいう世界である。

電力業界の記事を書くことがこれほど面白いとは思ってもいなかったし、このテーマを深めることに、自分がここまで熱心になれることにも驚いた。僕は知識欲旺盛なタイプなのだ。もしも僕を、医師のチームと一緒に一カ月手術室に閉じ込めておけば、脳手術の真似事ぐらいはこなせるようになるだろう。ダウ・ジョーンズの仕事を始めて一カ月たつ頃には、僕の書いた記事に対し、早くも良好な反応が返ってくるようになっていた。僕は自由な時間を使って、カリフォルニア州議会が一九九六年に可決した法律AB一八九〇号（電気事業再生法）を読み込んだ。これは、州の電力事業における規制を緩和し、電力を自由市場で売買させることを定めた法律だ。カリフォルニアは、電力市場の規制緩和をした最初の州である。ほかの多くの州はカリフォルニアのこうした動きに続かず、エネルギー企業がロビイングの際に約束したように、規制緩和が本当に電気代の画期的値下げにつながるのか、成り行きを見守っていた。

僕が初めのうちに取り上げたニュースは、ほとんどが業界内情報で、X社が発電所を建設中とか、送電線修理が必要だ、といった話ばかりだった。しかし、三カ月たつ頃から、カリフォルニアの電力自由化についてさまざまなスクープを流すようになり、ダウ・ジョーンズの『ウォールストリート・ジャーナル』の広告欄に、僕の名前とスクープ記事の一つが紹介された。これはめったにない扱いで、僕は同僚から称賛され、デスクから金一封を支給された。

最初のスクープは、仕事を始めて三週目にものにした記事である。僕は最初の一カ月は、情報源を開拓するため、企業のCEOと広報、州機関の広報、エネルギーを専門とするウォールストリートのアナリストに挨拶回りをしていた。

そのなかに、カリフォルニア電力卸売市場、略称CalPXの広報担当者ジーザス・アレドンドがいた。カリフォルニア州のすべての卸電力取引は、CalPXを通すことになっていた。法律でそう定めたからである。

ジーザスは幅広い人脈を持っていた。彼は、グレイ・デイビス知事の前任で、法律AB一八九〇号に署名した共和党前知事ピート・ウィルソンの報道秘書官を数年務めたこともあった。ジーザスは、州の政治情勢を短時間でレクチャーしてくれ、電力自由化に関する僕の質問にすべて答えてくれたうえに、キロワットとメガワットの違いまで説明してくれた。カリフォルニア州の議員と電話番号も教えてくれた。仕事を始めて一週間ほどたった頃、彼は、近いうちに世間が驚くような情報を提供するから、と言った。

「慌てずに待っていろ」一刻も早く内容を聞きたがる僕に、彼は言った。「君だけに教えてやるから」

いったいどんなニュースなのか、僕には想像もつかなかった。このことで頭がいっぱいになった僕は、連日、ジーザスに電話をかけた。

その月の後半、僕はダウ・ジョーンズのニュージャージーの本部へ行き、アーデンやエネルギー業界担当のスタッフに会った。会社が僕のためにとったホテルは、世界貿易センタービルから一ブロックのところにあった。酒もドラッグをやめ、重犯罪で有罪になって以来、初めて足を踏み入れるニューヨーク。パンツの中のネズミ騒動、シティ・ニュースでの大失敗からも二年たっていた。この間、酒は一滴も飲んでいないし、一ラインもコカインを吸っていない。しかし、ニューヨークにいる間は落ち着かなかった。以前、コカインを入手するために入り浸っていた場所に、また行くこともできる、そう考えた途端、禁断症状がぶり返したかのように、体が痙攣し、歯がカチカチ鳴り始めた。僕は、なじみの場所には近づかないようにした。レニーやブルーノ、モーリイに出くわすようなことは絶対に避けたかったし、ミランのかつての同僚に会うのも恐かったのである。

ホテルから二ブロック先には、僕が逮捕されたとき一週間入れられていた拘置所「墓場」があった。今の僕は、こうしてマンハッタンの一流ホテルに泊まり、スーツとネクタイ姿でウォールストリートの連中と付き合っている。僕は足を洗ったのだ。しかしそれでも、かつての悪事を知る者に正体がばれるのを恐れ、まるで証人保護《ウィットネス・プロテクション》プログラムのもとにいるかのように、過去から逃げながら生きるしかないのだ。生まれ変わった僕の仲間は、僕のことを、いかにもニューヨーク北部出身らしい、洗練されたユダヤ人青年だと言うのだが……。

声は裏切ることがある。まだ会ったことのない相手と電話で話をしていると、その人はどんな容姿だろうかと気になることがある。そのとき頭に思い描く姿には、たいてい何の根拠もない。

僕はアーデン・デールに、長身で脚がスラリと伸び、髪はブロンド、きりっとした口元に深紅のルージュを引いたイメージを重ねていた。印刷媒体で働く女性には希有なこうしたイメージをなぜ抱いたかはわからない。実際のアーデンは、身長約一六五センチで四十代の白髪交じりの巻き毛の女性だった。男の子のような服装で歩き方も男性的。ニュージャージー郊外に夫と二歳の息子と暮らしていた。彼女はダウ・ジョーンズのエネルギー部門の立ち上げに尽力していた。記者だった一九九〇年代半ばにこのテーマに取り組んだことがあり、その後、現在の編集部長の地位に昇進した。僕らはいずれ劣らぬ負けず嫌いだった。

もう一人の上司はアンドリュー・ダウエルという三十代の長身の男性で、ある種の注意欠陥障害がありそうだった。会話のまったただ中で、自分の意見を言うでもなしに筋道をそれて、別の話を始めてしまう。何か記事のことで電話しても、途中で一〇分間も中断されることがあった。それから「待たせて悪かったな」と言っておもむろに会話を再開する。スローなデスク賞というのがあるなら、アンドリューは楽勝だったろう。

ダウ・ジョーンズでもう一人、電力を担当する記者はマーク・ゴールデンといって、業界の専門用語を普通の言葉に翻訳する天才だった。彼は「パワー・ポインツ」という週一回のコラムも持っていて、規制緩和の恩恵をたびたび論じていた。アーデン、アンドリュー、マーク、そして僕の四人が、アメリカの電力ニュースを金融界に伝える部隊のメンバーだった。

ジャージーシティのオフィスはハドソン川の川岸にあり、ここからはニューヨークの素晴らしいスカイラインが一望できた。僕は滞在中、毎朝、地下鉄を降りると、駅の外を歩きながら、川向こうの世界貿易センターとエンパイアステートビルの眺望を楽しんだ。以前、マンハッタンで暮らしていた頃は、美しいスカイラインに気づくことも、眺めを楽しむこともなかったのだが。

世界貿易センターにテロリストがジェット機で突っ込んだ九月一一日は、マークの話では、ダウ・ジョーンズのオフィスビルも振動し、皆、地震がきたと思ったという。社員は皆、六階の窓ガラスに顔と手をくっつけ、ビルが崩壊していく様子を恐怖とともに見守ったそうだ。

留守録をチェックすると、ジーザスからメッセージがあった。

「やあジェイソン、ジーザスだ。約束の特ダネを話してやるぞ」声はこう言っていた。「やっと細部を詰め終わったところだ。これを聞いたら折り返し電話をくれ」

体が震えた。かつて、コカインを手に入れるとき経験したのと同じだ。しかし、今、僕の目の前にあるのは、これまで経験したことのない最上のコカインだ。

真新しいノートをナップザックから取り出し、表紙をめくって一ページ目の頭に書いた。「ジーザスより特ダネ」。その下に何本か線を引く。それから携帯を取り、彼を呼び出した。

「ジーザス・アレドンドです」

「メッセージ聞きました。話してもらえますか」

「いいよ。準備はできてるか?」

「ええ」

「一九九九年二月、ある市場参加者が、ＣａｌＰＸの市場監視委員会に、送電線の一つをめぐって若干の奇妙な動きが起きていると警告した。われわれは、ある州外の売り手が、一五メガワットの定格能力しかない送電線に二九〇〇メガワットを流す入札を行い、電力取引規則に違反したことを確認した」

「ジーザス、何の話だかさっぱりわからない」専門用語の羅列にややいらだって、僕は言った。

「英語で言ってくれませんか?」

「簡単に言えば、この会社は、ゾウにカギ穴をくぐらせようとしたってことだよ。市場を操作して大儲けしようとしたわけだな」

「会社の名前は?」

「エンロン」

僕はそのとき初めてエンロンの名前を聞いた。

調べてみると、エンロンは企業国家アメリカのスタジオ54[*2]で、巨大企業の退廃の象徴だった。廊下をうろつくストリッパーとか、ホテルや酒場での夜を徹したパーティの噂もささやかれていた。すべてにおいて過剰。もっと、もっと、もっと、早く、早く、早く。僕はそうした大食漢ぶりに心引かれるところがあった。表向きはまだリベラルだったが、ダウ・ジョーンズで働き始めてから、僕は、業界寄りで自由市場を信奉する保守派に転向していたのだ。エンロンとその社員は、僕の目にはセレブと映った。

エンロンの本社はテキサス州ヒューストン。カリフォルニアのほか、数州の電力市場の規制緩

*2 一九七〇~八〇年代、華やかな話題を振りまいたニューヨークのディスコ。

和に影響を及ぼしたとされる。その際にエンロンは、消費者に対し、いろいろなエネルギー企業から電力を自由に購買できるようになれば、何百億ドルも電気代が節約できると約束した。彼らによれば、旧来の硬直した電力事業は法外な料金を取っており、それというのも顧客に電力の購買先を選ぶ自由がないからだった。この考えは、AT&Tの分割解体におけるものと同種のものだった。市場への参入さえ認められれば、エンロンは、地元の電力事業者よりすぐれたサービスと安い料金を約束し、カリフォルニアの小口電力消費者のほとんどをさらっていくつもりだった。

エンロンは規制緩和推進キャンペーンに二五〇〇万ドルをかけ、コマーシャルも制作して、一九九八年のスーパーボール開催中に流した。しかし電力自由化の要だった消費者の選択は、惨憺たる結果だった。消費者は別の電力事業者を探す手間などかけなかった。「壊れてもいないものを直すことはない」と考えたのである。

僕には、ジーザスの情報が特ダネとは思えなかった。話が専門的すぎないか。エンロンがどんな悪事を働き、彼らの行動がダウ・ジョーンズの顧客である金融界にどんな影響を及ぼすのかも、よく理解できない。

「意図的に送電線を混雑させれば、そのために電力価格が上昇したり、停電が引き起こされる恐れがあるんだよ」ジーザスが僕に説明した。「あるポイントから別のポイントに電力を送ることができなくなるからね。つまり、送電線の権利を持っているのはエンロンだから、われわれはエンロンからそれを借り、あちこちに電力を送るわけだ。送電線が混雑したら、エンロンに大金を払って電力がスムーズに流れるようにしてもらう。その金額は電力事業者の負担となり、その分が消費者への請求に反映される。つまりエンロンは、金儲けの手口を探してたんだ。電気を送り続け停電を防ぐため、われわれは金を払ってでも混雑を解消してもらうしかない。彼らはそれを承知のうえで、意図的に送電線を混雑させようとしたんだ。金儲けのためにシステムを操作した明白な事例だよ」

頭痛がしてきた。まだ完全に理解できない。電話を切ったら、マーク・ゴールドマンにこの話を翻訳してもらおう。

「それで、あなた方は、その操作とやらにどう対処されるんですか?」僕はジーザスに聞いた。

「最初に言っておきたいのは、これは、カリフォルニア州が公式に電力自由化に踏み切った一九九八年以来、初めて操作が発覚したケースだってことだ」とジーザス。「われわれはエンロンに対し措置をとるが、それは、電力取引を行っているほかのエネルギー企業にもメッセージを発したいからだ。電力市場はまだ幼く不完全だが、だからといって、この種の振る舞いを見逃すことはできない」

「そうですか。で、どんな措置を?」

「エンロンは、本件を解決するために二万五〇〇〇ドルの罰金を支払うことになる」とジーザス。

「そして、二度と同じことをしない約束をする。その文書のコピーをあとでファックスしよう」

「助かります。エンロンにも電話でコメントをもらうとしましょう」

「彼らが何と言ったか、僕にも教えてもらえるかな?」

「いいですよ」

マークに大筋を説明すると、彼は仰天した。

「そりゃ本当か?!」両手で大きなアクションをしてみせながら、彼は言った。「こりゃ大ニュースだぞ」

「そうか?」

「当たり前だ。わかんないのか? エンロンは価格を下げるためだと言って規制緩和を推進してきたんだぞ。そう言っておきながら、人の見ていないところで、カリフォルニアをだまして価格を跳ね上げようとしたんだろ」

「だから?」

「ジェイソン、これは最大のスクープだよ」とマーク。

「本当に?」

「お前なあ、市場操作があったことがわかったんだぞ。大勢が狙ってたスクープだ。電力自由化が始まる前から、カリフォルニアがどうなるか国中が見守ってる。だからもっとうまく市場を構築すべきだったんだ。規制を残しすぎてる。真の競争なんか全然ないんだよ」

「そうか。気づかなかったよ」

マークは、エンロンの広報担当マーク・パーマーの電話番号を教えてくれた。僕はヒューストンにいるパーマーに電話し、自己紹介した。

「こんにちはマークさん」僕の声は上ずっていた。相手にとって好ましくない記事を書くとき、自然とこうなる。

「ジェイソン・レオポルドといいます。ダウ・ジョーンズ・ニューズワイヤーズの新しいロサンゼルス支局長です。といっても、実は今、ニュージャージーからかけてるんですけどね」

「そうですか、ようこそわが社へ、ジェイソン」マークが言った。「どんな御用でしょう？」

「あの、ちょっと申し上げにくい話なんですよ」僕は、彼とエンロンを心配しているふりをし、彼を安心させたうえで話を聞きだそうとした。「いきなりなんですが、僕も急に聞いた話なもので、どうしたらいいかと……」

「どうぞ。かまいませんよ」マークが言った。

「あの、たった今、ＣａｌＰＸに電話したんですがね。彼ら、エンロンが電力取引に関する規則を破って送電線を混雑させたため、二万五〇〇〇ドルの罰金を払うことになると言うんですよ。これについてコメントをいただきたいのですが」

「それはでたらめです！」マークは叫んだ。「ＣａｌＰＸがこの件で何をそんなに大騒ぎするんでしょうね。二万五〇〇〇ドルは、本件に関するＣａｌＰＸの調査費の支払いです。エンロンは何か罪を認めたわけではありませんよ」

「そうですか、わかりました」僕は言った。「今おっしゃったことは公式のコメントということでいいですね」

「ええ、記事に使ってくれてかまいません」

「いったい何があったんですか？　エンロンとＣａｌＰＸの間にどうも何かあるような感じがするんですが」

「CalPXは、エンロンと利害がぶつかるから僕らを槍玉に上げたがるんですよ。エンロンは、エンロン・オンラインというトレーディング・プラットフォームも持ってますから。トレードをしたい人はCalPXではなく、うちを利用してますからね」

「エンロンが送電線を混雑させたという主張はどうなんですか？」

「去年だけで一四〇〇件も起きている現象なのに、CalPXはエンロンだけを罰しようとする。彼らがエンロンを槍玉に上げたがる、とさっき言ったのはそういう意味です。いいですか、この市場はもっと多くの電力を必要としていて、エンロンはそれを供給するためにあらゆる手を尽くしている。操作などしていません」

マーク・ゴールデンに、僕がメモした専門用語を普通の言葉に直してもらいながら、僕は記事を書いた。ニュースを早く配信したかったので、ジーザスに電話しなかった。期待したほどおいしい話でなかった、という思いもあった。質の悪いコカインを買い、吸ってもハイになれなかったときのような感じ。

二〇〇〇年五月三日、ダウ・ジョーンズは**「カリフォルニア州、エンロンの送電規則違反を発見」**という見出しを配信した。僕が書いた六一五ワードの記事は、エンロンが市場を操作し、電力卸値と自社収益を上昇させるために、セントラルバレーとサンディエゴを結ぶシルバーピーク送電線を意図的に混雑させようとしたことを伝えるものだった。

当時は知るよしもなかったが、この記事から二年たった頃、その影響がようやく表に現れてきた。連邦エネルギー規制官や調査官、下院議員、上院議員は、エンロンがついに破綻すると、同社がカリフォルニアを略奪する計画を立てていたことの証左として、僕の記事を取り上げるようになったのである。この記事は、エンロンの詐欺を公に暴いた最初の記事、カリフォルニアの電力市場が操作されたことを裏づける最初の記事だったのだ。

二〇〇二年五月、連邦エネルギー規制委員会は、エンロンの社内メモ――詳細な計画が書かれているもの――を公表した。それはエンロンのトレーダーたちが、自社収益を上げるために、いかに長年にわたりカリフォルニアの電力市場を食い物にしていたかを示すものだった。僕が記事にしたエンロンの送電線操作作戦は、驚くなかれ、映画『スター・ウォーズ』のダースベイダー率いる宇宙要塞にちなみ「デススター」と命名されていた。このコードネームを知ったときは、心底がっかりした。僕はそれまでずっと、エンロンは流行の最先端を行く企業と思っていた。ところが、実は単なるオタク集団にすぎなかったのである。

「デススター」に関する社内メモには、「実際に電力を迂回させて混雑緩和を解消しなくても、電力を迂回させて混雑緩和を解消させることに対する」支払いを受ける方法が書かれていた。要するにエンロンがしたのは、売っているように見せかけた電力で送電線を混雑させることだ。その場合、送電線を管理する州機関は、その部分の送電線を使用するためエンロンに何百万ドルも払い、その電力を送電網の別の場所へ迂回させてもらわねばならない。この詐欺を何度か成功させたあと、エンロンは、そもそも電力を売る必要もないということに気づく。売った電力を送電線に流すといって脅かし、偽の裏づけ書類を提出すれば、最初から起こるはずのない混雑の解消に対し何百万ドルもの支払いを受けられるからだ。エンロンの社内メモが公表されたとき、二〇〇〇年五月三日付の僕の記事のコピーも参考資料に含まれていた。

よくよく考えれば、僕のように詐欺の才覚のある人間が、他人の詐欺を暴くのもおかしなことだ。何だか、犯罪組織のなかで実の兄を裏切る『ゴッドファーザー』のフレドになったような気がする。アーデンと仲間の記者が、エンロンの悪事をすっぱ抜いたスクープを祝ってくれたときは、何をそんなにオーバーに騒ぐのかと思ったものだ。

アーデンが言った。「エンロンは難物なの。証拠もなしに否定的なことは絶対書けない。あなたは、連中が菓子箱に手を突っ込んでいる現場を捕まえたのよ。素晴らしいスクープだわ」

彼女は僕の記事をダウ・ジョーンズの最優秀賞《エース》に推薦した。これは、その週に配信された記事から数本を選んで授与される。記事は認められ、僕は現金五〇ドルを手にした。以前の僕なら、その金をすぐさまハイな気分になるために使っただろう。しかしそのときの僕は、周囲から注目を浴びることですでに十分ハイになっていた。称賛を浴びることで、過去が洗い流される気がした。企業の身内主義やいかがわしい政治家の醜聞を追うことが、自分の罪と恥辱を洗い清めることでもあったのである。

エンロンの記事が出た翌日、電力小売大手のサザン・カリフォルニア・エジソン（SCE）の上級役員から電話があった。役員は、僕の記事を「大きな興味をもって」読んだが、「エンロンがらみで進行中の詐欺」はもっとあるから、ぜひ続報を書いてほしいと言った。

「われわれは委員会をつくって、この問題を一年がかりで調べてきた」と彼は言った。しかし、メディアに話したことでトラブルに巻き込まれたり職を失ってては困るからと言って、匿名に固執した。

「われわれの見るところ、エンロンは送電線にわざと過剰な負荷をかけ、それを解消するための支払いを受けることで、ざっと五〇〇〇万ドルを得た。エンロンだけではない。他社も違うゲームをやっている。それを調べることだよ。覚えておいてほしい。これが原因で、今年の夏にはエネルギー危機がやって来るよ」

カリフォルニアがエネルギー危機に見舞われるなど、誰が信じられただろうか。州経済は磐石で、シリコンバレーの中心をなすドットコム・ビジネスはまだ上昇機運にある。エネルギー危機が本当に襲ってきたとき、誰もが無防備だった。警告に耳を傾ける者はいなかった。政治家は単なるプロパガンダと片づけ、新聞も申し訳程度に記事にしただけである。

僕には、SCEの役員から言われたことを調査する機会がなかった。しかし、二〇〇〇年の夏、カリフォルニアに電力不足と停電が起こると警鐘を鳴らした別のジャーナリストがいたのである。

エンロンの記事の一週間後、『ウォールストリート・ジャーナル』の一面に、レベッカ・スミスによるこんな見出しの記事が掲載された。

暗い見通し——新たな規則と需要は電力供給に過大な重圧を加える

レベッカのこの爆弾記事は、完膚なき綿密さで、まるで霊能者が書いたかのように、その夏起こる出来事を予測していた。この「暗い見通し」はウォールストリートにセンセーションを巻き起こし、カリフォルニアが電力不足に陥ったとき、それをカバーすると見られていたエネルギー六社の株価を急上昇させる契機となった。

ライバルが報じたスクープの後追いを命じられるほど、やる気をそがれることはない。デスクから、誰かのスクープに「対抗しろ」と言われるのは屈辱である。言われたテーマは、もともと自分の担当なのだから。アーデンがマーク・ゴールデンと僕にレベッカの後追いを命じたとき、僕は二度とこんな思いはすまいと心に誓った。次に後追いを命じられる者がいるとしたら、それは僕ではなく、ほかの連中だ。

レベッカ・スミスと近づきになり、親しくなれば、『ウォールストリート・ジャーナル』の仕事を一緒にできるのではないか、と僕は考えた。ライバルとはいえ、いずれもダウ・ジョーンズに雇用される身で、担当分野も同じなのだから。『ジャーナル』とダウ・ジョーンズ・ニューズワイヤーズは互いに完全に独立している。しかし、全国的に重要で独占的なニュースでは、ダウ・ジョーンズ記者の署名記事が『ジャーナル』に出ることもあった。ダウ・ジョーンズのすべての記者の目標は、『ジャーナル』に署名記事を書き、何百万もの読者に読まれ、いつの日か同紙に異動してフルタイムの記者になることだ。もちろん、そんなチャンスはめったに来ない。ダウ・ジョーンズの記者たちは『ジャーナル』からは望まれない継子のように扱われた。それは、アワー・タイムズの記者たちが『ロサンゼルス・タイムズ』のスタッフライターから受けていた扱いとよく似ていた。

レベッカは『ジャーナル』のロサンゼルス支局にいることがわかった。僕の支局とは同じフロアである。日頃出会う『ジャーナル』記者は、とりすましていて感じの悪い人間が多く、こちらには挨拶すらよこさないのだが。

金曜日の朝、僕はニュージャージーのオフィスを出てロサンゼルスに戻った。午前六時ニューアーク発の便を予約していた。昨夜からのメールをチェックしたら、前の職場の上司のビルから、こんなメッセージが入っていた。

「やあ、ジェイソン。メアリー・ベス（僕の後任としてアワー・タイムズの地区担当デスクになった女性）宛に届いたメールを転送するよ。お父さんからだと思うけど、何を慌ててるんだろう」

ご担当者様

ジェイソン・レオポルドに何が起きたのか教えて下さいませんでしょうか？　この数カ月、新聞に彼の名前を見かけません。

よろしくお願いします。

スティーブ・レオポルド

僕はかれこれ三年近く、家族と話をしていなかった。だから家族は、僕がリハビリ施設に舞い戻ったことも、結婚生活が破綻しそうになったことも、また自殺を企てたことも、一切知らない。リサと結婚して三カ月たったとき、絶縁してそれきりだ。僕は両親に、僕の人生をぶち壊した責任、少なくともその一端をとらせたかった。しかし、そうはっきり言う勇気もないので、口をきかないことにしたわけだ。兄と妹は、僕が両親と絶縁している限り僕とは話をしないと言っていたので、彼らとも連絡が途絶えてしまっていた。

僕は、父のメールに返信することにした。今は僕の人生も順調だ。酒とドラッグを断って、もう二一カ月がたつ。生まれて初めて、僕は自分の人生を生き、重要な仕事をし、金を稼ぎ、車を持ち、新しい素敵な家族と世界一の妻に恵まれていた。

父さんへ

僕を探していたのですか。『ロサンゼルス・タイムズ』の僕の後任者からメールが来ました。僕は今、ダウ・ジョーンズ・ニューズワイヤーズのロサンゼルス支局長をしています。何かあったの、と僕が聞くのも変ですが、何かあったんですか？　父さんや母さんやみんなのことはよく思い出します。何度も電話をかけようかと思いましたが、そうするには時間がたちすぎました。言葉が思い浮かびません。実は、二度ほどかけてはみたのですが、たまらなくなり、すぐ切りました。でも、留守番電話がついていたのには驚きました。元気でいてくれるならいいのですが。これが僕の連絡先です。

ジェイソン・レオポルド
ダウ・ジョーンズ・ニューズワイヤーズ支局長
カリフォルニア州ロサンゼルス

ウィルシャー大通り《ブールバード》六五〇〇番　一五階

僕は待った。すぐに返事が来るだろう。十分後、返事は来た。

親愛なるジェイソン

さっき書いた文をそっくり消して、また書き直してる。お前から連絡が来て少し感情的になってしまった。無事で暮らしていることがわかりとても嬉しいよ。ジェイソン、俺は『ロサンゼルス・タイムズ』にお前の名前が載るのをずっと見ていた。デスクをしていたのも知ってるし、記事もいくつか読んだ。お前が結婚して三カ月目にいったい何があったんだ。どうしてもわからない。お前がみんなにいろいろ言いふらしたせいなのか、リサのせいなのか、その両方なのか。先方の家族もよくわからん。あれがビバリーヒルズ流なのか。俺たちはみんな問題を抱えている。父さんと母さんが背負いきれない悲しみを背負っていることは、神様がご存じだ。お前がなんでこういう状況をつくったのか俺には全然わからん。昔のことを蒸し返すのはもうお終いにしよう。知らないと思うが、ミシェルが妊娠した。お前は叔父さんになるのだから、姿を見せたらどうかな。エリックはフロリダに引っ越す準備をしている。ところで、母さんがウェディング・チャンネルを見ていたらお前がテレビに出ていたと言っていた。わかるだろうけど、ずっと泣きっぱなしだったよ。ジェイソン、俺たちはみんなお前を愛しているし、お前がいなくて寂しがっている。だが、この状況といきさつを考えたら、お前のほうから歩み寄ってほしい。メールってやつは本当に便利だな。声も顔も感情もない。お前の言葉が本当なら、母さんに電話してやってくれ。どうせなら日曜の「母の日」がいいぞ。ジェイソン、過去と折り合いをつけろ。さっきも書いたが、母さんと俺は今の状況を誰よりも悲しんでるが、それでも俺たちは許すし、忘れるつもりだから。

愛してるよ
父より

ああ、またやってくれた。ずっと消えずにいた自分の感情への罪悪感。それをまた蘇らせてくれた。父はわかってない。一度も気づいたことがない。顔面を拳で殴られ、耳をつかんで雪の上を引きずられていくイメージを、僕がスイッチでつけたり消したりできるわけがないだろう。そう簡単にはいかない。僕は今でも毎日これを思い出す。僕の中には、電車に乗って三〇丁目にある父のオフィスへ行き、出てくるところを待ち伏せし、バールで殴って昏倒させてやりたい自分と、父を抱擁したい自分がいるのだ。

喉にこみ上げてくるものがあった。鬱の発作に襲われないうちにと、慌ててナップザックに所持品を詰め、アーデン、マーク、アンドリューに別れを告げた。

「強烈なスクープを楽しみにしてますからね」とアーデンが言った。

「頼んだよ」とマーク。

「しっかりな」ドルーも言った。

僕は三人を抱擁し、事務所をあとにした。地下鉄で世界貿易センターまで行き、Nラインの北行きに乗り換え、三四丁目のヘラルド・スクウェアで下車。それから三〇丁目にある父のオフィスまで歩いて行った。僕がニューヨークにいたことを知ったら、さぞ驚くだろうな。

オフィスを覗いたとき、父はちょうど箱を梱包してテープを張っているところだった。いくぶん年をとった感じで、前ほど威圧感がない。頭髪は薄く白髪まじりになり、額に茶色いしみがいくつかできていた。しかし、一九六六年当時のエルビスのような髪形はそのままだ。僕はこのとき初めて、父と喧嘩をしたら勝てるんじゃないかと思った。

「やあ、父さん」僕は声をかけた。

父が振り返って、僕を真っ正面から見た。その顔に驚愕の色が浮かんでいる。そして、「本当にお前か、信じられん」というように頭を振った。僕は中に入って手を差し述べた。父はその手を握り、僕を引き寄せると、会えたことを心から喜んでいるかのように、きつく抱擁した。

「立派になったな」父が言った。

僕は水色のボタンダウンに黒のスラックスをはき、上等なネクタイを締めていた。髪は短く刈り、銀行家か企業の役員のような保守的なスタイルだった。

「ありがとう。順調にやってるよ」僕は言った。

通りを歩いて食料品店へ行った。僕はミネラルウォーターとターキー・サンドを買い、父が支払いをすませた。テーブルにつき、父の目を覗き込んだそのとき、僕は、変化が起こったことを知った。僕らの間には大きな隔たりがあり、僕は何一つ父に似たところがない。まるで見知らぬ他人の隣に腰を下ろしているようだった。父はすぐ話を切り出した。

「ジェイソン、いったいどうしたんだ？」

「父さんは僕を裁いた」僕は平然とした口調で話しはじめた。「僕を殴った。だから僕は自分が生き延びるために必要なことをしただけだよ」

「お前を裁いたことなんかないぞ」父が言った。

「いいや、あるよ」と僕。

「お前を拘置所から出すため、弁護士への支払いに一万ドル出したことがあったが、それがお前を裁いたことになるのか？」

父の言うことはもっともだ。僕は、自分がしたことの責任を引き受けるのは父には無理だし、その意志もないことを悟った。ターキー・サンドをほお張りながら、僕は、これは僕の問題であり、父の問題ではないことを理解した。この先ずっと恨みを抱えていくことは簡単だが、それは無意味だ。父はずっと変わらないし、僕が思い描いていた父親になることもない。その事実を、僕は受け入れた。父の否定の言葉を聞くうちに、僕は、変わるのは自分のほうであり、ありのままの父を受け入れようとしている自分はすでに、以前よりましな人間になっていることに気がついたのである。

僕は、両親と縒《よ》りを戻そうと自分の意志で決断した。それは僕にとって画期的な出来事だった。

「ねえ、父さん。見解の違いを認めたうえで、やり直すことにしよう」

父の目に涙が浮かんだ。「俺はそれだけを願ってたよ」

オフィスに戻る道中、僕はこの間、自分に起きた出来事を、リハビリ施設入所とその前の薬物中毒の時期を差し引いて、父に話して聞かせた。ドラッグでまた失敗したことだけは隠しておきたかった。別れ際にもう一度、父を抱擁した。

「『母の日』に母さんに電話するよ」僕は言った。「約束する」。僕はそれを守った。

それから数週間たった二〇〇〇年五月二二日、異常な猛暑がカリフォルニアを襲った。家庭用エアコンをつけっぱなしにしたため、電力需要が州の電力供給量を上回り、送電網が限界に達した。送電網の運用者は、電力自由化後、初めて緊急事態が訪れたことを表明した。電力事業者であるサザン・カリフォルニア・エジソン（SCE）、サンディエゴ・ガス&エレクトリック（SDG&E）、パシフィック・ガス&エレクトリック（PG&E）は、需給を均衡させ送電網の破綻を防ぐために、最大の顧客である工場、スーパーマーケットなど、一部事業所への電力供給を停止せざるをえなくなった。

しかし、気温四〇度を超える猛暑よりさらに異常な事態が、その日、カリフォルニアで発生した。いくつかの発電所が「定期」点検のため稼働を停止したのである。デューク・エナジー、リライアント・エナジー、ウィリアムズなどのエネルギー各社は、電力事業者の独占を打破し、規制緩和のもとで自由市場を活性化させるため電力事業者から発電所を買い取っていた。しかし、新たに取得したこれらの資産は、彼らの主張によれば、フル稼働すると故障したり接続が突然切れやすいうえに、日常的に起こる過酷な事態に耐えるには古すぎた。その結果、その日、二つのことが同時に起きた。いくつかの発電所が故障し、いくつかの発電所が定期点検を予定通り行ったのである。

その結果、州は、送電網を滞りなく働かせるのに欠かせない数千メガワットの電力を失うことになった。ところが、発電所との接続が遮断され、供給量が乏しくなったことで、平均約四〇ドル／メガワット時だった卸値が一気に急騰し、州が定める上限の七五〇ドル／メガワット時に達してしまった。卸値はそれから八カ月もの間、高値にとどまり続け、多くのエネルギー企業に棚ぼた式に利益をもたらすことになる。消費者団体や州の民主党議員は、これは仕組まれた事件だと訴えたが、僕を含め、誰一人それを証明する決定的証拠を見つけられなかった。

二〇〇〇年五月二二日、エネルギー危機が始まった。

すべてがあまりにも早かった。それまで金融の話題でしかなかったことが、電力卸価格が急騰したこの日を境に、政治、経済の話に変化した。三倍の電気料金を支払わされることになった消費者は、地元政治家に対策を求めた。

僕は戦地に派遣された初年兵さながら、直ちに行動を起こし、前線に飛んで、そこで起こる出来事を次々と報道した。電力危機のカリフォルニアで何が起きているか知りたければ、僕の記事を読むことだ。僕は、この事態をリアルタイムで伝え続けた数人の記者のうちの一人だった。

その週のうちに、サンディエゴが、電力自由化の影響をもろに受けた最初の都市となった。惨憺たるありさまだった。サンディエゴの主要電力事業者であるＳＤＧ＆Ｅは、電力の大半をスポット市場で買い、その原価を消費者への小売価格に反映させていた。しかし、競争すれば電気料金は安くなるという約束はあっさり裏切られ、電気料金の請求はうなぎ上りとなった。それというのも、売る側が価格の決定権を握っていたからである。市民は悲鳴を上げた。サンフランシスコでは停電が起こり、デイビス知事は州の規制機関に、停電の背後関係とサンディエゴの価格高騰を調べるよう命じた。

この価格急騰を、送電網の点検と需給調整を担当する州機関、カリフォルニア独立系統運営者（CAISO）は、一時的な手当によって沈静化させようとした。CAISOの運営委員会は、州内で販売される電力について州が定める上限価格、すなわち、電力販売会社が請求できる最高価格を引き下げる権限を持っていた。そして今回、それを二度実行したのだ。一度目は七五〇ドル／メガワット時から五〇〇ドル／メガワット時へ。二度目はそこからさらに二五〇ドル／メガワット時へ。しかし、これが事態をさらに悪化させてしまった。同じように電力不足を抱えていた西部諸州が、カリフォルニアの上限である二五〇ドル／メガワット時より高値で入札してきたのである。結局、エネルギー企業のほとんどはカリフォルニアを見捨て、電力を最高価格でオレゴン、アリゾナ、ワシントンなどの西部諸州に販売した。これによって電力不足に陥ったカリフォルニアは、ついに、第二次世界大戦以来、初めての輪番停電[*3]に踏み切った。

エネルギー危機を増悪させたCAISOの決定的ミスとは、二五〇ドル／メガワット時の上限価格にこだわったため、州の大規模な電力不足を解消できなかったことに尽きる。CAISOの役目は、何があろうと明かりが灯るようにすることだったのに。そして結局、ほかの西部諸州から――エネルギー企業からの購買は拒否していた――自らの上限二五〇ドルをはるかに上回る価

*3　地域ごとに何時間かずつ停電にしていくことで、広い範囲が一斉に停電することを避ける方法。

格で電力を買う羽目に陥った。エネルギー企業は、カリフォルニアの上限価格を迂回して富を得る方法をたちまち見抜き、自社の電力を、たとえばアリゾナに販売し、カリフォルニアに人工的な電力不足を作り出した。そして、市場価格が高騰したところで、同じ電力をカリフォルニアに一五〇〇ドル／メガワット時で売り戻す。二〇〇〇年五月の一週間だけで、カリフォルニアは、電気を消さないために実に八億五〇〇〇万ドルを費やしている。その前年の同時期のコストは九〇〇〇万ドルである。

この詐欺的な手口は、しかし、それ自体は何ら違法性もなく、業界で「ピンポン」と呼ばれるものだ。幸運にも僕は、二〇〇〇年九月二六日、その実態を初めて世間に示すことができた。そしてその記事は、それから三年後、カリフォルニアの電力市場が、この企みの首謀者エンロンの悪質トレーダーにいかに食い物にされたかを示す証拠の一つとして、連邦調査官に採用されることになったのである。

僕はこの世紀の重大事件にどっぷり漬かって、いったい全体何が起こっているのか、真の意味は何か、解決法には何があり、それはいつ可能なのか、謎解きに熱中した。夜も満足に眠らず、ろくに食べず、まともな時間に仕事を終えることはまずなかった。何か重大な出来事が起きたとき、取り逃がしてはいけないからだ。電力危機をめぐって皆が誰かを非難していたが、解決策を思いつく者だけがいなかった。電力事業者は、市場を不正に操作したと言ってエネルギー企業を指弾し、エネルギー企業は、価格が安いときに長期契約すればよかったといって電力事業者を非難した。民主党は規制緩和法に署名した共和党の前知事ピート・ウィルソンを攻撃し、ウォールストリートのアナリストは電力危機を手に負えない状態にした州の役人を批判した。そこで僕は手始めに、エネルギー各社のいまいましい広報に片っ端から電話をかけ、考えを聞くことにした。「電力事業者に長期契約を結ばせなきゃだめだ」二〇〇〇年七月、デューク・エナジーの広報トム・ウィリアムは、こう僕に言った。「ある程度の長期契約を結べば、固定価格で電力が手に入るから、すべてをスポット市場に頼らずにすむ」

トムによれば、彼の会社はSDG&Eに対し、必要な電力の大半を五・五セント/キロワット時で提供するオファーをしたという。これはSDG&Eがスポット市場で購入する金額のざっと十分の一だ。ところがオファーは却下された。カリフォルニアの規制機関が、電力事業者がエネルギー企業と長期契約を結ぶことを禁じているからである。それこそ、州に数百億ドルの損害をもたらした決定的ミスだ。僕はこれを記事にした。市場が設計通り機能していない以上、ルールを変える必要があるのは明白だ。

レベッカ・スミスに、チームを組もうと持ちかける好機だった。二〇〇〇年七月中旬、サンディエゴで、SDG&Eの役員、消費者団体、州と地元の役人が、急騰した電力卸値への対応についての会合を開くことになっていた。価格高騰は、市内の中小企業の足を引っ張り、一部の低所得層に電気料金を払うか食糧を買うかのギリギリの選択を迫っていた。会合は非公開で行われたため、レベッカと車でサンディエゴへ行き、メディアの締め出しに抗議してから二手に分かれて取材をし、連名で記事を出してはどうかと僕は考えた。

『ジャーナル』の支局に行くと、レベッカは記事を書いている真っ最中だった。レベッカは四十代前半、短い黒髪で眼鏡をかけており、中性的な印象だった。頭は真四角に近く、ハーマン・ムンスター[*4]の姉妹のようでもあり、額に張りついた前髪を垂らしていた。しかし、その迫力には圧倒された。彼女にはきわめて高い知性を感じさせるオーラがあり、どんなことも、正しいのは彼女で、間違っているのはほかの人間だと思わせるところがあった。

「やあ、レベッカ」僕は声をかけた。

「こんにちは」一瞬、挨拶のために頭を巡らせてこう言うと、彼女はまた仕事に戻った。

「あの、サンディエゴでの今度の会議のこと、君はどう思う？」僕は聞いた。「二人で出かけて、メディアへの公開を要求するというのはどうだろう？」

「ええ、面白いかもね」タイプの手を休めずに彼女は言った。

「というより、もしよければ、つまり、情報を共有して一緒に記事を書くというのは……」

「あのね、私は今、あなたが今日書いた記事のせいで問題を抱えてるの」

「どの記事？」僕は聞いた。

「デューク社がサンディエゴに、ポートフォリオ管理のため五・五セントでの取引をもちかけたってやつ」

「どこが問題だっていうんですか？」僕は防御的になった。「僕はデュークの話を聞いて書いてる。何の間違いもありませんよ」

「いえ、それがあるの」と彼女。「州法では電力事業者が長期契約を結ぶことは禁じられているから、デュークが何を提示しようと関係ないのよ。あなたの記事は要領を得ていないのよ」

「法律の話はまた別でしょう？　僕はデュークが提示した内容を書いただけだ。解決策を考えている者もいるってことを示したいと思ってね。というより、もしかしたら規則が変わるかもしれないじゃないか」

「規則は変えられません」彼女が言った。「法の修正が必要になるけど、それはありえないわ」

「なんでわかる？」僕は聞いた。

「もう好きにすれば」彼女は両手を振り上げ、こう言った。「書きたいように書けばいいでしょう」

　僕はついに爆発した。

「おい！」大声を出したので、『ジャーナル』のほかの記者が一斉にこちらを向いた。

「その手はなんだ！　あんた、何様だと思ってるんだ？　僕は自分の仕事をする。ニュースを伝えることだ。それが問題だってんならデスクにそう言えよ。僕に向かって手を振り上げたり、書いた記事にいちゃもんつけるんじゃない。わかったか？」

　僕は鼻息も荒く『ジャーナル』の支局を出ていった。レベッカが僕の体にセットされている「不安ボタン」を全部押してくれたおかげで、僕の記事に何か間違いがあったのだろうかと本当に心配になってきた。

　その数分後、レベッカが僕を探しに来た。オフィスを覗き込んで、僕の名前を呼んでいる。

＊4　テレビ番組「ザ・ムンスターズ」に登場するフランケンシュタインに似た人物。

「何か用ですか？」と僕。

彼女は僕の仕切りの中まで入って来て、椅子をたぐり寄せると僕の隣に腰かけた。彼女は、手を振り上げたことを詫びた。しかし続けて、僕が電力記事を担当するようになってから、不正確な記述を指摘する電話がたくさんかかって来るようになったと言った。

「それはどんな記事のことですか？」過去三カ月間に書いた何百本もの記事をあれこれ思い浮かべながら、僕は聞いた。「なぜあんたのところに電話が行くんです？　なぜ僕のところにかけてこないんでしょうね？」

「さあ、よくわからないけど」と彼女。「私は法律ＡＢ一八九〇号についてはエキスパートで、みんなそれを知ってるし、この問題を一九九六年からずっと追っているから。それに、あなたより年長で経験も積んでる。あなたはまだ駆け出しですから」

「あの、悪いけどね、レベッカ。僕は駆け出しじゃないですよ」僕は言った。「もう四年以上記者の仕事をしています」

「ええ、でもこの分野では駆け出しでしょ。しかも、この問題はとても入り組んでいる」と彼女。

「だから間違いをしやすいわけよ」

僕は彼女に、実際の間違いを指摘してほしいと頼んだが、彼女は固辞した。レベッカは席を立つと、お互い仕事が立て込んでいないとき、一度ランチでも行きましょうと言い残し、部屋を出て行った。そんな日は決して来ないだろう。

僕の中の負けず嫌いが、レベッカに対し、合理的とはいえない感情を向けるようになった。何とか彼女のお株を奪って、特ダネを抜き、立場を悪くしてやろう。僕の後追いをさんざんさせた末に、クビに追い込んでやる。僕はそれを自分の使命と考えるようになった。彼女のポジションを奪う自分を空想した。屈辱のあまり、記事を書いているときも、彼女が読んだらどんな顔をするか、そればかり考えるようになった。

二〇〇〇年八月、エネルギー危機がついに全国ニュースになった。価格上昇は止まらず、電力不足は解消されず、緊急事態は日常茶飯事になった。州議会では民主党が、州外エネルギー企業であるエンロン、デューク、ダイナジー、ウィリアムズ、リライアント、ミラントを、カリフォルニア州民を欺いていると鋭く批判した。僕はこれには乗らなかった。理由の一つは、政治家は、彼らの主張を裏づける証拠をまったく持っていなかったこと。もう一つは、カリフォルニアにもう一〇年以上、発電所が新設されていないのは周知の事実だったことだ。需要が急上昇しても供給が滞ったのはそのためだ。加うるに、二〇〇〇年の夏は記録的な猛暑で、エアコンのある人がためらわず使用したことが、州の電力の大半を食っていた。

とはいえ、ダウ・ジョーンズも、電力会社の価格つり上げ操作への批判の多くが当たっているとわかったあとも、明らかに企業寄りのスタンスをとり続けていた。僕個人にしても、連日インタビューするCEOやウォールストリートのアナリスト、エネルギー企業の役員たちが、州の処罰は不当だ、市場操作など断じてしていないと言うのを、一瞬たりとも疑ったことがなかった。エネルギー危機を取材する何十人ものジャーナリスト同様、彼らの術中にまんまと嵌まっていたわけである。

二〇〇〇年のあの夏、僕は、脊髄反射のような深慮を欠いた対応で事態を泥沼化させた責任は政治家にあり、彼らが訴訟の可能性を口にしたり、土地収用権を盾に発電所差し押さえをちらつかせる脅し戦術をとったのが悪いと思っていた。州政府は絶大な権力を振るっており、暴くべきは政治家の悪巧みだと考えたのである。

最初の犠牲者は、サンディエゴ選出の民主党の州上院議員スティーブン・ピースだった。彼の選挙区民は、月々の電気料を二倍、三倍に上げた最大の責任者、SDG&Eの生き血を欲していた。

ピースは、一九七八年制作の古典的カルト映画『アタック・オブ・ザ・キラートマト（殺人トマトの襲撃）』の脚本家、俳優としても有名だった。皮肉にもこの映画は、予期せぬ危機（サンディエゴで発生した殺人トマトによる大虐殺）に対処できない無能な政治家を扱ったもので、クライマックスでは、ピース演じる人物がサンディエゴの住民を率い、フットボール・スタジアムでこの恐るべき野菜を退治する。二〇〇〇年八月、数百人のサンディエゴ住民とともにSDG&Eの事業所に電気料金請求書を燃やしに行く決心をしたとき、彼はきっとこの映画を見直していたに違いない。

しかし、ほかならぬこのピースこそ、あの画期的な規制緩和法AB一八九〇号の立案者だったことに気づいていた人は、そのときほとんどいなかった。ピースは、一九九六年の二週間の議会中、同法案の不備を是正し、電力事業者、エネルギー企業、労働組合といった関係者の要望をかなえるため会議室にこもった議員の一人だった。そして彼は、議会最終日に法案を強引に成立させた。議員たちはこのときの議会を「スティーブ・ピースの死の行進」と名づけている。

したがって、彼は実は窮地に追い込まれていたのである。法律AB一八九〇号には、そこかしこに彼の名が刻まれている。エネルギー危機は、ピースが同法に残した規制措置が原因の一端だ。電力自由化に彼が果たした大きな役目を、もし世間が思い出したら、彼の政治生命は終わりかねない。しかし、僕はそれを思い出させる一連の記事を書き始めた。

ピースは、彼の立案によるこの法律から距離を置こうとしていた。彼は、電力市場への規制を再び強めるよう州に求め、自身のウェブサイトに、自分が電力自由化の発案者だというのは「神話」であるというメッセージを掲載した。

「私は競争の支持者ではありません。私は規制的な環境の維持に賛成です」ピースは、彼や電力自由化について流布していた、彼のいうところの八つの俗説の一つを、ビデオで強く否定していた。

彼は格好の標的になった。僕は、電力自由化の擁護者としてのピースの言葉が引用された古いニュース記事を探し出し、彼の語った言葉を引用し、発言の矛盾を指摘する記事を書いた。メディアから叩かれた彼はその後、立ち直れず、カリフォルニア州務長官を目指すという野望もかなわずに終わった。ジャーナリストであることの利点はこういうところにある。

二〇〇〇年八月は僕にとっていい月になった。ダウ・ジョーンズの最優秀賞《エース》をいくつかもらい、たくさんの情報提供者が僕に好意的になり、ダウ・ジョーンズが一部を所有するケーブル・ビジネス・チャンネル（CNBC）から、エネルギー危機の専門家として出演依頼を受けるようになった。僕は心の中で言った。「どうだ、レベッカ?」

デスクのアーデン・デールとその上司のニール・リップシュッツは、ダウ・ジョーンズ全社に宛てたメールにこう書いてくれた。「ジェイソンはカリフォルニアの大規模な電力問題のグラウンド・ゼロにいて、同州の電力危機に関するあらゆる重要な市場関連ニュースの先頭を走っています」

僕の自我は肥大していった。ダウ・ジョーンズには僕への称賛があふれていた。いい仕事は自ずと人に知られるものだ。僕はアーデンたちが出したメールを種に彼女に昇給を迫った。実はいくつかのメディアから声がかかっている。高い給料で僕を引き抜き、エネルギー危機を担当させようとしていると。まったくの嘘っぱちだったが、アーデンは昇給五〇〇〇ドル、プラス年末ボーナス五〇〇〇ドルという条件を提示し、僕はこれを受け入れた。

CNBCに生出演する予定の一時間前、僕は突然、もし誰か僕の過去を知っている人間がこのテレビを見てアーデンかアンドリューにそれを通報したら、僕が重犯罪の判決を受けていることがばれてしまう、という強い不安に襲われた。僕はトイレの中で吐いてしまった。それからリサに電話し、番組に出ることを伝えると、彼女は、心配でとても見ていられない、全国放送で何か起きても、私にはどうしたらいいかも、どうしたら助けてあげられるかもわからない、と言った。

僕は鏡に映った自分の顔を見つめた。とても重犯罪を犯したようには見えない。身なりを整え、「もうたくさんだ」と自分に言い聞かせた。もう僕は過去から抜け出したんだ。誰かが暴きたいなら、とっくにやっているはずだ。もう後ろは振り返るな。これはずっと待ち望んでいたチャンス、自分が成し遂げたことを世の中に示すチャンスだ。
僕は『ジャーナル』の支局に向かった。ＣＮＢＣの遠隔カメラがセットされていた。僕のすることは、椅子に座り、イヤホンをつけ、番組のアンカーであるロン・インサーナが、エネルギー危機についていくつかする質問に答えるだけだ。

「入ります。五、四、三……ロン・インサーナです。カリフォルニアはアメリカで最初に電力自由化に踏み切った州です。消費者も事業者も、安い料金と信頼できるサービスを約束されました。ところが今年の夏、この州では大規模な電力不足がこり、停電と電気料金高騰の見通しが出てきています。どうしてこういうことになったのか、ダウ・ジョーンズ・ニューズワイヤーズ・ロサンゼルス支局長のジェイソン・レオポルドに聞きます。ようこそ、ジェイソン」

僕は少し言葉につまづき、「ええと」と「あの」を使いすぎた。しかし、ＣＮＢＣのプロデューサーで、偶然にも数年前までアーデンのポストにいたショーン・ベンダーは、初出演の割には上出来だと言ってくれた。

僕は俎板《まないた》の上の鯉だった。

その後、僕のもとには、「新世紀最初の大ニュース」を追いかける仕事とはどんなものか聞かせてほしいという依頼が、何十件も舞い込んだ。ナショナル・パブリック・ラジオ（ＮＰＲ）のインタビューも何度か受け、『サンディエゴ・ユニオン・トリビューン』や『サンフランシスコ・クロニクル』も僕のスクープを引用するようになった。ショーンはその後、ＣＮＢＣに僕を一〇回出演させた。ところが、その後、レベッカのほうが適任だと考えていた『ジャーナル』のロサンゼルス支局長ジョナサン・フリードランドが、ショーンにそのことを電話で申し入れた。

　フリードランドから相当嫌われていることは、少なくとも僕は十分承知していた。たぶん、僕が彼やレベッカを何度も抜いたせいだろう。ＮＰＲの人気番組「ロサンゼルス展望《フィッチ・ウェイ・ＬＡ》」のホスト、ウォーレン・オルニーが番組中、僕を『ウォールストリート・ジャーナル』記者と紹介してしまう出来事もあった。あえて訂正しないでいたところ、翌朝、フリードランドから、僕が『ジャーナル』記者と紹介されたことに対する抗議のメールが来た。二度とこういうことがないようにしてほしい、と書いてあった。

　それに対し、僕が返信したメールは彼を逆上させたに違いない。

「そうだね！　でも手遅れだよ」という一文に、スマイリーの絵文字をつけてやったのだ。

　二〇〇〇年九月、州間エネルギー市場の監督にあたる連邦エネルギー規制委員会（ＦＥＲＣ）が、政治的圧力に屈した形で電力危機の調査に乗り出した。具体的には、エネルギー企業が市場操作をしているかどうかを調べることになったのだ。カリフォルニア州は、過剰請求に対する約三〇億ドルの払い戻しを申し立てており、連邦の調査の行方が読めない状況だったことから、カリフォルニアで事業を営むエネルギー企業、ほぼ全社の株価が下落した。

　デイビス知事は、自分が電力危機に満足に対処できなかったことを棚に上げ、テキサスのエネルギー企業集団、すなわちリライアント、エンロン、ダイナジーがカリフォルニアを搾取していると公然と非難した。知事の批判は、ＦＥＲＣが電力価格を「公正かつ適当」なレベルに維持できなかったことにまで及んだ。ＦＥＲＣの委員たちは、ほとんどが自由市場を擁護する保守派で、電力危機を政治問題にしようとするデイビスを好ましく思っていなかった。なかでも一人の委員はひどく彼を嫌っていた。

そこで僕は一計を案じた。ＦＥＲＣが調査結果を発表する二週間前にあたる一〇月下旬、僕は、その委員に電話をし、エネルギー危機への知事の対応にかかわるあらゆる情報を提供したいと申し出たのである。僕はその委員にこんなふうに話した。

「状況を知っていただきたいんです。委員会は悪しざまに罵られている。僕は自由化賛成で、立場は同じです。あんな奴らに台無しにさせたくはありません。だから、サクラメントの裏舞台で起きていることを、それが表面化する前に知っておいてほしいんです」

僕はさらに、自分はあなたと同じ忠実な共和党員（嘘）であり、われわれは団結する必要があるとつけ加えた。

問題は、デイビス知事の事務所が、仮に何かを考えていたとしても、それをメディアに漏らす気は全然なかったことだ。デイビスは政治的な問題については秘密主義で知られており、広報担当のマビグリオは、この点をいくらつついても何の情報もくれなかった。

そこで僕は二日後、もう一度その委員に電話して、知事のインタビューをしたのでその内容を記事にする前に知らせたいと申し出た。

「待ってくれ」と委員は言った。「携帯のほうにかけてくれ。この回線では何も言うな」

僕は携帯にかけ直し、デイビスはＦＥＲＣの調査結果の詳細を知っていて、ＦＥＲＣは払い戻し命令を出すだろうし、エネルギー企業は市場を操作した罪に問われるだろうと話していた、という架空の話をした。

「委員会が折れるとは信じられませんが」僕は、自分がいかに落胆したかを強調するように言った。「知事の言葉を記事にする前に、お伝えしておこうと思ったんです」

委員は僕の話に憤慨し、怒りを爆発させた。

「あの野郎！」彼は言った。「なんていまいましい奴だ。あとで驚くなよ。どこからそんな情報を入手したか知らないが、でたらめだ」

悪巧みが成功した。僕は、デイビスが勝利を信じており、メディアにそう話していると思わせれば、委員は怒って、調査の中身をリークするだろう。そうなれば僕は国内最大のスクープをものにできると踏んだのだ。あまり認めたくないことではあるが、マッチを擦って、火をつけ、炎が燃え広がるのを見るのは気分がいい。僕のスクープは猛火を呼び起こすだろう。

「デイビスに言わせっぱなしは癪です」僕は委員に言った。「彼は嘘をついてるんですね？メディアに払い戻しがあるかように報道させ、委員会にプレッシャーをかけようとしているんですよね？」

「そんなところだろう」委員は言った。「しかし、われわれは政治的圧力には屈しない」

「本当のところを教えてもらえませんか？」

委員は、調査中の案件を漏らすことは連邦法に抵触することになるので、詳しい内容は教えられない、と言った。

「いい考えがあります」僕は提案した。「僕が書こうとしていることに何か問題があるか、それだけを質問します。それなら、情報を漏らしたことになりません。もちろん、あなたの名前も一切伏せます」

「それ、やってみようか」委員は言った。「試してみてくれ」

「もし僕が、ＦＥＲＣはカリフォルニア州への払い戻しを電源各社に命じることはない、と書いたら、何か問題ありますか？」

「いや、何もないよ」

そこが肝心な点だった。というのは、これらの企業がこの夏の価格急騰で棚ぼた式に儲けた分を払い戻しさせられる恐れがあるなら、各社の株式は暴落するからだ。

「エネルギー企業は市場操作をしていなかった、と書いたら何か問題がありますか？」

「いいや」

「エネルギー危機の責任は、もっぱらカリフォルニア州にある。その理由は、州が電力事業者に長期契約を結ばせず、しかも多くの規制措置を温存してきたからだ、と書いたら、何か問題がありますか？」

「全然」

僕は委員に礼を述べて電話を切った。毛虫大のコカインのラインを吸ったかのように、気分が高揚している。特ダネをつかんだからすぐ流したい、とデスクのアンドリューに電話した。

「今やってる仕事、いったん中断してください」僕は言った。「ＦＥＲＣの調査の内容がわかったんですよ」

「本当か？　おい、そりゃすげえな。いったいどうやったんだ？」

「委員の一人が僕に内容を教えてくれました」

「誰だ？」

僕はドルーに委員の名前を明かした。情報提供者の名前を聞いたドルーは、僕の情報の正確性を信用した。その人物は、ほかの記事でも信頼できる情報源だったからだ。ただし僕は、自分がどうやって彼に協力させたかまでは言わなかった。記事をボツにされるのを恐れたからである。

市場が閉まるまであと三〇分。終了ベルが鳴る前にニュースを流したい。そこでまず、人目を引く見出しを流し、ウォールストリート中がニュースに注目するようにした。

二〇〇〇年一〇月二七日、午後三時三〇分頃、最初の見出しが踊った。


FERC、カリフォルニア州電力市場に不正を認めず――委員

数秒後、もう一つの見出し。

FERC、電源各社にカリフォルニア州への払い戻しを命じず――委員

その一五分後、記事の最初の三段落が配信された。僕の電話は鳴りっぱなしだ。ウォールストリート中の人間、アナリストもトレーダーも、銀行家も、ＦＥＲＣの調査を受けたエネルギー各

社も、このニュースを書いたのが僕だと知っている。彼らは、記事が全部出るまで待ってはいない。一刻も早く中身を知りたい。僕と直接話をしたいのだ。しかし、僕は携帯を留守録に切り替えた。

これはダウ・ジョーンズ時代の僕が流した最大のスクープで、世の中に与えた衝撃は、その五カ月前、レベッカが『ジャーナル』に書いた一面記事を上回った。僕の記事はまさしく市場を動かした。エネルギー企業から州への払い戻しは不要のFERCの判断が示されたことで、エンロン、ダイナジー、リライアント、ウィリアムズをはじめとする各社の株が一斉に買われ、ダウ平均は一ドルから二ドル上げ。株価チャートでは、これらの企業の株価が、僕の記事が配信されてわずか一、二秒のうちに跳ね上がった。

電話は鳴りやまない。何か間違いでもあっただろうかと不安になってきた。仕事を失い、今度こそ僕のキャリアも終わりになるのだろうか。これは、テコンドーの大会で子供が死んだというようなローカルニュースではない。全国規模で、カリフォルニア州、デイビス知事にとっては大打撃になる記事だ。記事はすべて匿名委員との会話に基づいている。主要新聞からは詮索されるだろう。僕はものの数分で、一金融記者から政治問題まで扱う記者になった。日頃、政治問題を担当するジャーナリストは、ジェイソン・レオポルドとは何者だ、なぜ俺たちの芝生を荒らすのか、どうやって調査情報をリークさせたのか、知りたがるはずだ。電話に出たくなかったが、放っておけば頭がおかしくなりそうだ。

「ジェイソンです」

「ジェイソン・レオポルドさんですか?」女性の声が言った。

「はい、そうです」

「ジェフ・スキリングからの電話をおつなぎしたいのですが」

ジェフ・スキリングはエンロンの社長であり、同社の電力トレード・オペレーションの中枢だ。彼のことは、一九九四年、カリフォルニア政府に対し、規制緩和すれば九〇億ドルの州費が節約でき、浮いた分を教育に回せるとロビー活動したことしか知らなかった。電力危機が起きてから二回インタビューしたが、それは同社の広報担当マーク・パーマーがセッティングしたものだ。あちらから電話をかけて来るとは思わなかった。

「はい、お願いします」

「どうぞ」女性が言った。

「ジェフ・スキリングだ。たった今、君の記事を読んだよ、ジェイソン。素晴らしい記事じゃないか!」

「それはどうも」僕は言った。「お褒めにあずかって光栄です」

「僕の知る限り、君はこの話を聞いた唯一の記者のようだ」

「ええ、完全な独占取材です」

「報告書の中身をリークした委員が誰だか教えてほしいんだが」

「それは言えません」と僕。「申し訳ありませんが」

「信頼できる人物かな?」

「もちろんです。一〇〇パーセント信頼できます」

「それはよかった。本当によかった。これを読んだとき、デイビス知事がどんな顔をするか見たいもんだ」

「ええ、僕もです」

「そうか。ではジェイソン、これからも頑張ってくれよ」

同じような電話が、ダイナジー、ミラント、リライアント、デュークの役員からも、アナリストやトレーダーからもかかってきた。皆、僕の記事が鉄壁なものかどうか確認したがっていた。僕は有頂天になった。自分の影響力に味をしめた。もう止められない。このハイの状態を保ち続けるのだ。

スティーブ・マビグリオからも電話があった。それまで彼とはほとんど話をしたことがなかったが、マビグリオは僕に、もしまたこういう記事を書くなら、そのときは知事の代わりに自分がコメントするから、いつでも連絡してくれと言って、携帯の番号を教えた。それが、彼との付き合いの始まりだった。それから一カ月を経ずして、僕は彼に、消費者団体やエネルギー企業、FERC、それに共和党議員が、知事攻略のためにどんな弾を用意しているかを、あれやこれやの独占情報と交換にリークするようになった。その一方で、マビグリオから聞いた情報を、やはり独占情報と引き換えに相手方にリークした。僕の強迫観念と自己陶酔、自己愛は、ますます強く、深くなっていった。倫理などどうでもよいと思った。実際、ジャーナリストの倫理綱領など歯牙にもかけていなかったし、誰よりも早く真実を手に入れたい、ただそれだけしか頭の中にはなかったのである。

僕の記事に対抗できる人間がいなかったせいで、僕は一躍有名になった。いくつもの大新聞が僕の記事を引用し、NPRのインタビューを受け、CNBCに再び出演するようになった。

FERC調査のスクープから二週間後、同委員会がワシントンDCで開かれ、調査結果が正式に発表された。しかし、その発表が行われる前、二人の委員が内容を僕に漏らした委員を非難した。誰が漏らしたのかわからないが、判明した暁には、その人物を刑事告訴すると彼らは言った。カリフォルニア州の上院議員スティーブ・ピースも出席していて、彼らを後押しした。

「調査結果を、ここでわざわざ発表する理由がわかりませんね」彼は言った。「ジェイソン・レオポルドがとっくに教えてくれていますよ」

FERCが公表した報告書は、僕の記事がすべて正しかったことを裏づけるものだった。僕の肩に大きな責任がのしかかった。『ジャーナル』のデスクの一人が、あの記事を載せておけばよかったと電話でぼやいていたわよ、とアーデンから聞かされた。そのデスクがジョナサン・フリードランドに意見を求めたところ、僕は信用できない記者で内容が間違っている可能性が高いと言われたため、掲載を見送ったのだと。

僕は怒りを爆発させた。フリードランドのオフィスに行き、中に入るや、ドアを大きな音を立てて閉めた。

「俺に喧嘩を売る気か？」

「何のことだ？」フリードランドが言った。

「今、デスクから電話があった。あんた、マーカス・ブラウコリに、あいつは信用できない、FERCの記事は間違ってると言ったそうだな？　あんたはFERCの公聴会に行ったか？　俺の記事は完璧だ。あんたいったい何の権利があって俺の仕事の邪魔をするんだ？」

「すまなかった」フリードランドが言った。予想外の反応だ。

「わかったか？　俺の記事に文句があるなら、直接言いに来い」僕は言った。「俺のためにあんたの部下が抹殺されようが、知ったこっちゃない」

食うか食われるかの世界。どんなに優れた記者も、自分でそう信じている記者も、必ず誰かに足を引っ張られる。誰もが僕の陰口を言っていた。ライバル記者から憎まれ、お前は嫌われているると人づてに聞かされた。それは彼らのデスクが僕の後追いを命じたからだ。どんなに頑張っても、『ジャーナル』のデスクの尊敬を勝ち取ることもできなかった。それでも、アグレッシブでいつづければ報われるときは来る。

その月の下旬、アーデンが、マラソンの完走直後のように息せききって電話をかけてきた。

「ジェイソン……すんごい……知らせ……聞いたわよ」あえぎながら、切れ切れに言った。「獲れた！」

「アーデン、何だかさっぱりわからないんだけど」

「ちょっと……待って」ひと呼吸置いて、アーデンが言った。

「獲れたの！　ダウ・ジョーンズ・ニューズワイヤーズ賞をあなたがもらえることになったの。年間ジャーナリスト賞よ！」

アーデンが、エネルギー危機の取材で、この賞の候補に僕を推薦してくれたことは知っていた。ダウ・ジョーンズが世界各地から選ばれた六名の記者に授与する賞だ。しかし、まさか本当にもらえるとは。僕の記事には、信憑性の評価に不安があったからだ。一部の記事は匿名情報に基づくもので、ライバルからもそこを攻撃されていた。ブルームバーグのようなニュース機関は、情報源がきちんと示されていない記事をあえて流すことはしない。しかし、僕のネタ元は、影響が自分に及ぶのを恐れ、めったに名前を出させてはくれなかった。この賞の審査をするAP通信、『バロンズ』、それに『ジャーナル』の審査員は、これに眉をひそめると思っていた。しかし、僕の記事は皆に支持され、僕は賞金五〇〇〇ドルとトロフィーを獲得したのである。

僕はその後も粘り強く取材を続けた。エネルギー危機は一向に沈静化の兆しがない。料金も上がり続けている。電力事業者であるSCEとPG&Eでは、手持ち資金が底を突きかけていた。顧客への請求が法的に認められる限度額より、エネルギー各社に支払う料金のほうが高くなってしまったからである。そして二〇〇〇年一二月下旬、両社は倒産の瀬戸際まで追い詰められた。エネルギー各社が、支払い能力を失った両社に電力を売ることを拒否したためだ。二〇〇一年一月になると、両社の経営悪化を理由にエネルギー各社がカリフォルニアから電力を引き上げたため、カリフォルニアは三日連続の輪番停電を強いられた。

二〇〇一年四月六日、デイビス知事は、ラジオとテレビで異例の生放送の会見を行った。知事は、SCEとPG&Eの支払い能力を維持するため電気料金を上げるようなことはしないと言明。それから二四時間を待たずして、あたかも知事に向かって呪詛の言葉を吐くかのように、PG&

Eが「チャプター・イレブン」、すなわち連邦破産法第一一条の適用申請を行った。

この破産のニュースに僕はショックを受けた。車の中にいた僕に、同僚のジェシカが電話で言葉少なに知らせてくれたのだが、彼女も、僕がこの問題を何カ月も追っていたこと、同社の情報提供者に、破産申請したらすぐ電話してくれと頼んでいたことを知っていた。僕は、自分が第一報を書けることを疑っていなかったのである。

このニュースを逃したのは、そのとき、ちょうどサンタモニカで保護観察官と最後の面談中だったためだとあとでわかった。その週、僕は五年に及んだ保護観察期間を無事終了し、賠償金三〇〇〇ドルの支払いも完了したのである。保護観察官は僕に「良好」のお墨付きをくれ、最後に見送ってくれた。

「元気で」彼が言った。「厄介事に巻き込まれんようにな」

PG&E破産のニュースを逃した穴を、僕はその六カ月後に埋め合わせることになる。

二〇〇一年一〇月三日、再び幸運が戻ってきた。SCEの倒産を防ぐため、同社の三〇億ドルの負債を免除する取り決めが、州の規制機関との間で成立したのである。この論議を呼ぶ決定を、僕は同社の上級役員から、規制機関による正式発表の一時間前に聞き、第一報を書いた。アンドリューは、僕がロイターとブルームバーグを大きく抜いたことを会社のお偉方に報告。これは、ほぼ二年にわたるエネルギー危機の終結を告げる重要ニュースであり、この一連の大失態の報道で、ダウ・ジョーンズ・ニューズワイヤーズが終始ほかをリードしたことを証明するものでもあった。

ＳＣＥの広報担当ジル・アレクサンダーから、僕におめでとうというメールが届いた。「会社の上役たちは、あなたの記事に熱狂しています」こう付け加えてあった。「あなたがいちばん早かったですね。上役たちは、あなたがなぜ、いつもこんなに早いのか不思議がっていますが、この点でほかに追随を許さない記者だと思っているようです」

ところがそうとは限らなかった。その二週間後、レベッカ・スミスと彼女の同僚ジョン・エムシュウィラーが、エンロンが砂上の楼閣であることをすっぱ抜くスクープを流したのである。そして、このときから事態は悪いほうへと転がっていく。

第10章

妨害

Sabotage

気がつかなかった。レベッカ・スミスは敵ではないとたかを括っていた僕は、彼女がもっと大きな山を狙っていたのを全然知らなかった。レベッカはこの間ずっとエンロンを調べていたのである。

二〇〇一年一〇月一六日、レベッカがエンロンのスキャンダルを初めて暴露したこの日、僕は、彼女と、一年以上にわたり僕をおだて、エンロンもほかのエネルギー企業もカリフォルニアの電力市場操作などしていないと信じ込ませた広報マーク・パーマー、どちらにより腹を立てていただろうか。

レベッカとジョン・エムシュウィラーは、二四日間に及んだ連続スクープで、同社の不正な会計処理を痛烈に批判した。彼らの告発記事によりエンロンは崩壊した。企業国家アメリカを襲った最大のスキャンダルを報じた彼らは、一躍スターダムにのし上がった。

レベッカとジョンの栄光の影で、デスクや同僚の関心を失っていくことになった僕は憤懣やるかたない思いだった。自分の中で何かがはじけた。コントロールを失い、再び、薬物依存症的な思考パターンにはまっていった。

僕はエンロンに取り憑かれたようになり、もっと大きな詐欺を暴いてレベッカとジョンを出し抜いてやる、という思いで頭がいっぱいになった。

エンロンの破綻は、規制緩和の将来や電力市場一般に途方もなく大きな影響をもたらした。そのため僕は、エンロンをあらゆる角度から追及することを許された。しかし、レベッカとジョンの二人にどう対抗したらいいのか。彼らは日々、エンロンについての新事実を報道していた。彼らにあって、僕にないものは何だ?

マーク・パーマーが二人のネタ元だとひらめいた僕は、彼に電話をかけた。

「マーク? ジェイソンだけど」。信じた自分が悪いとわかってはいても、エネルギー危機で僕をまんまと操り、州政府の役割だけに関心をもっていかせた彼を罵倒してやりたかった。

「レベッカとジョンは、何だってあんなにうまいことやってるんだ?」こう不満をぶつけた。

「こっちもおすそ分けに預かりたいもんだ。何か情報くれ。頼むよ」

「君に話せることはないよ、ジェイソン」とマーク。「どこかに、レベッカとジョンに箱いっぱい分の書類を送った奴がいる。それが情報源だ」

犯罪者の心が一瞬、頭をもたげた。その資料を盗んでやるか。ある日、僕は夜一〇時まで職場に残り、『ジャーナル』の支局に忍び込んだ。僕は鍵を持っていた。まだ誰も出勤していない早朝、CNBCに出演したときに防犯ロックを解除するためにもらっていたものだ。

室内には誰もいない。コンピュータ画面がぼうっと光を放っている以外は真の暗闇。心臓が高鳴る。しかし僕は、そこで書類の捜索を思いとどまった。必要な情報は自分で探せばいいじゃないかと思い直したのだ。そんな紙束の山に用はない。エネルギー危機のとき、でかい山を当てたのは自分だ。エンロンでも同じことができないわけがない。

僕は家に戻るとインターネットのチャットルームを探索した。二〇〇〇年、AOLとタイム・ワーナーの合併という特大ニュースを『ジャーナル』の二人の記者が発見したのもここだった。両社の役員の誰かが、その件を暗号で書き込んだところを記者たちが見破ったといわれている。ひょっとして、エンロン会長のケン・レイか誰かしらが、会社を嵌めたことをひけらかしたりしていないだろうか。

続いて、ヤフーの掲示板にアンドリュー・ファストウの検索ワードを打ち込んでみた。ファストウはエンロンのCFO（最高財務責任者）で、同社の腐敗の張本人と言われていた。ファストウが僕に話をしたくなるよう仕向けるためのネタが、何か一つでいいから欲しい。その名前はヤフー掲示板のいたるところに散らばっていた。エンロンが崩壊し、株がトイレット・ペーパー同然になったときには、株主から「殺人予告」までされている。ファストウの自宅の電話番号や家までの道順も書き込まれていた。

「死ね、ファストウ、死ね」こんな書き込みもあった。

しかし、何百件という反ユダヤの書き込みのあるページに辿りついたとき、僕はファストウという人間への個人的興味が湧いた。匿名の書き込みにはこんなものがあった。「ダーティで穢らわしいユダヤ人ファストウ」「ユダ公がエンロンを殺した」「この国はユダヤに滅ぼされる」。これがもし実名で書かれていたのなら、僕は彼らの電話番号を探し出し、殺してやるぞと言ったかもしれない。僕はファストウが急に気の毒になった。ファストウと僕は、ユダヤ人であると同時に犯罪者でもあるという共通の絆があるような気がした。ファストウはエンロンを、僕はミランを裏切ったのだ。

　この反ユダヤの書き込みはネタとして使える。僕は彼に対する差別発言《ヘイト・スピーチ》の記事を書こうと思いついた。ユダヤ人である自分の血筋をダシに、四面楚歌のCFOをエンロン崩壊以来、初めてメディアに引っ張り出そうとしたのである。

　二〇〇一年一二月四日、僕はファストウに電話し、メッセージを残した。

「ファストウさん、私はジェイソン・レポルドと申します」こんなふうに切り出した。「ダウ・ジョーンズ・ニューズワイヤーズの支局長をしています。インターネットに広がっている反ユダヤ的な発言についての記事を書きたいと思っています。実は僕もユダヤ人です。祖父母はホロコーストの生き残りで、小さい頃はユダヤ人学校に通いました。それでインターネットの書き込みに個人的関心を持ったわけです。こういう無法な行為には腹が立ちます」

　メッセージを残してから二、三時間たったとき、ヒューストンのファストウの刑事専門弁護士デビッド・ゲルガーから電話がかかってきた。ファストウの了解を得て、代理でお話ししたいとのことだった。

「私もユダヤ人です、レオポルドさん」ゲルガーが言った。「ああいった反ユダヤの発言は、私も非難されるべきだと思いますよ」

ゲルガーは、ヒューストン警察がファストウへの脅迫の事実を認め、本人と家族を警護していることを教えてくれた。僕はその電話を利用して、ゲルガーにファストウはエンロン崩壊にどんな役割を果たしたのかと聞いてみた。非常に驚いたことに、彼は質問に答えてくれた。まだ誰一人として、レベッカやジョンすらも、ファストウや彼の弁護士からこうしたコメントをもらっていない。エンロン・スキャンダルに関する僕の最初の独占取材だった。

「エンロンが被った損害は、アンディ・ファストウがもたらしたものではありません」ゲルガーは言った。「不幸にも世間はスケープゴートを探したがりますが、本件について、アンディ・ファストウをスケープゴートにするのは大変な誤りです。事実は、アンディはエンロンから承認されたことをしただけなのです」

この電話のあと、僕はヤフーの管理部門に電話して、反ユダヤの書き込みのことを広報の女性に伝えた。彼女は、気がつきませんでした、それは当社の方針に反しますと言って、ただちに掲示板上のそうした書き込みを削除した。僕はゲルガーに再び電話し、このことを伝えた。「それはよかった！」彼は言った。「アンディも喜ぶでしょう」

二〇〇一年一二月四日、ダウ・ジョーンズは「元CFOファストウはエンロン崩壊の原因ではない、弁護士が語る」という見出しを配信した。僕は、ファストウを悩ませた反ユダヤ主義をもっと強調したかった。しかし、デスクはその部分の扱いを小さくし、代わりにファストウの潔白を主張するゲルガーの発言を柱にもってきた。そうすることで、ダウ・ジョーンズが、金融詐欺との関連をファストウ本人に初めて取材した報道機関であることを主張したかったのだ。

僕は、このファストウの記事を盾に、続いてジェフリー・スキリングに取材した。スキリングはレベッカとジョンが詐欺を暴く二カ月前にエンロンを電撃的に辞任していた。本人は、一身上の都合でエンロンを去ったと言っていたが、その後まもなく会社が崩壊したため、誰もが、スキリングは遠からずこうなることを知っていたのだと考えた。

大勢のジャーナリストが、スキリングはエンロンの何を、そしていつ知ったのか探り出そうとしていた。取材依頼が殺到したが、彼は応じなかった。僕はスキリングの代理人《スポークスマン》デニス・キャラブリーズに電話をかけ、ファストウの弁護士にインタビューした話をした。カリフォルニアの電力市場の調査結果をFERC委員にリークさせたときと同様、細部は捏造だった。そのうえでキャラブリーズに、デビッド・ゲルガーがオフレコを条件に、ファストウが私腹を肥やしているのはスキリングも承知だったと言っていたがどうか、と持ち出してみた。

「ゲルガーによると、スキリングは内情に通じていたそうですね」僕はこうカマをかけた。「ファストウのすることを役員会はすべて承認した、スキリングもその一人だったと。ファストウが口を割ったとき不意打ちを食らわないよう、お耳に入れておくほうがいいと思いましてね」

キャラブリーズはまんまと引っかかった。僕は再びゲルガーに電話し、スキリング側の人間からオフレコを条件に聞いた話だが、あちらはファストウが何をしていたかまったく関知していなかったと言っている、というでたらめを伝えた。ゲルガーは、ファストウの代理人《スポークスマン》でニュージャージーにいるゴードン・アンドリューを紹介してくれたが、僕は彼にもでまかせを話した。こうやって、両陣営を、あいつは自分を陥れるつもりかと疑心暗鬼にさせておいて、スキリングとファストウのいずれか、または両方から、白黒つけるための独占インタビューをとろうとしたのである。僕はキャラブリーズに、アンドリューから送ってもらったエンロンに関する文書を送り、アンドリューには、キャラブリーズから送られたエンロンに関する文書を送った。そして、いずれの陣営も、僕は内通者で、僕だけに独占取材させれば汚名をすすいでもらえると信じるよう仕向けていった。スキリングとファストウがこれにまんまと引っかかれば、一面トップは確実だろう。何しろこのときのスキリングとファストウは、オサマ・ビン・ラディンを別にすれば、ジャーナリストが世界で最もインタビューしたい人物に挙げられていたのだから。実名の談話である限り、どちらがどんなことを話そうと関係なかった。

僕はこの芝居を三週間続けた。キャラブリーズとアンドリューは、僕が吹き込んだでたらめにどう対応すればいいかわからず、自分のしっぽを追いかける犬のように同じところをグルグル回っていた。先に音を上げたのはキャラブリーズだった。一二月一九日水曜日の夕方六時頃、彼から電話がかかってきた。

「ジェイソン？」

「はい、僕です」

「スキリングの弁護士デニス・キャラブリーズです。ファストウの最新情報をご提供くださり大変感謝しています」

「気にしないで下さい。前に申しましたように、僕はスキリングさんが大好きで、今回の件で非難されるのを見るに忍びないんです」

「ええと、あなたのその行いは報われそうですよ」とキャラブリーズ。「スキリングが今度何人かのインタビューを受けるのですが、インタビュアー三人のなかの一人に、あなたを指名しています」

僕は数秒間、頭の中が真っ白になった。それは、本当に本当なのか？　次の瞬間、僕はこれまでのキャリアで最大の特ダネを掌中にしたことを悟った。真っ先に頭に浮かんだのはレベッカ・スミスのことだ。どうか彼女が、スキリングにインタビューするほかの二人に入っていませんように。

「デニス、最高に栄誉なことです」僕は言った。「でも、ほかの二人が誰なのか聞いてもいいですか？『ジャーナル』が来るようだと僕はこの仕事ができませんので」

「あそこには声をかけていません」デニスが言った。「エンロンを攻撃したことでスキリングが非常に立腹しています。地元新聞である『ヒューストン・クロニクル』に『ニューヨーク・タイムズ』、そして三人目があなたです」

上等だ。新聞なら勝負は見えている。『タイムズ』も『クロニクル』もこっちより一日遅れる。僕はその日のうちに書いた記事を配信できる。その記事を見たら『ジャーナル』も今度こそ僕を無視できまい。

「お話をうかがえるのはいつですか？」僕は聞いた。

「実はそれだけが問題で」とキャラブリーズ。「金曜日の正午前にワシントンＤＣに来ていただきたいのです。ですから、ええと、あなたは西海岸なので、明日夜にはお発ちにならないと」

「その時間にうかがいます」僕は答えた。「場所はどこですか？」

「オメルベニー・アンド・マイヤーズ[*1]の法律事務所です」とキャラブリーズ。「そこのブルース・ヒラーという弁護士が、国会や証券取引委員会の喚問でスキリングの代理人を務めます。ブルースにあなたの連絡先を伝え、法律事務所までの道順をメールさせましょう」

「何もかもお世話になります」僕は言った。「一つお願いなんですが、僕がインタビューすることは伏せておいてもらえますか?『ジャーナル』が知ったら邪魔をしてくると思うので」

「どこにも漏らさないよう、しっかりふたをしておきますよ」彼は言った。「ご心配なく」

僕は電話を切ると、歓喜の叫びを上げた。

「何？　いったいどうしたの？」残業していたもう一人のエネルギー担当記者、ジェシカがびっくりして聞いた。

「ジェフ・スキリングのインタビューができることになった」

「なんですって！」と彼女。「嘘じゃないでしょうね？」

あとは、取材のためにワシントンDCに飛ぶ許可をとらなければいけない。前日予約になるので飛行機代は高額だろう。いちばん安い便でも三〇〇〇ドルはする。自宅に戻っているアンドリュー・ダウエルに電話した。東海岸は午後一一時。

＊1　世界各地にオフィスを構える大手法律事務所。

「ドルー、一大事です」僕は言った。「たった今、スキリングにインタビューできることになりました。ただし場所がワシントンDCです。金曜の正午を指定されたので、それまでに飛行機で行かないといけないんです」

「わかった。ジーンに電話してみる」彼は言った。「今どこだ？　折り返し連絡する」

「支局です」

ジーン・コルターは、ダウ・ジョーンズの編集部長補佐だ。ドルーから折り返し電話が来て、ジーンが『ジャーナル』もインタビューに同席するのか気にしていたと言う。

「いえ」と僕。「『ニューヨーク・タイムズ』と『ヒューストン・クロニクル』、それに僕の三人だけです」

「わかった」ドルーが言った。「もう一つ聞かれたんだが、こっちから誰か行くのではまずいかね？　そのほうが交通費が安く上がるんだ」

「気は確かですか？　このインタビューを取り付けるのに僕がどれだけ苦労したか。丸一カ月、そのために頑張ってきたんですよ。誰にも渡しゃしない。よしてくださいよ」

「まあまあ、落ち着け」ドルーが言った。

もし、ドルーが僕からこのチャンスを奪うようなことをしたら、僕は即刻、辞表を叩きつけただろう。そして自分の金でワシントンDCに飛び、どこかの雑誌か新聞にインタビュー記事を売っていただろう。幸いなことに、彼はゴーサインを出した。

「それから、間違っても、このことは吹聴しないでくださいよ」僕は念を押した。「『ジャーナル』

が嗅ぎつけたら、例によって邪魔してくるだろうから。予定表にも入れないで、金曜の午後まで忘れていてください」

ダウ・ジョーンズでは、毎日の予定稿を表に書き込む。『ジャーナル』のデスクも毎朝これを見て、たまにそこにある記事を使う。しかし、スキリングのインタビューを僕がやることがちょっとでも漏れたら、彼らはきっと僕の代わりにレベッカを行かせる。

ジェシカとドルーのほか、このインタビューを知っていたダウ・ジョーンズの人間は四人。『ジャーナル』に隠しているのがばれたら、首を狩られるだろう。『ジャーナル』はエンロン事件へのなわばり意識が異常に強かった。自分たちが扱うべき事件で、ダウ・ジョーンズには一切手出しはさせないという態度だった。

木曜日の夜、僕はワシントンDCに向かい、翌朝早く到着した。初めての場所。機内では緊張のあまり一睡もできず、六時間のフライト中、自分流の速記術をおさらいして過ごした。キャラブリーズからテープレコーダーは使えないと言われたからだ。どんな録音テープも証拠として政府に押収される恐れがあるのだという。

ドルーとジーンから、スキリングへの質問リストを渡されていた。ほとんどが辞職直前のエンロンの財務状況やスキャンダルの核心である簿外《オフ・バランス・シート》のパートナーシップを彼が知っていたかどうかを聞くものだった。

僕は空港からタクシーで市内に出た。だるかった。顔はぎとぎとで、口が渇いている。完徹したのは、エイトボールのコカインを吸ったとき以来だから、三年ぶりか。この頃の僕の眠気覚ましはコーヒーだけだ。スターバックスに入り、エスプレッソを五杯飲む。神経が少し高ぶっただけで期待したほど効果がない。ワシントンDCの気温は氷点下一七度。インタビューまでまだ四時間もあった。

ファストウの代理人《スポークスマン》ゴードン・アンドリューに電話し、スキリングとインタビューすることを知らせた。スキリングが話すと知れば、ファストウも考えてくれるのではないか。「スキリングが何を言うかによりますね」アンドリューは言った。「終わったらまた電話して内容を教えてください」

あまりの寒さで観光どころではなく、商店街で時間をつぶすことにした。それから徒歩で、オメルベニー・アンド・マイヤーズへ向かう。体が震える。寒さのせいではない。緊張のためだ。

僕が着いたとき、『ヒューストン・クロニクル』の記者がちょうど会議室から入れ替わりに出て行った。僕らはうなずきを交わした。一人の弁護士から、スキリングに関する新聞の切り抜きのファイルを、参考資料にといって渡された。

スキリングの弁護士ブルース・ヒラーは、皮肉にも、スキリングのような人間を検挙する証券取引委員会でかつて働いていた。彼は僕を会議室に案内し、悪名高い元CEOに引き合わせた。スキリングは思ったより背が低い。せいぜい一七〇センチで、頭は禿げている。こんな小男がよく、あれほどの巨大企業を動かせたものだなと感心した。見るからに痛々しく、悲しいピエロのような渋面をずっと崩さない。

僕は、以前カリフォルニアの電力危機の取材をしていて、一年前、FERCのスクープを流したときは電話でスキリングから祝いの言葉をもらったことを話してみたが、彼は覚えていないと言った。

「時間は四〇分です」同席しているヒラーが言った。ナップザックから黄色い速記用ノートを取り出し、早速、質問を始める。

「アンドリュー・ファストウが簿外のパートナーシップを通じて金銭的利益を得ていたことは知っていましたか？」

「まったく知りませんでした」こちらに向けた目を子犬のようにしばつかせて、スキリングが答えた。

「エンロンの財務状況についてはどうですか？」質問を続ける。「あなたが会社を辞めたとき、会社はどんな状態でした？」

「絶対に、間違いなく、私は、八月一四日に会社を去った時点で、会社に何か問題があるのではないかという心配はしていなかったし、そう認識もしていませんでした」リハーサルしたような答えだ。「会社の中心をなす卸売業務はかつてないほど強化されていました。第３四半期の収益報告は黒字でした」

まるで尋問しているようだった。五年前、僕が逮捕されて警官から質問されたときのような緊張を、彼も感じているのだろうか。スキリングがエンロンの株を売ったことについて詳しく聞こうとすると、ヒラーが何度となく僕を遮り、スキリングに答えさせまいとした。エンロンが利用していた簿外のパートナーシップに何らかの役割を果たしていたのではないかと聞いたときも同じだった。

インタビューを進めるうちに、自分が溌剌としてくるのを感じた。アドレナリンが湧き出ている。四〇分間でとったメモは一一ページ。『ウォールストリート・ジャーナル』の一面を埋めてもまだ余る。道具をしまい、スキリングに別れを告げた。握ったその手に力がこもっていない。哀れっぽいな、僕は思った。見事な演技だ。

そこからタクシーを拾い、記事を書くためダウ・ジョーンズのワシントンDC支局へ向かった。ニュージャージーのドルーに電話し、歴史に残るスクープの準備を頼んだ。

「あいつ、とぼけ通しですよ」スキリングの態度を僕はこう評した。「エンロンが崩れ落ちていくのを見るのは、まるで世界貿易センターの倒壊を見るているような気持ちだったって」

「いいぞ」とドルー。「それ、使えるな」

ワシントンDCの支局長に、僕が来たわけを話すと、まったく聞いていないといって怒り、僕がインタビューしたことを責めた。支局長に机を用意してもらうと、僕はノートを取り出し、シンフォニーを作曲するベートーヴェンのように力強くキーボードを叩き始めた。リードができたところで携帯が鳴った。兄のエリックだ。「元気?」僕は聞いた。

「さっき結婚したんだ。それを知らせようと思ってな」エリックが言った。

「本当か？　こりゃ驚きだ。おめでとう」

「どうも。実は駆け落ちしちまってさ」とエリック。「裁判をしてたんだよ」

「そうか、でもよかったな」僕は言った。「実は今、ワシントンDCにいて仕事の締め切り直前なんだ。ジェフ・スキリングのインタビューをしてその記事を書いてるところだ」

「あっそ。じゃ、ロスに戻ったら電話くれよ」

エリックに悪いなと思った。しかし、そのときの僕は、兄の二度目の結婚にもかまっていられなかった。この記事と、僕の署名を見たときのレベッカの呆然とした顔、それだけに全神経を集中させた。

インタビューの余韻が消えないうちに一時間で記事を仕上げた。ドルーは恐らく、この倍の時間をかけてチェックするだろう。細かいところに彼はいちいちこだわる。タクシーで空港へ行き、夕方六時の便でロサンゼルスへ向かった。一九時間動きっぱなしだ。離陸を待たず、僕はダウンした。

ロサンゼルスに到着するまでの間に、知らない記者たちから山のようにメールが来ていた。皆、エンロン事件の担当で、なぜスキリングにインタビューできたか知りたがっていた。真相を知れば、彼らはジャーナリズムのルールを犯した僕をピニャータ[*2]のように吊るして袋叩きにするのだろうけれど。

『タイムズ』と『クロニクル』の土曜版が出るのは、こちらの記事の配信から何時間もあと。だから、ほかのメディアの多くが、インタビューは僕の独占だったと思っても不思議はない。

ドルーが記事を配信したのは、東部時間の午後八時。「エンロン元CEOスキリング、同社崩

＊2　高いところに吊るした人形を子供たちが棒で叩き、中に詰めた菓子を奪い合う中米のクリスマス行事。ピニャータはその人形。

壊に果たした役割を否定」という見出しがついていた。インタビューは単刀直入で、ほとんどスキリング一人がしゃべっていた。月曜朝には『ジャーナル』にも同じものが掲載されるはずだった。ところが、掲載が見送られた。『ジャーナル』のエンロン事件のキャップであるジョナサン・フリードランドが、掲載を拒否したためであることがあとでわかった。

フリードランドは、僕の記事をレベッカとジョンに見せ、スキリングの陣営に抗議しろと言った。ジョン・エムシュウィラーは、スキリングのワシントンDCの代理人《スポークスウーマン》ジュディ・レオンに電話し、彼とレベッカではなく、ジェイソンに記事を書かせるとは何事だと彼女を詰問した。ジュディがその後、電話で僕にこのことを教えてくれた。

「エムシュウィラーはよほどあなたが憎いとみえますね」とジュディ。「こんなこと言いたくないですが、あなたの記事がどんなに間違いだらけか、延々と話してましたよ」。

「すまなかったね、ジュディ」僕は言った。「あいつが何でそんなことを言うのかわからない。会ったこともない奴なのに」

「謝ることないわ」と彼女。「でも、気をつけてね。『ジャーナル』にはジェイソンの記事を使えばよろしいでしょうって言ったら、彼、あなたは何もわかってない、僕とレベッカのスクープなんだから、インタビューも僕らがすべきなんだって」

むかっ腹が立ったが、怒りの持って行き場がなかった。僕の中の薬物依存症患者が何ラインかのコカインを猛烈に欲したが、僕はその衝動を押さえつけた。

月曜日の朝、『ジャーナル』の最大のライバル『フィナンシャル・タイムズ』が僕のスキリングのインタビュー記事を署名入りで掲載した。これを見たニューヨークの『ジャーナル』編集局の幹部連中は、僕がインタビューすることを教えなかったアンドリュー・ダウエルを責めた。

「自社の記者がした仕事を『フィナンシャル・タイムズ』に持っていかれたもんで、逆上してるのさ」ドルーが言った。彼は『ジャーナル』のデスクたちに、ダウ・ジョーンズの編集部長補佐ジーン・コルターが、フリードランドに僕のインタビューの件をちゃんと伝えたこと、ところが、フリードランドが掲載を拒んだため、他紙が自由に使えることになったことを説明した。

「フリードランドは絞られるな」ドルーは嬉しそうに言った。

あくる金曜日、僕はまたも最優秀賞《エース》と賞金五〇ドルを獲得した。

二〇〇一年一二月二八日までの週間最優秀賞《エース》
ジェイソン・レオポルド（ロサンゼルス）――エンロン元CEOジェフ・スキリングのインタビュー成功に対して。ダウ・ジョーンズ・ニューズワイヤーズはこれにより、スキリングとのインタビューに成功した三つの報道機関のうちの一つとなった。エンロンが破産手続きに入ってからスキリングが公に発言したのはこれが初めて。同記事は『フィナンシャル・タイムズ』にも掲載された。氏の粘り強さと飽くなき報道意欲を証す記事である。氏はワシントンに飛んでインタビューを行い、記事を書き上げるや直ちにロサンゼルスに引き返した。

こうした論評をされると、さらに上を目指し、デスクに好印象を与え続けなければという気持ちになるものだ。僕はほかの記者に先駆けてスキリングのインタビューができるとは夢にも思っていなかった。しかしそれはできた。ちょうどよいとき、よい場所にいて、少しの幸運に恵まれたわけだ。

二〇〇二年一月、僕は、エンロンのエネルギー小売り部門であるエンロン・エナジー・サービス（EES）の元従業員数名に電話した。このうち誰かが、カリフォルニアの電力危機でエンロンが果たした役割を知らないかと思ったのだ。EESはカリフォルニアで電力の売買を行っていた。同社についてはすでに、エンロンの損失を膨らませたとか、市場操作のツールだったとかいう噂がささやかれていた。

キム・ガルシアはEESの元秘書の一人で、エンロンが倒産した年の一二月に解雇されていた。僕は彼女から、カリフォルニアの電力危機やエンロンの関与について話をしてくれそうな元EES従業員を紹介してもらうことになっていた。

いったん話が終わったあと、キムは、実はずっと悩んでいることがあり、意見を聞きたいと言って、こんな話をしてくれた。

「一九九八年、私を含めた秘書七五人が、空っぽのトレーディング・フロアに連れてこられて、電力と天然ガスを電話で売る演技をさせられたことがあったの」とキム。

「なぜそんなことを?」と僕。

「ウォールストリートのアナリストたちが視察に来るので、よい印象を与えるんだと言ってたわ」

「それは奇妙だ」

「ええ、奇妙だったわ。だって、電話はつながってないし、コンピュータの電源も入ってないのよ。アナリストにEESが盛況なところを見せれば評価を上げてもらえると言ってた」

「待てよ」僕は思い当たることがあった。「それはEESの話だよな？」

「ええ」

話がつながってきた。EESは、始めたばかりの規制緩和で、地元電力事業者から開放された顧客に電力を売るため、一九九七年後半に設立されたエンロンの子会社だ。カリフォルニアでの顧客獲得を強力に推進していた。一九九八年当時はまだ小規模だったが、エンロンはウォールストリートに対し、EESはすでに急成長し、カリフォルニアの顧客との販売契約が数十億ドルもの収益をもたらしていると説明していた。しかし、これは嘘だった。本当は、EESは風前の灯火だったのである。そこでエンロンは、偽りのトレーディング・フロアに窓際族を大勢集め、トレーダーのふりをさせ、ウォールストリートのアナリストたちを欺いた。EESが活況を呈していると信じた彼らは、ニューヨークに戻ると、視察結果をもとに株式の購入を勧めた。このようにして、規制緩和がエンロンに財務上の利益をもたらした。そしてエンロンの株価を上げた。すべてはペテン、映画『スティング』そのままの世界である。たいした詐欺師だ！

「これは記事にできそうだ、キム。ほかの記者に話さないでくれよ。僕が調べてみる」

「お望みなら、ほかにも話をしてくれそうな人たちがいるわ」

「それはよかった。一、二時間したらまたかけるから」

この調査には一カ月以上を費やした。僕はエンロンの元従業員二二人から話を聞いたが、それが終わる頃には、スキリングを首謀者とするエンロンの詐欺中の詐欺の全貌をつかむことができた。彼とケン・レイ、EES社長ロウ・パイ、EES副社長で、二〇〇一年ブッシュ大統領から陸軍長官に指命されたトーマス・ホワイトは、何百人ものウォールストリートのアナリストを率いて、まやかしのトレーディング・フロアを案内した。エンロンはこの猿芝居に五〇〇万ドル以上も費やし、相場表示機と薄型モニターの並ぶ活気あふれるトレーディング・フロアを演出した。

そこに集められた秘書たちは、臨場感を出すために、机上に飾る家族の写真まで持って来るよう指示されていた。レイ、スキリング、パイ、ホワイトがアナリストを連れて来る直前、秘書たちは一斉に電話をとり、商談しているふりをした。その電話回線はつながっていなかった。

ところがペテンはまんまと成功した。EESのトレーディング・フロアを視察するためヒューストンに招待されたウォールストリートのアナリストの一人からも話を聞くと、エンロンの事業のなかでも最も忙しそうな会社と思ったので、ニューヨークに戻ってから投資家に同社の株を大量に買うよう勧めたとのことだった。

二〇〇二年二月六日、僕の記事が配信された。「一九九八年、エンロンにトレーダーのふりをさせられた、と秘書」真っ先にメールを送ってきたのはダウ・ジョーンズの編集副部長リンダ・フングだった。

ジェイソンへ

『ジャーナル』があなたのエンロン記事を明日のC1に掲載します。修正がないか確認の連絡がありました。

よろしく。

ダウ・ジョーンズ・ニューズワイヤーズ編集副部長
リンダ・フング

僕は狂喜乱舞した。学校でいちばん人気のある男子に、卒業パーティーのダンスパートナーになってほしいと言われ頭に血が上った女の子みたいに、椅子の上で跳ねた。署名の肩書きはダウ・ジョーンズ・ニューズワイヤーズと『ウォールストリート・ジャーナル』どちらになるのだろう？　『ジャーナル』は、よその記事を使ったと見られたくないからだろうが、まれに、ニューズワイヤーズの記者にもスタッフライターの肩書きをつけるのだ。僕は早速、ドルーにこのことを報告した。

「ドルー、『ジャーナル』に僕のエンロンの記事が載りますよ！」

「ついにやったか！」彼は言った。「お前には驚かされっぱなしだな」

『ジャーナル』の編集局次長ラリー・イングラシアからも記事を褒めるメールが届いた。

ジェイソンへ
君の見事なエンロンの記事（まさにポチョムキン[＊3]だな）をWSJ《ウォールストリート・ジャーナル》三面に大きく載せる

ことにした。エンロンの陰謀はすべて暴いたと思うたびに、驚愕の事実が浮かび上がるな。明日の紙面でいちばん読まれる記事の一つになるだろうな。

おめでとう。

ラリー

その翌朝、僕は『ジャーナル』の支局に新聞を何部か取りに行った。レベッカとエムシュウィラーに見せつけてやりたいと思ったが、彼らの姿はなかった。今度の記事は、連中には痛烈な一撃になったろう。『ジャーナル』のマーケット版を抜き、真ん中のページを開くと、流れるような美しい太文字の書体が現れた。

〈策略か? エンロン従業員、アナリスト視察団に好印象を残すため多忙なトレーダーのふりをしたと語る〉

ジェイソン・レオポルド(ダウ・ジョーンズ・ニューズワイヤーズ)

『ジャーナル』の編集局次長ラリー・イングラシアはリードも変更したらしく、僕の文とは違った。彼のリードは簡潔で、全体をひと言で言い表していた。「ごまかしはエンロン本社の財務だけではなかった」

その日の朝届いた四二件のメールは僕を感動させた。最初のメールはダウ・ジョーンズ・ニューズワイヤーズの会長兼CEO、ピーター・カンからの心のこもった祝辞だった。CEOからのメールなんて、そうめったにないことだ。『ジャーナル』のデスクや何十人という記者からも祝いの言葉が届いた。僕を無視したのはレベッカ、エムシュウィラー、それにフリードランドの三人だけだった。

CNN、MSNBC、CNBC、『ニューヨーク・タイムズ』、それにいくつかの国際的な新聞も、まやかしのトレーディング・フロアのニュースを取り上げた。彼らは、エンロン文化《カルチャー》のすべてがここに集約されている、と報じた。『ジャーナル』の記事には、主にこの六年の僕の経歴も紹介されていたが、その年月には、僕のすべてが集約されている。この頃の僕は、自分のことを、本当はまがいもので嘘つきの使い込み犯、つまり、ジェフ・スキリングやアンドリュー・ファストウやケン・レイと大差ない人間だと考えていた。

ナショナル・パブリック・ラジオの番組「市場《マーケットプレイス》」が放送した「盲信」と銘打ったエンロン特集では、僕も『ニューヨーク・タイムズ』『フォーブズ』『フォーチュン』の大物と並んでインタビューを受けた。

よし、次はもっと上を行ってやろう、そう僕は思った。だんだん強いドラッグを求めていく

＊3　一八世紀ロシアのエカテリーナ女帝の地方巡業のため、行く先々の村に美しい光景をつくらせたポチョムキン将軍のこと。転じて、事実を隠すための政治上の派手な見せかけをいう。

「ニュース・ジャンキー」になっていたのである。その偏執狂的な行動で、またしても仕事を失うことになるとも知らずに。

それから一週間たったとき、ファストウの代理人ゴードン・アンドリューから、ある垂れ込みがあった。エンロンは最高幹部たちに、彼らの担当部門が惨憺たる成績だったにもかかわらず、何千万ドルという報酬を賞与や株式として支払っていたというのである。彼はその明細を、ファストウから直接聞いたものだと言って僕に教えてくれた。エンロンから莫大な報酬を得ていたのはファストウだけではない、皆同じだったのだ、そう彼は言った。そして僕はこれをそのまま記事にした。その記事を『ジャーナル』も掲載した。

二日後、アーデン・デールのもとに、かつてのエンロン役員で、記事で名指しされたレベッカ・マークの代理人を名乗る女性から抗議の電話がきた。僕の書いた数字は完全にでたらめだというのである。ほかにも、僕が名前を挙げたロウ・パイ、ジェフ・スキリングをはじめとする元役員の弁護士や代理人から、間違いを指摘する電話がアーデンのもとに続々と寄せられた。僕は、ファストウと彼の飼い犬に見事に嵌められたのだ。ファストウの弁護団は、彼らの依頼人は巨額の金を手にした大勢のエンロン役員の一人にすぎないとの情報を流すことで、裁判を有利に展開しようとしたのだ。しかし僕が書いた記事で唯一、抗議に対して持ちこたえられた事実は、五人の役員は間違いなくエンロンで働いていた時期があったということだけだった。

事情を洗いざらい上司に話し、自分がファストウ陣営に嵌められたことを認める代わりに、僕はエンロン広報のマーク・パーマーを非難してみせた。アーデンとアンドリューに情報源を偽り、ゴードン・アンドリューが唯一のネタ元だったことを隠した。ダウ・ジョーンズは、たった一人の人間、しかも連邦政府に訴えられている渦中の人物との会話だけを情報源に記事を書くようなことは、絶対に許さないだろうからである。

騒ぎはどんどん大きくなり、僕はパニックを起こした。父に追い詰められ、絶望のなかで嘘をつき続ける一二歳のときの自分に再び戻っていった。悪いことだとわかっていても、襲ってくる得体の知れない恐怖にがんじがらめになった。

結局、『ウォールストリート・ジャーナル』が、五段落にわたる二つの不名誉な撤回告知を訂正記事の形で掲載することになった。さらにその二日後、僕はアーデンから電話で、今後、エンロンに一切手を出さないよう通告された。

「嫌です！」僕は抗議した。「僕はこれを追いたいんです！」

「それは難しいわね」と彼女は答えた。「あなたは外します。もう一つあります。『ジャーナル』はレベッカとジョンをピューリッツァー賞の候補に推薦する予定で、あなたにそれを邪魔されたくないんです。今度の訂正記事は『ジャーナル』の印象を非常に悪くしてしまいましたからね」

「アーデン、僕は二年間この会社で働き、二〇〇〇本近く記事を書いてきた。でも訂正を出したのはたったの五件です。成績はとてもいいはずですよ」

「ジェイソン、『ジャーナル』はあなたにエンロンの記事を書いてほしくないのよ」彼女は強硬だった。

「エンロンは駄目だとおっしゃるなら」僕は言った。「辞めるしかありません」

「どうぞお好きなように」

二〇〇二年三月末、僕はダウ・ジョーンズを辞職した。丸二年にあとほんのちょっと足りなかった。のちに同僚の一人から聞いた話では、アーデンはこのとき僕を解雇するつもりだった。理由は、彼女とアンドリューが、『ジャーナル』に訂正記事が出る前に、僕がネタ元について嘘をついていることに気づいたからだ。これを教えてくれた友人は、アンドリューは、僕をエンロンの担当から外せば、自分から辞めると言い出すことまで読んでいたのだと言った。それほど僕はエンロンに熱を上げていたということだろう。今だから言えるが、僕は当時の自分の行動を深く後悔している。あのときの僕の振る舞いは、完全に依存症患者のものだった。その世界では、自分が生き残るためにはこれが絶対必要なんだ、と思い込んだら最後、嘘など取るに足らないことになってしまうのである。

ダウ・ジョーンズを去る二週間前、僕の最後の記事が配信された。うち一つは、元ＥＥＳ副社長で、ブッシュ政権の陸軍長官トーマス・ホワイトについて、三カ月を費やして調べたものだった。トレーディング・フロアの記事のときと同じネタ元から、ＥＥＳ在職当時、ホワイトが同社の損失を隠蔽するのに手を貸したという情報を得ていた。

僕はあのとき、ホワイトハウスにペンを向けようとしていたのである。それができるうちに、自分の損失も食い止めておくべきだった。

第11章

またまたブラックリスト入り

Blacklisted Again

切羽詰まった状況になると、決まって注意が疎かになる。当時の僕の仕事の進め方は常にそうだった。立派な記者になる才覚を持ちながら、愚かしいミスを犯す。たとえば代名詞の間違い。あるいはスペルの確認ミス。取材ノートの確認を怠り、相手が言ってもいないことを書いてしまったこともある。これが僕のアキレス腱だった。常に第一報を書こうと焦るあまり、つまらないミスを犯し、小さな傷口をほかの記者たちから攻撃されるのだ。

ダウ・ジョーンズを去った僕のもとに、『ニューヨーク・タイムズ』と『ロサンゼルス・ビジネス・ジャーナル』の記者から電話がかかってきた。彼らは、『ジャーナル』に出た長たらしい訂正記事が、僕の解雇された理由なのか確かめたがっていた。僕が、ダウ・ジョーンズを辞めたのは、カリフォルニアのエネルギー危機に関する本を執筆するためだと言うと、彼らはそれ以上の追及をやめた。彼らが僕に抱いた関心はネガティブなものだったとはいえ、僕は、名前に常に注釈がつけられる有名人にでもなったような、くすぐったい気持ちがした。

ダウ・ジョーンズを辞めた僕は、カリフォルニアのエネルギー危機とエンロンに関する一連の業績をひっさげ、新進のフリージャーナリストとして再出発することになった。そして、この二つのテーマに関する記事をサロン・ドットコム[*1]、『ネイション』『アントレプレナー』、CBSマーケットウォッチ、ロイターに寄稿した。エンロン事件に取り組む一部の政治家にも協力した。連邦政府がエンロン・スキャンダルへの関与について陸軍長官トーマス・ホワイトを告発する際は、民主党の上院議員ジョー・リーバーマンと下院議員ヘンリー・ワックスマンから協力を求められた。僕は、彼とエンロンの行った詐欺のつながりを証言できる人物の名前と電話番号を提供した。

僕は、ホワイトへの復讐の念に駆り立てられていた。『ネイション』の記事では彼を酷評し、その辞職を求めた。直接彼のもとで働いていた元エンロン従業員に何度もインタビューし、その内容をもとに、ホワイトがエンロンの行った詐欺の中心にいたことを何度となく記事にしていた。僕はエンロンの醜聞をブッシュ政権にまで広げようとしていたのである。ホワイトは陸軍長官として政権内で重要な地位に就いていた。ただ、決定的な証拠がない。しかし、二〇〇二年七月、それはついにやってきた。

エンロンのネタ元の一人が、僕にこう話したのだ。二〇〇〇年から二〇〇一年初旬にかけて、EESの元役員が、ホワイト宛てに、同社が締結したエネルギー契約の多くが損害を発生させていると警告するメールを数通送っている、と。

のちに僕のネタ元が脅されて、その存在を否定せざるをえなくなり、話全体を僕の目の前で粉々に吹き飛ばすもとになった問題のメールには、こう書かれていた。

「でかい契約をまとめろ。第1四半期前に損失を隠せ」

EESは、二〇〇二年七月中旬に開かれた上院委員会では、損失など生んでおらず、投資家をミスリードもしていないと証言した。しかし僕のネタ元は、あれは嘘だと言う。

そこで、EESのほかの情報提供者数人にも電話して、損失を隠すことを示唆したこのメールがホワイトから同僚の一人に送られたことを知っているかと聞いてみた。そのなかの一人は、こう教えてくれた。「そのメールのことはたしかに知ってました。上司からもほかの人たちからもその話は聞いてました。そのメールは間違いなく本物です。あんなに多くの人たちがそれについて話していたんですから、まず間違いないでしょう」

面白くなってきた。僕は今度も限界に挑戦しているような気持ちになった。

別の情報提供者たち――合計二四人――にも電話で話を聞いた。メールの正確な意味を確かめ、話の筋が通るようにしたい。そのなかでただ一人、詳しい説明をしてくれたのは、ホワイトの近くで仕事をしていたEESの元上級役員だった。

元役員は、EESが、インディアナに本社を持つ製薬企業イーライ・リリー、およびオーエンズ・コーニング[*2]、クエーカー・オーツ[*3]と結んだエネルギー契約書のコピーを持っている、と僕に

*1 アメリカの人気オンライン雑誌(Salon.com)。
*2 オハイオ州に本社がある世界最大のグラスファイバーおよび関連製品の製造会社。
*3 シカゴに本社があるシリアルメーカー。

言った。それらの契約書には、すべてホワイトの署名がなされ、幻の収益を生むためにEESが使った会計手法のもっともらしい説明も記されていた。この契約書は、ホワイトが何を知っていたのか、いつそれを知ったかのかを明らかにする裏づけ資料だった。

イーライ・リリーの契約書には、同社が契約を締結すれば、EESから五〇〇〇万ドルが現金で支払われるということが書かれていた。この契約書にはさらに、エンロンとイーライ・リリーとの簿外のパートナーシップに関する説明もあり、それは、EESがしていたことがネズミ講以外の何ものでもないことを明瞭に示していた。

エンロンは二〇〇一年のプレスリリースで、これを一〇・三億ドルの契約と発表した。しかし今回入手した資料では、本当は六億ドルで、EESがここから利益を上げられるとしても、せいぜい一億ドルにすぎなかった。クエーカー・オーツとの契約書には、EESが、電球を交換する程度の業務から、いかにして架空利益を上げるかの仕組みが記されており、オーウェンズ・コーニングとの契約書には両社間の別の簿外のパートナーシップの詳細が記されていた。

損失を生み出す事業から架空利益を計上する、エンロンの手口を示したこれらの文書を含め、二週間の調査で僕が手に入れた六〇ページ分の資料のいたるところにホワイトの小細工を見てとることができた。

さらに何人かの情報提供者が、EESが長期にわたって架空利益を上げるために使われた会計上のトリックと、カリフォルニアほか各州でエネルギー販売契約をとり始めたその日から、EESは何百万ドルという損失を生み出すことをホワイトが知っていたわけを説明してくれた。

こりゃ、ピューリッツァー賞ものだぞ。僕はそう思った。僕はサロン・ドットコムのワシントン支局長ケリー・ラウアマンに、判明した事実を説明した。サロンにはそれまで五本の調査記事を書き、一種の忠誠心を抱いていた。

ラウアマンは大いに興奮した。これで、ホワイトが自分の運営部門が何千万ドルもの損失を出すことを十分承知していたこと、エネルギー販売契約がきわめて疑わしいものであったことを明らかにできる。僕らはそれを裏づける証拠を手にした。僕らは思った。ホワイトは終わったと。

僕は、決定的証拠であるメールと残りの書類をラウアマンにファックスした。ＥＥＳの情報源の一人は、ホワイトが用いた疑わしい会計処理を僕が理解できるよう、わざわざコンピュータで図解までしてくれた。

ホワイトの出したメールの信憑性をエンロンに確認することはできなかった。同社の人間は誰一人、僕に話をしてくれなかったからである。そこでホワイトの新しい雇い主、つまりペンタゴンに電話し、ホワイトの代理人《スポークスマン》であるマイク・ハルビッグ少佐にこのメールのことを質問した。ハルビッグは、もうこの話は終わりにするべきであり、ホワイトはすでに証言も行って、あれ以上何も話すことはないと答えた。

「ええ、しかしあなたはわかっていませんね。僕はこのメールと文書、ホワイト長官が一人の社員に損失を隠せと指示したことについて記事を書くつもりなのです」こう言うと、ハルビッグは黙ってしまった。

このことをラウアマンに話すと、彼はホワイトにチャンスを与えようと言った。そこで僕は、単にホワイトはコメントを避けたとだけ書くことにした。

このとき、もう少し頭を働かせるべきだったのだろう。何しろ相手は、ホワイトハウスとペンタゴンという強大な組織。こちらの正体がばれる恐れも十分ある。重犯罪の有罪判決を受けたことや、薬物常習の過去が周知の事実となるかもしれない。そうなったら僕は破滅する。しかし、僕はこうも考えた。なるほど僕は重犯罪人だ、しかしホワイトはもっと悪党であり、僕はその証拠も押さえている。このスクープはとことん追及しなくてはいけないのだと。

僕は手持ちの資料を税理士、会計事務所、アナリスト、研究者らに送り、会計用語を普通の言葉《プレイン・イングリッシュ》に置き換えるのを助けてもらった。彼らは一様にこう感想を漏らした。「なんとまあ、エンロンは本当に際どいことをやってたな。よく会計士が許したものだ」

僕が記事を書いている間に、サロン・ドットコムでも書類を熟読していた。誰一人、内容に疑問を持つ者はいない。

資料の信憑性について僕は心配していなかった。すべては本物と思われた。しかし、決定的証拠であるメール、ホワイトがエンロンの役員に第1四半期前に損失を隠せと指示したメールにはコードやヘッダーがなかった。仮にそこまでやろうとした人間がいたとしたら、細工の可能性もないではない。しかし僕は、このメールは本物だと信じた。

ラウアマンと僕は、サロン・ドットコムのウェブサイトに、そのメールも含めてすべての資料を掲載してしまおうかと相談したが、サロンの編集部長が、クレジットも入れずに記事を書く連中に、苦労して手に入れた成果をくれてやることはないと言って反対した。

原稿をメールで何度かやりとりした末に、最終的に四〇〇〇ワードの読みごたえある記事が完成した。僕は今度も、自分の限界を超えることができたと思った。力がみなぎって、至福の境地にいた。

サロン・ドットコムは、記事の掲載をしばらくためらっていた。国会は夏休み中で、多くの議員がワシントンDCを離れていたからである。僕らは、労働者の日《レイバー・デイ》のあとのほうがいいのではないかとも考えたが、あまり待ちすぎると別の報道機関に抜かれる心配がある。その危険は冒したくない。サロンは結局、記事を一週間温めたあと、二〇〇二年八月二九日に出すことに決めた。タイトルは「トム・ホワイトはエンロンの損失隠しに重要な役割を果たした」。痛烈だ。記事の内容は、ホワイトをエンロンの崩壊をもたらした詐欺行為と直接結びつけるものだった。

記事はサイバースペースに静かに登場した。それだけのことだった。二週間たっても、まだ何の反響もない。僕はやきもきした。どこからも注目されない。大きな火事を起こすつもりで火をつけたのに、誰も炎に気がつかないのである。

そこで僕は、記事のコピーを、メディアや影響力のある政府の役人に片っ端から送った。サロンも同じようなことをした。しかしまだ誰も食いつかない。ブッシュ政権に立ち向かう度胸のある者は誰もいないのだろうか。

こうして二週間が過ぎたとき、ラウアマンから、『ニューヨーク・タイムズ』のコラムニストであるポール・クルーグマンから電話が行くと連絡があった。ホワイトの記事について、僕の話を聞いて、コラムを書く参考にしたいようだと言う。

「クルーグマンなら間違いないだろう」ラウアマンが言った。「頼まれたものは送ってやってくれ。どんな文書も、欲しいと言うものは渡してやってほしい」

「ええ。お安いご用ですよ」

共和党にとっては、クルーグマンはサダム・フセインのような存在だ。クルーグマンに戦争を仕掛けて無事逃げおおせるなら、彼らは一瞬の迷いもなくそうするだろう。共和党は彼を憎み、彼の書く『タイムズ』の記事を憎んだ。クルーグマンは、自身のコラムでブッシュ政権の経済・外交政策を批判し、一度ならず大統領を嘘つき呼ばわりしている。エンロンとブッシュ政権のつながりや、同社がブッシュの大統領選における最大の資金提供者だったことも書いている。ポール・クルーグマンは、本物の男だった。

まもなくクルーグマンから電話がかかってきた。

「最初に聞いておきたいんですが、なぜこれをサロンに書いたの？」と彼が聞いた。「サロンに出た話を取り上げる者はいないですからね」

僕は防御的になった。サロンに忠誠心を持っているからです、と答えた。実は、『ニュー・リパブリック』やいくつかのメディアにも電話で持ちかけてみたのだが、皆、二の足を踏んだというのが真相だった。

クルーグマンは「ところで、この問題は、僕の心をとても熱くさせるんですが」と言ったあとに続けて、僕がどうやって資料を手に入れたか、情報提供者をどうやって見つけたかを聞いた。僕は彼に、エンロンとカリフォルニアのエネルギー危機を二年間取材していたことを説明した。

資料をファックスしてくれと言われ、それに応じた。

それから二週間、クルーグマンとの間で、トーマス・ホワイトをめぐるやりとりが続いた。彼は、サロンと僕の名前を入れたうえで、僕がホワイトについて書いた記事を自分のコラムで紹介したいと言った。クルーグマンは僕の名前を世間に知らせようとしていた。二人とも、ホワイトは辞職せざるをえなくなるだろうと考えていた。

クルーグマンは、資料とメールの内容と意味についても、いくつか質問をした。僕は情報提供者の何人かに直接連絡してもらい、先方から、その質問に答えてもらうようにした。

二〇〇二年九月一七日、クルーグマンのコラム「武装した取り巻きたち」が『ニューヨーク・タイムズ』の論説欄に掲載された。最初の段落に、ホワイトがエンロンの販売担当役員の一人に宛てて書いたメールが紹介されていた。「でかい契約をまとめろ。第1四半期前に損失を隠せ」。クルーグマンは僕の名前も紹介した。雨あられと矢が降り注いできたのは、それからだ。

僕が書いた記事は、クルーグマンの目にとまるまでの三週間、サイバースペースにちょこんと収まっていた。その間、アメリカのエリート・ジャーナリストの大半は、大きな尻をドカッと下ろしたままだった。国中で働くジャーナリストは一〇〇〇人ではきかない。しかし、どんなニュースでも、彼らに広く認知されるには、『ニューヨーク・タイムズ』やCNNのような放送網で紹介される必要がある。今日のジャーナリズムには怠惰が蔓延しているのである。

クルーグマンのコラムが出て一躍ニュースが知られるようになったとき、僕が受けた電話は五〇本にのぼっただろうか。『ワシントン・ポスト』、ABCニュース、それにBBCまでが、ホワイトのニュースを取り上げたいので資料のコピーをもらえるか、と言ってきた。クルーグマンの影響力は『ウォールストリート・ジャーナル』をはるかに凌いでいた。

「やっと興味を持ってくれたんですね」厚かましくも電話で資料提供を求めてくる記者には、一人ならずこう言ってやった。自分で探せよ、怠け者！　自分の記者生活において、僕はただの一度も、記事のもとになった資料をくれと誰かに求めたことはない。

上院議員のジョー・リーバーマンとバーバラ・ボクサー、それに下院議員のヘンリー・ワックスマンにはこれらの資料を送ったが、それは、彼らが公聴会を開けるように努力する、と僕に約束したからである。もし公聴会が開かれれば、ホワイトハウスはホワイトを辞職させ、彼は二度と復職できなくなるだろう。

クルーグマンのコラムが出たその日のうちに、僕はBBCと、ABC放送のピーター・ジェニングスの「ワールド・ニュース・トゥナイト」のインタビューを受けた。どちらの局も、僕が仕事場にしていた隣家の中までカメラクルーを入れ、そこからホワイトのニュースを伝えた。

このニュースが引き起こす猛火に備えていなかった僕は、こうした事態に圧倒された。もはや鎮火は不可能。サロンはその時点では大喜びで、賞を出すという話まで持ち上がっていた。

ところが深夜になって事態は急転直下。シンデレラの物語のようにつかの間のパーティーは終わりを告げるのである。

ラウアマンから電話がかかってきた。

「ジェイソン、大変なことになった」彼が言った。

「何があった？」

「どうした？」僕は聞いた。鼓動が早くなる。

「『フィナンシャル・タイムズ』のデスクから電話があって」とラウアマン。

「今年初めに出した記事の七段落を、君がホワイトの記事に無断使用してると言うんだ」

この章の冒頭に書いた愚かなミスのことをご記憶だろうか。これがその見本だ。

僕は、ＥＥＳの怪しいエネルギー契約に関する二〇〇二年二月の『フィナンシャル・タイムズ』の記事の一部を、自分の記事を補強するために使用した。記事を書き終えたとき、そのクレジットが三カ所にしかなく、不十分だということは気づいていた。しかし、早く書き上げて発表したい一心で、あとで修正するのを忘れてしまった。不幸なことに、記事のミスはそれだけではなかった。決定的証拠のはずのメールの文章を、僕は写し間違えていた。繰り返し読んだせいか、完全に記憶していると思い込んでいたのである。ホワイトのメールを、僕はこう書いてしまっていた。「損失を隠すためにでかい契約をまとめろ」。しかし、メールのプリントアウトにある実際の文章は「でかい契約をまとめろ。第１四半期前に損失を隠せ」だった。

やっちまった。いずれも避けられたはずの、いや、避けねばならなかったケアレスミスだ。決してわざとではない。『フィナンシャル・タイムズ（ＦＴ）』のクレジットが数回入っているのは、それ以外の部分を独自取材に見せかけるためか？　僕は愚かだったが、そこまで馬鹿なことを考えやしない。サロンは訂正記事を出すだろうが、それで話はすむはずだった。ところが、僕はまたも過剰に防衛的になった。そして、攻撃されてパニックを起こしたときのいつもの戦術をとった。とっさに嘘をついたのだ。性懲りもなく。

「言いがかりだ！　何を言ってるんだ？　ちゃんとクレジットは入ってる」僕はこう反論した。

「ああ」ラウアマンが言った。「でも十分じゃない」

「そういうことなら言わせてもらうが」僕は言った。「彼らのほうこそ僕の記事を盗んでるんだぜ」

何かに取り憑かれたように、口をついて出る言葉を制御できなくなっていた。

「本当か？」ラウアマンが言った。「元の記事でそれを証明できるか？　コピーを渡してくれれば、向こうのデスクにも伝えよう」

「ダウ・ジョーンズのデータベースに残っているはずだ」僕は言った。

真っ赤な嘘だったが、すでに自分もその嘘に捕らえられていた。本当は盗作なんかされてはいない。僕が勝手に暴走して墓穴を掘っただけだ。数時間後、ラウアマンに、データベースに記事はなかったと報告した。

「これは陰謀だ！」僕は言った。「誰かが僕を陥れようとしてるんだ」

ラウアマンは、クルーグマンも抗議の件は耳にしているだろうからと言って、彼に電話をした。その後、クルーグマンから僕にメールが届いた。

「サロンからＦＴ騒動のことを聞きました。害を与える意志はないし、実際、害もなかったようですが」彼はこう書いていた。「私には事情[*4]が手にとるようにわかります。いつか、私の本のタイトル *The Age of Diminished Expectations* も、クリストファー・ラッシュ[*5]を無意識に真似していると指摘されるのでしょうね」

この男は一流だ。

サロンは訂正記事を出すことになり、僕は剽窃者の烙印を押された。剽窃は、ジャーナリストが犯す罪としては最悪のものだ。僕は一三年のキャリアを通じ、誰かの記事を盗用してやろうなどとは、つゆほども思ったことはない。僕のプロファイルには断じてない行為だ。自らつかんだ事実だけを報道する覚悟をもって仕事をしていたのだ。

サロンは、僕が嘘をついて以来、僕を信用しなくなった。当然だろう。ラウアマンは、ホワイトの記事の残りの部分も吟味せざるをえなくなった。しかし、僕はそれについては心配していなかった。大量の資料による裏づけがあったからである。

この頃ホワイトからも『ニューヨーク・タイムズ』のデスク宛てに、エンロンで仕事していた間、大きな契約を締結することで損失を隠すよう、ＥＥＳ従業員に指示するメールを書いた記憶はない、という抗議文が送られていた。

クルーグマンが、ホワイトの抗議文のことをメールで知らせてくれたが、そこには、ホワイトは、クルーグマンのコラムしか読んでおらず、君の記事は見ていないようだと書かれていた。「ホワイトは非常に下手な文面を『ニューヨーク・タイムズ』に送りました。『記事にあるような内容を言ったり書いたりした記憶はない』んだそうです。サロンが君の記事を掲載したことは

＊4　邦訳書の題名は『クルーグマン教授の経済入門』（メディアワークス）。
＊5　Christopher Lasch, *Culture of Narcissism: American Life in an Age of Diminishing Expectations*. 邦訳書の題名は『ナルシシズムの時代』（ナツメ社）。

一切知らないようです」

ホワイトの文面は、彼がメールを実際に書き、そのなかで、損失を隠す効果のある何かに言及した可能性を否定できていない。「記憶」とか「ような」といった曖昧な表現で、断定を避けている。しかし、メディアの大半は、これを強い否定と解釈した。そして彼らは僕に銃口を向けた。

僕がこの間に話をした主要なプリントメディアの記者たちは、クルーグマンが書くまではサロンの記事を読んだことがなかったと認めていたし、コラムが出たあとも、元記事を読まない連中がいた。しかし、ホワイトが『タイムズ』のデスクに抗議文を送るや、元になったすべての資料のコピーも見ていないこうした連中が、僕がホワイトのものだとした「でかい契約をまとめろ。第1四半期前に損失を隠せ」というメールの信憑性、ただ一点を攻撃してきた。『ワシントン・ポスト』、『ナショナル・レビュー』、CNNといったメディアの支局の記者から、問い合わせの電話が殺到した。

サロンが僕の記事を発表したのは、僕がラウアマンに資料を送った三カ月後だった。しかし、記事の発表から二カ月を経た今この時期に、そのラウアマンまでが、僕に同じ質問をしてきた。

「何を言ってるんですか?」僕はこう問い返した。「もちろん本物ですよ。そちらには何カ月も前に資料を送ったでしょう? もう一度よく見てください。ホワイトのサインがそこかしこにあるはずですよ」

「いや、ジェイソン」ラウアマンが言った。「僕が言うのはメールのことだ。ヘッダーがない。誰かがコンピュータで作文したのをプリントアウトしたみたいじゃないか」

その時点で、僕はまだ知らなかったが、ラウアマンは、ホワイトがメールを送った当人である僕のネタ元に電話していたのだ。ラウアマンはその人物に、メールが本物であることを示すために情報源を明かさなければならないと言った。そう言われた相手は震え上がり、情報の出所を隠し通すため、僕と話をしたことまで否定した。

「レオポルド、君はなんてひどい奴だ」その後、そのネタ元は、僕にこう言って怒鳴り込んできた。「訴えてやるぞ！　僕の名前は出すなとあれほど言っただろ。僕の人生をぶち壊しにしたいのか？　かかわっているのがばれたら刑務所行きになるかもしれないんだよ。あの編集者は、僕の名前を出すといって脅かしたんだぞ。名前は伏せてくれって言っておいたはずなのに」

「彼が君に電話するとは思わなかったんだ」僕は言った。「申し訳ない。こんなことになろうとは」

ラウアマンは、ホワイトの話、そしてメールの信憑性を確認するために、さらに何人かの情報提供者に電話で問い合わせをしていた。

メールをよく知る何人かは、メールは本物だという証言に加え、エンロンの元社員が実名で詳細を話せないわけも説明した。

「殺されたくないからですよ」

二〇〇二年一月、エンロン副会長クリフォード・バクスターが、メルセデスのハンドルにもたれかかった状態で発見された。頭に銃弾の跡が残っており、後部座席には遺書が一通。元エンロン社員の一部は、バクスターはエンロンの詐欺の内容を知っていたため殺されたと確信しており、手を下したのは元ＣＩＡか、エンロンが「警員」のために雇ったシークレットサービスのエージェントだと考えていた。これらの情報提供者は、自分が喚問され、エンロンの元役員に不利な証言を求められるのは困る、公の場でそんなことをしたら今後の職探しに響くと言っていた。

かくして、皆が口を閉ざしたのである。

ラウアマンは僕に、情報提供者、とくに問題のメールを僕に送った人物と話をしたことの証明になる電話料金請求書のコピーを送れ、と言ってきた。

僕はいよいよ窮地に追い込まれたことを知った。ラウアマンには「受動攻撃性行動」、つまり引き延ばし作戦で対応した。もはや戦場である。通話記録を送ることには同意したが、アパートにこもって何もせず、一週間後にようやく発送した。

ラウアマンはこれにも満足しなかった。僕がネタ元と話した時間は、記録を見るとたった二分。本当に会話があったと証明するには短すぎるという。

「それは留守電につながっていた時間かもしれないだろ」ラウアマンが言った。「これだけでは不十分だな」

「でも本当に話をしたんだよ。書類も送ってもらっているし」

その日、フェリシティ・バーリンガーとハワード・クルツからラウアマンに電話があった。二人は『ニューヨーク・タイムズ』と『ワシントン・ポスト』のメディア担当記者。またの名をジャーナリズムの内務調査課という。ラウアマンはこの二人から、僕と僕の記事につき、『フィナンシャル・タイムズ』から剽窃と非難された件をもとにネガティブな記事を書くと言われた。剽窃の件は、ホワイトハウスのアリ・フライシャー報道官から聞いたとのことだった。

僕に電話してきたラウアマンは、驚くほど静かだった。

「ジェイソン、ホワイトハウスが圧力をかけてきた。ホワイトの記事を下ろし、撤回通知を出すぞ」

「何だって？　どういう意味だよ、圧力って？　僕の記事に間違いはない。下ろさせるもんか」

「下ろすしかないよ。形勢が悪すぎる」彼は言った。

掲載から二カ月、クルーグマンがこの記事に世界の注目を集めてから二週間後に、サロンのサイトからトム・ホワイトの記事が削除された。

サロンは僕を悪者に仕立てた。

二〇〇二年一〇月一日

慎重に評価した結果、サロン編集部は、八月二九日付の「トム・ホワイトはエンロンの損失隠しに重要な役割を果たした」と題する記事を本誌サイトから取り下げることを決定しました。異例の措置をとるのは、本誌は同記事の完全性をもはや保証できないとの結論に至ったためです。本記事の報道事実のほとんどは裏づけが得られていますが、若干の問題が未解決で残っています。

とくに、同記事が言及している、元エンロン役員で現陸軍長官であるトーマス・ホワイトからのEメールの信憑性を、独自に確認することができませんでした。

サロンは本記事の掲載前に主な裏づけ資料に目を通しましたが、二週間前、さらに調査が必要と考えるに至りました。それは、『フィナンシャル・タイムズ』のデスクから電話で、フリーランス・ライターのジェイソン・レオポルドによる記事の数段落が、同紙のこの二月の掲載記事と同じ内容であるとの指摘を受けたからです。

本誌はこれについて調査した結果、抗議は正当なものと判断しましたので、詳細の確認がとれた段階で、訂正通知を掲載しました。そこにも述べた通り「レオポルドは……記事執筆中に誤ってこの部分を転載し、編集中も掲載後もそのミスに気づかなかったとサロンに述べました」

原因が何であれ、この種の剽窃はジャーナリズムの信用を深く傷つけるものであるため、本誌は記事をあらゆる角度から見直しました。その結果、今回の対応を決定した次第です。

サロンは読者各位にお詫びを申し上げます。今後も最高水準の注意深い報道を続けていく所存ですが、しかし万一、疑問や問題が生じた場合には、迅速かつ公正な訂正を行うことをお約束いたします。

サロン編集部

僕は怒り心頭に発した。頭髪をひと束抜き、親指と人差し指でまゆげも引き抜き、指先の皮膚に噛みついて、せっかく治っていた傷をまた食い破ってしまった。妻や彼女の家族のことが頭の中から消え、体が麻痺したようになって、自殺を考えた。

『タイムズ』のバーリンガー記者に、本当に僕についてネガティブな記事を書くのか聞こうと思って電話した。少し調べれば、僕が重罪犯人であることはたちどころにばれてしまう。

僕は努めて優しい声をつくった。「こんにちは、フェリシティさん。ジェイソン・レオポルドです。僕を覚えていますか？　三年前、『ロサンゼルス・タイムズ』にいたとき、あなたがアワー・タイムズについて書いた記事の件でお電話したことがありますが」

「ごめんなさい、覚えてないわ」彼女が言った。「何でしょうか？」

「あなたが僕の記事を書くと聞いたもので。それは本当ですか？」

「まだわかりません」と彼女。「それじゃ、もう締め切りなので」彼女はプッンと電話を切った。

僕は『ポスト』のクルッにも電話し、メッセージを残したが返事は来なかった。

残された最後の希望はクルーグマンだ。

サロンがホワイトの記事を削除したその週、東京に行っていたクルーグマンから、僕はこう聞かされた。『タイムズ』の担当デスクが、もし君がネタ元、とりわけメールを送った人物の身分を明らかにしてくれれば、記事の中身が独自に確認されたことをコラムに書いてもよいと言っていると。

「それはいい」僕は言った。「電話して了解をとりますから、一日待って下さい」

「頼むよ」とクルーグマン。「早ければ早いほどいい」

僕は一二時間かけて、記事の情報源である二四人に連絡をとった。そして、どうか僕を助けてほしいと懇願した。

「お願いだ」僕は言った。「僕の人生がこれにかかってる。どうか手を貸してくれ」

彼らは了解してくれた。メールを僕に送った当人を含め、全員が、クルーグマンが彼らの名前を出さないことを直接約束してくれるならかまわないと言った。

「よかった」東京にいるクルーグマンに連絡すると、彼はこう言った。「彼らの名前は出しませんので、電話番号を教えてください」

その後、クルーグマンから進捗状況を知らせる連絡があった。

「今のところ順調です」メールにはそう書かれていた。「もう少しで終わります」

クルーグマンは僕のネタ元から、エンロンが、彼らを雑役ではなく管理能力ある社員として雇ったことを証明する所得税申告書類の送付も受けた。

二〇〇二年一〇月三日木曜日、クルーグマンから自宅にいる僕に電話があった。「これで大丈夫」彼は言った。「すべて裏づけがとれた。明日のコラムは強気でいきます」

「ポール、本当にありがとう」僕は言った。「あんたは命の恩人だ。文字通りのね」

その二時間後、クルーグマンから再び電話があった。憔悴した様子だ。

「悪い知らせだ、ジェイソン」クルーグマンが言った。「コラムが思ったように書けなくなった」

「なぜ？」

「よくわからない」彼は言った。「ただ、君のところに『タイムズ』のデビッド・カーという記者から電話が行くと思う。君に関する記事を書いているんだよ」

「悪い冗談ですね」

「いや、彼らは本気だ」彼は言った。

「何があったんです？」

クルーグマンは、独自に僕の記事の裏づけをとったことをコラムに書くことができなくなったのだ、と言った。

「でも、ポール、僕の記事は適切です」僕は言った。「なぜ誰も彼もがメールにこだわるんです？　ほかにもたくさんある資料や、記事全体の内容はどうなんです？　メール一つをあげつらってるわけじゃない。ホワイトが損失を知っていたことは、ほかの資料から証明されている」

「決定的証拠になるのが、このメールだからだよ」彼は言った。「僕は君を信じるが、君の相手は非常に強い力を持つ連中だ。残念ながら、君は手持ちの材料が鉄壁かどうかを確認していなかったんだ」

「なら、なぜ『タイムズ』は自分のところの記者に調査させないのですか？」僕は聞いた。「あなたはコラムニストだ。彼らが自社のチームから誰かを回して調べてみればいい。そうすればすべての裏がとれるはずだ」

「彼らが態度を変えることはないよ、ジェイソン」

僕は絶望のあまり泣き崩れた。まぶたがヒリヒリするまで、何度も何度も涙を拭い続けた。終わったんだ。遠からず、僕は重罪犯で薬物依存症だったことを暴露されるだろう。薬物依存症の盗っ人が信用されることなどありえない。波乱万丈の人生もついにお終いだ。死のう。

三〇分後、デビッド・カーから電話がきた。僕は、話をしてもいいが、ただし弁護士を同席させてくれと言った。義理の父が僕の弁護士を引き受けてくれることになっていた。義父は、過去六年間の大半を通じ、何度となく僕をトラブルから救い出してくれている。クレイジーな振る舞いを繰り返す僕を見捨てずにいてくれる。

カーに折り返し電話した。彼が僕に投げかける質問から、『タイムズ』が僕を徹底的に叩くつもりであることがわかった。あまり僕を怒らせるので、どうやって仕返してやろうかと考え、あとであらゆる動物――牛、犬、鹿、馬――のウンコを売っているといわれるウェブサイトを覗いてみた。箱に詰めてリボンをかけて、仇敵に送り届けてくれるという。僕は丸太のようなゾウのウンコ二個を選んだ。しかし、結局、思いとどまった。

僕はカーに、君は僕のことを完全に誤解していると反論した。僕はスター記者で、ダウ・ジョーンズの年間ジャーナリスト賞も受賞し、エンロンの記事はダウ・ジョーンズの会長ピーター・カンも喜んでくれた。あのときメールで山ほどもらった祝辞を見れば、僕の人格に疑いを差し挟む余地はないだろうと。

三〇ページにおよぶ資料を揃えてファックスした。すると、彼は一時間もしないうちに電話をしてきて、どれも使う気はありませんと言った。

自分の非を一向に認めない僕に照準を合わせる間、『タイムズ』社内では、ジェイソン・ブレアというゴロツキ記者が、おびただしい数の記事を捏造していた。『タイムズ』は、僕を調査するかたわらで、ブレアのペテンに対する非難をかわすために、立て続けに訂正文や謝罪文を掲載していた。さらにこの時期、ジュディス・ミラーという別の記者は、イラクが生物化学兵器を隠しているという誤った記事をいくつも書き、恐るべきイラク戦争の勃発に手を貸していた。

僕はリサに電話した。「終わったよ、僕の可愛い子《ベイブ》。もうお終いさ。明日になれば、僕が犯罪者だってことが世界にばらされるんだ。もう仕事もできなくなる。死んでしまいたい」

「ジェイソン、愛してるわ」リサが言った。「私はあなたのそばにいる。一緒に乗り越えよう。これまでも何度もそうしてきたじゃない。私を見捨てないで。力を合わせて何とかしよう」

二〇〇二年一〇月四日、『ニューヨーク・タイムズ』は「ウェブ記事は削除、誤りを認める」の見出しで、デビッド・カーの記事を出した。それは主要紙面の中に掲載されていた。報道の世界における僕のキャリアの心臓部にまっすぐ杭を打ち込み、二度と主要メディアで仕事ができないようとどめを刺す内容だった。僕は、無鉄砲で信用ならないジャーナリストだと決めつけられた。ただ意外なことに、重犯罪と薬物依存、リハビリ生活のことにはひと言も触れられていなかった。彼は、僕の過去を調べ尽くしたわけではないのだろう。

『ネイション』編集部で僕の担当だったカレン・ロスマイヤーからメールが来た。

ジェイソンへ

今、『タイムズ』と『ワシントン・シティ・ペーパー』から電話がありました。どちらに対しても、私たちの関係は良好だし、自分の経験から言って、ジェイソンは素晴らしい記者だと思ってますと言っておきました……。あなたのアグレッシブな記事の書き方が、一部の人たちに恨みを抱かせるんでしょうね。運の悪いことに、例の『フィナンシャル・タイムズ』騒動が、彼らにつけ入る

隙を与えてしまった。でもね、私たちは誰でもみんな、夜中になると思い出さずにいられなくなるような失敗を犯すものなのよ。K

支えてくれる人もいるとわかって、いくらか落ち着いてきた。しかし、もう一つ問題が残っていることに思い当たると、また気持ちが落ち込んでしまった。カーの記事は、僕にホワイトのメールを送った情報源の身元を暴いていた。ラウアマンから身元を明かすと言われ、僕を訴えると言って怒鳴り込んだ人物だ。『タイムズ』は名前を出さないから大丈夫だと約束し、クルーグマンに話をしてもらったのだった。僕はすぐさまクルーグマンに電話し、どうしてこうなったか説明を求めた。

「私のせいだ」クルーグマンはメールで返事を送ってきた。「吐き気がする。僕が送ったメール、君が名前を消したあとのものだが、そこから判読されたらしい。注意が足りなかった。本当に申し訳ない。この埋め合わせは何でもする。取り返しのつかない失敗だ。君が非難されないよう手を尽くすから、何なりと指示してくれ」

『タイムズ』の記事は強い感染力を持っていた。二〇〇二年一〇月七日、僕の三二歳の誕生日に、『ワシントン・ポスト』のハワード・クルツが僕の棺桶のふたに釘を打ち込んだ。彼の記事も僕の信用性に疑問を投げかけるものだった。

メディアは僕の屍肉を食らい続けた。それから三カ月の間に『ナショナル・レビュー』『アメリカン・プロスペクト』『ワシントン・シティ・ペーパー』、さらに何百という右翼系オンライン雑誌とウェブログが、剽窃者ジェイソン・レオポルドを一斉攻撃した。ロバート・ノバク[*6]は僕のことを「今週の無法者《アウトレージ・オブ・ザ・ウィーク》」と称した。僕は見せしめとして、電動ノコギリの歯に向かって放り投げられたのである。万策尽きた。悪口を言う奴らに反撃しようにも、多勢に無勢だ。

そのとき、アラステア・トンプソンと名乗る男からメールが届いた。彼はニュージーランドのスクープ（www.scoop.co.nz）というニュースサイトの編集者で、僕を擁護し、僕とトーマス・ホワイト、サロン、ポール・クルーグマン、そして『ニューヨーク・タイムズ』に起きたことを当事者の視点で書いてほしいと依頼してきた。

「どんなに長くなってもかまいません」彼は言った。「スクープに掲載し、オンライン・コミュニティの誰もが読めるようにしたいんです」

僕は四〇〇〇ワードの記事を書いた。タイトルは「『ニューヨーク・タイムズ』の不当な仕打ち」。この記事はインターネット上を駆け巡り、何百というサイトに転載された。数万人が記事を読み、見ず知らずの人だけでなく、グレッグ・パラスト[*7]やマーク・クリスピン・ミラー[*8]のようなベストセラーの作者も含め、何百通というメールが寄せられた。

＊6　全国紙・テレビで活動しているアメリカの保守系評論家。

＊7　英国を中心に活動するアメリカのジャーナリスト。英国ＢＢＣとともに二〇〇〇年米大統領選の不正を暴いた。著書に『金で買えるアメリカ民主主義』（角川書店）、*Armed Madhouse* など。

＊8　ニューヨーク州立大学教授、政治評論家。二〇〇四年米大統領選の不正を暴いたとされる *Fooled Again*（また騙された）ほか、数々のブッシュ批判本の著者。

「ジェイソン、君のエンロンの記事は秀逸だ」パラストはこう書いてくれていた。「『タイムズ』にしてやられ、サロンが臆病風を吹かせた話も読んだ。私も経験したことだ。『タイムズ』は卑劣だな。君の仕事の助けになれることがあれば連絡してくれ。僕が選んだ道に続くのはどうだろう。つまり、この国を去るんだ」

ブッシュ政権にゴマをする記者たちに罵詈雑言を浴びせている、あるオルタナティブ・ニュースサイト（mediawhoresonline.com）[*9]は、「私はジェイソン・レオポルドを信じます」というバナーまでつくって掲載した。

寄せられた称賛は、なかなかイカしていた。ブラックホールから這い出し、再び自分の足で立って仕事に励むには、この種のモチベーションが必要だ。

その後、『ニューヨーク・タイムズ』の編集主幹ハウエル・ラインズと編集局長ジェラルド・ボイドが、ジェイソン・ブレアの剽窃スキャンダルに対する批判を受け、二〇〇三年六月、揃って辞任した。二〇〇四年、『タイムズ』はさらに、イラクに生物化学兵器が隠されているという疑惑を述べたいくつかの記事に誤りがあったこと、これらはたった一つの質の悪い情報源からの知識に基づくものであったことを認め、謝罪している。

二〇〇三年四月、僕の記事が掲載されてからほぼ一年たったとき、トーマス・ホワイトは陸軍長官を辞任した。理由は明らかにされなかった。ときを経るにしたがって、トーマス・ホワイトについて僕がサロンに書いた記事を裏づける証拠が続々と表に出てくるようになった。

二〇〇四年初旬、司法省はジェフ・スキリングとケン・レイを逮捕、数多くの犯罪で告発した。

そのなかには、彼らと「ほかの上級管理者および役員」がＥＥＳ、すなわちホワイトがいた部門の損失を隠蔽し、子会社の本当の財務状況を偽って発表していた容疑も含まれていた。

しかし、僕の記事の正当性の証でもあるこのニュースが流れる前に、僕はすでにまともな状態でなくなっていた。ネガティブな報道に殺されかけていた。記者の仕事はどこにも見つからない。手足を切断され、頭はいかれていた。

＊9　共和党寄りの言説を痛烈に批判するオンライン・ジャーナルとして注目を集めたが、二〇〇四年に閉鎖された。

第12章

ヘマから学ぶ厳しい現実

Truth Hurts, or, How I Learned From My Fuck-Ups

もう三日もシャワーを浴びていない。僕はリビングルームにひざまずいて天井を見つめていた。両手の指をきつく絡め、祈り始めた。

「神様、そこにいらっしゃいますか?」

両手を額に押し当てた。

「あなたの助けが必要なのです。お願いです……僕を殺してください……後生ですから……僕の命をお取りください。僕が眠っている間にそうしてください……二度と朝を迎えたくありません」

僕は待った。それから叫んだ。

「聞いてんのか、てめえ、ほら、殺せよ、畜生! やい、このクソッたれ!」

罪、後悔、悲哀、失望、そして絶望の海に沈む恐怖。こんな感情、いやどんな感情だろうと、その海に沈んでじわじわ死んでいくぐらいなら、ひと思いに殺してほしい。一切のことがあまりにリアルで、自分は死すべき運命を背負った存在であることを思い知らせてくれる。恐怖の臭いがする。それはどことなく尿の臭いに近い。昔の記憶がそれにつれて蘇ってきた。自分について新たに気づいたことがある。僕はタフガイではない。殴り合いの喧嘩に勝ったためしがない。まったく、人生の戦いは連敗につぐ連敗だ。とくに苦手なものがある。ドラッグをコントロールすること、仕事を継続すること、それと、妥協を強いられるたびに自分を見失わないようにすること。

ソファに戻り、毛布の下に潜り込んでテレビをつけた。もう一週間ここでこうして生活している。

リサが僕の傷が癒えるようにとリビングを開けてくれたのだ。傷は癒えない。というより、癒しようがない。

彼女がソファの端に腰かけ、その手を僕の肩に、しっかりと置いた。そして、僕の首をマッサージしながら言った。

「気分はどう?」

「死にたいよう」僕は歌を歌っているように母音を伸ばして答えた。

「身に起こったことの一つひとつが頭から離れないんだ。記憶がなくなってしまえばいいのに」

「ねえ、そろそろ先のことを考えたほうがいいわ」彼女が言った。「セラピーに行ってほしいのよ」

「そんな気になれない」

「ジェイソン、お願い。私にも影響することなのよ」

「行く気になれないって言ってるじゃないか」

リサは僕から離れ、立ち上がった。彼女の勝ちだ。たぶん、今が「冴えた瞬間《とき》」だ。たぶん、今がどん底だ。わからない。でも僕はリサを抱いて言った。「いいよ、わかった。行こう」

その数日後、僕はセラピストのソファにもたれ延々としゃべり続けていた。

「どうしたらいいんだろう？　僕は重犯罪の判決を受けた。どうやって金を稼ごう？　誰が雇ってくれるんだろう？　売り子は嫌だな。これは本当。売り子は絶対やらないよ。子供が欲しいな。女の子がいい。女になったみたいな気がするぞ。ゲイになっちまうのか？　なんだか太ったな。自分の姿は嫌いだ。運転中にどうもキレやすい。バイクが欲しいな。入れ墨をもう一つ入れてみようか。手首を切りたいな。君は僕にもう一度ジャーナリズムの仕事ができると思うかい？」

リサが答えた。「あなたは自滅的で、いつも私の無条件の愛を試そうとするの。私はあなたを包んでいる卵の殻の上を歩いているのよ」

「何が彼をカッとさせるのか、私にはわからないんです」リサがセラピストに言った。

「それ、どういう意味だよ？」僕はムッとして言った。

「ほらね。このことよ」

「何だっていうんだよ？」

「それよ。私に対するその話し方。ジェイソン、いい？　あなた、私が何か言ったことで腹を立てると、動いている車からよく飛び降りたじゃない」

「ふん、それ昔の話だろ」

「でも、今でも気に障ることを言うと逆上するし、癇癪をどう抑えたらいいかわからないでしょ」

「癇癪だって？　癇癪なんか起こしてないぞ！」

これが二カ月続いた頃、僕はもうやめてしまいたくなった。お前は有意義な人間関係を持つ術を知らないのだとさんざん聞かされ、セッションを受けるたびに、自分が冷酷で邪悪で意地悪な人間になっていく気がした。僕は社会病質者だっていうのか？　リサが、僕が感情を暴発させること、たとえば、怒りにまかせてドレッサーの上から写真をすべて払い落としたりすることを話すたびに、僕は父の顔を思い浮かべた。

このセラピー……まるで自分の手で自分を生き埋めにしていくような行為を、それでも、僕はリサのために続けなければならなかった。去勢された男と言われそうだが、僕が生き残れるかどうかは、二人の関係を続けていけるかどうかにかかっている。僕にはそれがよくわかっていた。ただ、いつになれば終わるのか、セラピストが教えてくれさえすればいいのにと思った。

＊　＊　＊

記事を書きたくてたまらない。最後の記事を書いてから、もう一カ月をゆうに過ぎている。ブッシュ大統領はイラクを爆撃すると言っている。あの国は、今や誰もがＷＭＤという軍事用語で呼ぶ「大量破壊兵器」を持っている。やられる前にやれ。九・一一後のブッシュ政権の好戦的愛国主義は、熱狂とともに国中に広がり、これに異を唱える度胸のある人間はいなかった。議会にも、市民のなかにも、そしてもちろん主流派メディアにも。

僕にはある。しかし、一つ問題があった。記事を送っても、僕はあまりに大きなお荷物だとばかりに二の足を踏んで掲載してくれない。

それでも僕は、トーマス・ホワイトを追及する記事を書いた。記事というより、それはオピニオンに近いもので、ブッシュの戦争政策と、それに加担する報道を続けるメディアへの怒りと幻滅を思う存分披露したものだった。

陸軍長官トーマス・ホワイトがかつてエンロンで運営していた部門は、同社の破産と数千人の解雇を引き起こす大きな要因だった。そんな人物に、八二〇億ドルもの陸軍予算を委ねてよいのか？

ニュージーランドのサイト、スクープの編集者アラステアのことが頭をよぎった。誰かにこの記事を読んでもらいたい。メールを送ると、一時間後に返事が来た。

「君がこっちのサイドに来てくれたらなと思っていたよ」

「え？　それはニュージーランドにという意味？」僕は聞いた。

「いや、独立系《インディーズ》メディアだよ。君にとって損はないよ。気に入ってもらえると思う。独立系メディアは、パンチの利いた暴露物を書ける経験豊富な記者を必要としている。君のホワイトの記事をぜひ掲載したい。フリーランスの記者には、予算の関係で謝金を払えないのは申し訳ないのだが」

過去、独立系メディアは、大手メディアの記者たちからろくな評価を受けていなかった。それは必ずしも当たっていないわけではない。多くは独善的で、やたらと高尚ぶるか、内容がお粗末すぎて、どれを読んでも、スプーン一本で地の底を目指して掘り進んでいくようなチグハグさあった。ジャーナリズムを専攻する学生は、価値ある報道とは『ニューヨーク・タイムズ』や『ウォールストリート・ジャーナル』、あるいは『ワシントン・ポスト』に載るものだと教えられる。これも大いに怪しいが、僕もかつては鵜呑みにしていた。今日、主流派メディアが報じるニュースは、共和党全国委員会の政策宣伝用ＤＭと大差ない、気の抜けた内容が少なくない（『タイムズ』と『ポスト』は、ブッシュ政権の嘘八百のなかでも飛び切りひどい嘘を繰り返し報じたことを最後には認めた）。

僕はそれから、独立系メディアと主流派メディア、この両者間の戦いの何たるかを理解するようになっていった。一方には力と膨大な読者。もう一方には情熱と、それから、巨大企業組織にとって不適切であるために、主流派メディアが素通りするような内容がある。

独立系メディアの出版物とウェブサイトの多くは読者が少ないが、広告スペースを売る必要もない。独立系メディアには、報道の質を重視する筋金入りのジャーナリストが多く、主流派メディアのサラリーマン記者を威圧する者たちを苛立たせるような報道をすることに、むしろ興奮を覚える。おなじみの「謀略論」で独立系メディアを攻撃する卑劣な手口は、政府と企業が共謀してうまい汁を吸っていることがばれればれの時代の大衆には通用しない。

僕も一時期はスーツとネクタイを着用したが、ヘッド・バンガー[*1]のハートだけは失っていない。主流派メディアのなかで闘いを挑みつつも、何でも自分でやる《ドゥー・イット・ユアセルフ》精神には惹かれていた。

独立系メディアに記事を出しても自尊心が慰撫されることはないし、なけなしの金しか手に入らない。なのに、なぜそうするのか。それは自分で答えを用意しなければならないことだ。僕は状況に恵まれているほうだが、それはひとえに、家計を支えてくれるリサが一緒にいてくれるおかげだ。

二〇〇五年、CIA秘密情報員バレリー・プレイム・ウィルソンの行動をめぐる刑事捜査の特ダネで、僕はジャーナリズムの表舞台に復帰した。ハリバートン――副大統領になる前のディック・チェイニーが経営していた――が、イラクのみならず、リビア、イランといった、ならず者国家、ブッシュ大統領がテロ支援国家と呼んだ国々と行っていた商売や、そのほか数々の問題を突き止めたのである。

国連の十分な支援を取り付けられなければ、イラク戦争はアメリカ側に多大な犠牲者を出すことになるという、コリン・パウエル国務長官のあまり知られていない声明に基づいて、僕はこの戦争に対する「早期警戒警報」も鳴らしていた。この二つの記事はのちに多くの報道で使われた。二〇〇五年、僕の記事の一つはプロジェクト・センサード[*2]が選ぶ「最も報道されなかったニュース・トップ二五」の一つに選ばれた。

誰よりも先んじようとして報道の早さを競う必要はないのだ、ということも僕は学んだ。今の僕は、以前よりスローで慎重になり、ほとんどすべての記事に注釈と出典をつけている。

主要メディアからは追放されたが、その痛みは、自分が何者であるかを見極めるのに役立った。仕事上の数々の災難は、すべて、僕は自分の過去の行いと真の意味で折り合いをつけられず、前に進めずにいたためだったとわかった。人が変わるにはじりじりするほど長い時間がかかる。一袋のコカインを吸ったぐらいでは、人間は変われない。しかし、いつかは変われる。

この本を書くことは、僕にとってその重要な節目なのだ。

最大の懸念は、両親がどう反応するかだった。二人を描写したところを読めば、僕が彼らを長いこと嫌っていたことがわかってしまう。ジャーナリストの協定に敬意を払い、僕は下書きを送った。両親に真っ先に読んでもらおうと思ったのだ。

辛いことだった。両親は、僕が心に憎しみを抱いているなどとは思ってもみなかっただろうから。しかし、読み終わった両親と話をしているとき、父がこんなことを言った。

「この本がお前にとって必要な解決になるのなら、おめでとうを言うよ」

つまり、父は僕を愛してくれているのだ。そして、これが父流の謝り方だった。僕も悪かった。でも、きっと運がよかったのだろう。

＊1　頭を激しく上下させて踊るヘビメタの熱狂的ファンのこと。
＊2　Project Censored。カリフォルニアのソノマ州立大学のメディア・リサーチ・グループで、主要メディアが報道しない重大ニュースを知らせている。

謝辞

ここに名前を挙げる人たちを僕は愛し、彼らの友情、支援、励まし、無条件の愛に心の底から感謝申し上げます。妻のリサ、僕を「リサ学校」に入れてくれたことに。僕の両親のスティーブとレイチェル、僕のために払ってくれた犠牲と、この本を書くことを許してくれたことに。兄のエリックと妹のミシェル、そして、僕の「ママ」と「パパ」であるヒルおよびハナ・ダンシギエ、今も毎日二人のことを考えます。安らかに眠って下さい。フィルおよびテリー・ブラウン、過去九年間、僕のためにしてくれたすべてのことに。ジェド・ワイツマン、比喩的な意味で僕の共犯者であり、本書を書くためにアパートに自由に出入りさせてくれたうえ、日々、冷蔵庫の中身を略奪されても適度の癇癪で抑えてくれたことに、ひとかたならぬ感謝を捧げます。スティーブン・バーガー、企画案の作成を助けてくれたことに。デビッド・ライブ、印象的なタイトルを考えてくれた僕の親友。コリン・オニール、キム＝マリー・ユゲンティ、ずっと誠実で素晴らしい友でいてくれたことに。僕の人生で二人に出会えたことにとても感謝しています。リンおよびマーク・エガーマン、エリオットおよびマキシン・フィンケル、ピーター・フィンケル、スティーブン・ライブおよびリーザ・アーシャウスキー、リーおよびジル・エガーマン、最高の寿司に。キムおよびジェフリー・ネモイ、クローディア・ガルシア＝ブラウン、デビッド・ブラウン、僕の知る限り最も誠実で正直な人たち。シルビア・フェンバーグ、僕の人生でもう一人のママ。ロブ・コーエン、クリスティーン・ロス、スコット・ホレンスタイン、ダグ・チェリ、ダン・ドマイオ、どん詰まりの僕を文字通り脱出させてくれました。マイクおよびヘイレイ・シンプソン、フランセスカ・グロスマン、ミシェル・ファバーレ、タリー・エストラーダ、チップ・ロバートソン、本書が出る頃には結婚していることでしょう。原稿を読んで率直な感想を言ってくれた人たち、ポーシャ・ドーソン-ファースト、ボッブ・ジョイ・ドーソン、ジェニファー・ブレスラー、レベッカ・パールマター、シンシア・ムートハート、マット・ファス、アンおよびジョシュ・クライン、シェイラおよびポール・タイラー、マーク・クリスピン・ミラーは一度ならず僕を擁護してくれました。グレッグ・パラストも同じことをしてくれました。ナンシー・チーバー、あなたは友情についての講義ができるでしょう。そして最後にキャサリン・オースチン・フィッツとアラステア・トンプソン、ニュージーランドのスクープ・メディアの編集者で、二人は早い時期に僕の視点から見た出来事を語る場を提供してくれました。

これらの人たちに加え、とくにお礼を言いたいのが、世界の独立系メディアで地道に働いている男女、世の中に真実、ありのままの真実を、そして真実だけを伝えるために、なけなしの報酬で膨大な時間を費やしている人たち、そして僕にその仲間入りをさせてくれた次の人たちです。

「カウンターパンチ」のジェフリー・セントクレアとアレクサンダー・コックバーン、「オンラインジャーナル」のベブ・コノバー、「オプエドニュース」のロブ・カール、「Ｚマガジン」のリディアおよびエリック・サージェント、「コモンドリームズ」のクレイグ・ブラウン、「ｎｔｓポジション・ドットコム」のバル・スティーブンソン、「ニュースメディアニュース・ドットコム」のキース・ハリス、「インフォメーション・クリアリング・ハウス」のトム・フィーリイ、「フォールトライン」のクリス・クラーク、「ディシダント・ボイス」のスニル・シャーマ、「フリープレス・ドットオルグ」のボブ・フィトラキス、「インディペンデント・メディア・ＴＶ」のアンドリュー・リンバーグ。

　そして最後に、本書を出版する度胸を持つ次の二人に格別な感謝を捧げます。素晴らしき出版社、プロセス・メディアの編集者アダム・パーフレイおよびジョディ・ウィル、彼らは運命が導くままに、僕がどん底に落ちていたとき僕の人生に現れ、僕をすくい上げ、僕の手を引いて、僕がずっと語りたかった通りに本書を仕上げる仕事に辛抱強く取り組んでくれました。僕がいちばん仕事をしたくなる報道機関《プレス》です。

著者紹介

ジェイソン・レオポルド(Jason Leopold)

1969年ニューヨーク生まれ。カリフォルニアの地方紙記者を経て、2000年、ダウ・ジョーンズ・ニューズワイヤーズ・ロサンゼルス支局長に。就任早々、電気料金の高騰と大規模な停電を招いたカリフォルニア州の電力危機をめぐってスクープを連発。この一連の調査報道により、ダウ・ジョーンズの年間ジャーナリスト賞(2001年)を受賞した。また、米電力会社エンロンをめぐるスキャンダルを大々的に報道。エンロン破綻後、同社の元社長ジェフ・スキリングに最初にインタビューを行い、一躍有名になる。2002年からフリーに。『ロサンゼルス・タイムズ』『ザ・ネイション』『ウォールストリート・ジャーナル』『フィナンシャル・タイムズ』などに寄稿。また、エネルギー政策問題の専門家として、CNBC、National Public Radio(NPR)などに頻繁に出演。現在は、米国の国内政策や外交について、Truthout、CounterPunch、Raw Storyなどの独立系メディアを中心に、活発な執筆活動を続けている。

訳者紹介

青木　玲(あおき・はるみ)

翻訳家、ライター。1957年神奈川県生まれ。東京大学医学部保健学科卒業。著書『競走馬の文化史』(筑摩書房)で1995年度ミズノスポーツライター賞を受賞。『小児科へゆく前に』(ジャパンマシニスト社)、『絶滅のゆくえ』(新曜社)、『地球は復讐する』(草思社)、「環境思想の系譜3」(東海大学出版会)などの訳書・共訳書がある。

ニュース・ジャンキー
コカイン中毒よりもっとひどいスクープ中毒

2007年9月14日　第1版第1刷発行

著者	ジェイソン・レオポルド
訳者	青木　玲
発行所	株式会社亜紀書房 〒101-0051 東京都千代田区神田神保町1-32 電話……(03)5280-0261 http://www.akishobo.com 振替　00100-9-144037
印刷	株式会社トライ http://www.try-sky.com
装丁	間村俊一

Printed in Japan
ISBN978-4-7505-0714-9